COLLANA DI LETTERATURA CONTEMPORANEA

LINGUE

[lìn-gue] pl. f.

La collana **Lingue** parla di questo:

di **ANATOMIE,**
di **COMUNITÀ,**
di UMANITÀ.

Opera n.
#08

BARBARA **AVERSA**

LA FIGLIA DELLA LUPA

EDIZIONI **D EDITORE**
Roma, Via dei Campani, 23/25
+39 320 80 36 613
info@deditore.com
deditore.com

Questo libro è stato edito da **D Editore**,
per la collana di letteratura contemporanea **Lingue**.

EDITING **Sergio Vivaldi**
IMPAGINAZIONE E PROGETTO GRAFICO **Alessio Villotti**
STAMPA **Pressup**
PROMOZIONE **Antonella De Biasi**
DISTRIBUZIONE **DirectBook**

I Edizione **Febbraio 2022**
ISBN **978-88-94830-99-6**

LA FIGLIA DELLA LUPA

UN ROMANZO DI
BARBARA
AVERSA

*Ogni riferimento a persone esistenti
o a fatti realmente accaduti
è puramente casuale*

D EDITORE

A Nonna Lina, la donna più potente che io
abbia mai avuto l'onore di conoscere.
A te e solo a te, per avermi salvato la vita
quando neanche sapevo riconoscere il pericolo.
Sono anche io una figlia della Lupa.

Dedicato a Ilaria Buzi

Era alta, magra, aveva soltanto un seno fermo e vigoroso da bruna - e pure non era più giovane - era pallida come se avesse sempre addosso la malaria, e su quel pallore due occhi grandi così, e delle labbra fresche e rosse, che vi mangiavano

Tratto da ***La lupa****, di* ***Giovanni Verga****.*

19 maggio 2018

EVA

Inizio seriamente a domandarmi quando tutto sia diventato così complesso. I primi appuntamenti da aperitivo e cinema sono forse passati di moda? Inutile che mi creo illusioni, non avrei mai proposto una cosa simile. Vedo solo formichine smaniose che bruciano il terreno aspro e immagino questi insetti irrequieti formare una crosta ovattata e brulicante dalla quale restare inghiottita, senza via di fuga, senza aria.

È quasi estate eppure un brivido mi attraversa la pelle. Aggiorno Martina che tutto procede bene. Non siamo molto legate ma non mi giudica mai. Poi mando un whatsapp a Luen, dicendole che è tutto ok. Mi dispiace che lei sia spesso concentrata sugli aspetti materiali delle cose. Siamo diverse. Però devo riconoscere che abbiamo sviluppato un dialogo eccezionale, probabilmente dovremmo affidarci di più l'una all'altra. Ci sono momenti tra noi in cui davvero credo che sia mia sorella. Certo, lei ora ha questo marito ricco e importante e quando usciamo mi sento inadeguata, lei con le sue pochette Michael Kors e il suo cappotto Armani color cammello e io con le converse. Forse mi vorrebbe più simile a lei. Mi vorrebbe sicuramente sposata a qualche ingegnere o avvocato, ma non mi ci vedo ad avere dentro casa uno staff di architetti che decidono quali disposizioni cromatiche siano migliori per me. Ho sempre vissuto una vita molto semplice. Mia madre, fino a quando è stata in vita, mi ha spronata a evitare ogni tipo di spreco. Mio padre è stato una chimera.

Un giorno, da adolescente, ho chiesto a Patrizia per quale motivo lui non mi potesse amare. Lei mi ha risposto che aveva un limite troppo grande per amarmi.

«Quale limite?»

«Se stesso».

«Non è un limite così assurdo, potrebbe essere superabile».

«Mia cara, è il limite più profondo che un essere umano possa mai mettere all'amore».

Luen, nonostante ciò che vuole far credere, è una persona empatica. Quando la mia cagnolina è stata sterilizzata, vivevamo ancora in paese, lei non faceva che deriderla dicendo adesso con quel taglio sulla pancia stai tranquilla che non c'è proprio alcun pericolo, brutta come sei. E la derideva, *brutta come sei brutta*, accovacciandosi accanto a lei che a malapena riusciva a muovere la coda in segno di riconoscenza. Ma alzandosi e sistemandosi la borsetta l'ho vista, tentava disperatamente di celare le lacrime dal suo ovale perfetto.

È meglio di quello che sembra e questo a tratti mi innervosisce. Tutti sperano sempre di fare bella figura mentre lei fa del suo meglio per dimostrare di essere peggio di ciò che è. E nonostante tutto è la mia anima gemella perché lei e io siamo un incastro magico. Penso che non gliel'ho mai detto. Perché non gliel'ho mai detto?

Mi guardo intorno e vedo solo un groviglio oscuro, come se le formichine si fossero trasformate in uno sciame rumoroso e sinistro. Mi appare inarrestabile e ho il primo accenno di oppressione alla gola, che punge, facendo attrito con l'aria opaca. Sudore, marijuana e fango mi pizzicano le narici. Decido di allontanarmi il più possibile dalla folla perché sta diventando tutto così asfissiante e sento l'urgenza di riempirmi i polmoni di ossigeno. Il bosco è grande e in lontananza riesco a scorgere dei sentieri con una boscaglia più fitta.

Iniziano a cambiare gli odori, sembra di essere in un altro paese, forse in un altro mondo. Ho sempre amato i luoghi nordici, con le loro storie incantate e i folletti nei boschi. Ora, ciuffi di erba secca e piccoli arbusti si palesano ai miei occhi. Il silenzio si avvicina e penso di avere ancora un po' di tempo prima del mio appuntamento. Ciò che mi attrae tanto dell'attesa è la melodia implicita in quella sospensione, colma di desideri che scorrono sotto la pelle, tra labbra socchiuse e lacci che non stringono. C'è una morbidezza nell'attesa che mi fa pensare alle Highlands scozzesi, con i loro picchi e ripidità ma anche con silenzi pregnanti, come sedersi sull'orlo di un precipizio per osservare le curve drastiche e scoscese. Uno sguardo su una natura pendente ma priva di pericoli. Mi piace aspettare. Ho atteso così tanto questo incontro.

I miei passi germogliano lenti sull'erba arida mentre mi guardo intorno. Alzo gli occhi al cielo e ora i fusti intorno a me sono ravvicinati e non so perché mi viene in mente la scena di Biancaneve che fugge nel bosco. Forse perché ho sentito un leggero crepitio alle mie spalle e mi è tornata in mente quella scena in cui l'eroina Disney scappa disperata mentre gli alberi prendono vita e lei finisce a terra piena di fango. Quando vidi quel film rimasi spaventata per giorni ma non lo avrei mai detto alla mamma perché avevo insistito troppo per andare al cinema e dalle sue labbra serrate, senza bisogno di parole, avrei capito che lo riteneva uno spreco.

Per lei tutto è stato sempre diviso tra ciò che era necessario e ciò che non lo era. Anche l'Università per lei non era indispensabile perché avrei potuto imparare il suo mestiere, che sapeva di pulito e femminile. La vedo lavorare davanti alla finestra, finché la luce lo permetteva, con i capelli scuri, folti, morbidamente raccolti in uno chignon decorato da piccole ciocche ribelli. Il naso perfetto ma non piccolo, direi proporzionato alla sua figura imponente. Sorrideva quando si parlava dei suoi lineamenti, che riteneva un'opera d'arte, e ribadiva che il naso alla francese era per le donne senza carattere. E lei altroché se lo aveva, il carattere. *Lasciamo i lineamenti minuscoli alle donne minuscole.* Da piccola non capivo bene questi discorsi, so solo che non ho preso il naso né altro da lei. Mi diceva *sei tutta tuo padre*, e non ho mai creduto fosse un complimento. Era una constatazione, più che altro.

Il fascino di mia madre era inarrivabile. Eppure non ha mai davvero voluto un uomo accanto a se, era la classica splendida donna che sapeva bastarsi da sola, o almeno questo è ciò che ho sempre pensato. Con mio padre c'è stato un legame durato qualche anno ma lo ricordo poco perché ero piccola. Con il trascorrere del tempo la sua presenza si è assottigliata fino a sparire, per poi tornare all'improvviso dopo la morte di mia madre con strane richieste che inizialmente tentavo di esaudire e poi ho capito. Ho capito che a lui non interessava né di me, né della mamma. A lui non interessava di nessuno.

Continuo a camminare su un letto di foglie croccanti e bruciacchiate dal sole. Attraverso un piccolo sentiero scosceso e sento il respiro calmarsi. Tutta quella folla mi atterriva e ora riesco a respirare più profondamente. C'è silenzio, le luci diventano sempre più attutite mentre i miei passi si velocizzano. Sento l'afa smorzarsi e nel contempo il coro dei grilli, inizialmente fioco e ovattato, inizia ad assumere forza. Il frinire delle cicale completa l'atmosfera in cui sono immersa e mi sento più leggera. Il respiro è ritmato, segue i miei passi. È tutto più melodico, adesso.

Noto alcuni alberi con dei fori sul tronco e immagino il lavoro ritmico e incessante dei picchi. Fanno i loro confortevoli nidi in poco tempo e noi a volte non riusciamo in una vita intera a trovare qualcosa che sia per noi davvero accogliente, scavato su misura per noi.

Penso a mio padre che nonostante tutto non è mai riuscito a costruirsi il suo rifugio e mi chiedo se io sono poi così diversa da lui.

Ho sempre avuto relazioni aleatorie e ora credo che questo possa essere diverso, ma perché mi avvinghio a questi pensieri? Perché le nostre chat sono immerse delle note di Claude Debussy e sembra davvero di essere in un film? Perché lui mi racconta di come passerebbe i weekend se stessimo insieme e di come immagina la sua vita insieme a me? Vorrebbe vivere all'interno di un faro, io andrei da lui e sarebbe così intenso e abissale da essere indescrivibile.

Abbiamo iniziato a sentirci su facebook sei mesi fa. Mi piace da morire. Vive a Milano e questa situazione mi stuzzica non poco. Lo immagino mentre va al lavoro, incontra i clienti, parla, li conquista. La mattina apro gli occhi e osservo voracemente lo schermo del mio smartphone per vedere se mi ha scritto, e cosa. E sì, lui scrive. Sempre.

A volte mi sento come se avessimo una storia vera. Sono talmente infatuata che la notte stento ad addormentarmi e mi sveglio alle tre del mattino sperando che il tempo scorra velocemente per poter parlare ancora con lui. Ancora, e ancora. È un'eccitazione che investe la mia mente piena di lui. È come se mi avesse riempita, come se avesse insinuato una parte di se stesso in ogni singolo vuoto presente in me. È pura poesia, lo siamo entrambi. Un incantesimo al quale è impossibile sottrarmi. Lo abbiamo creato noi.

Forse siamo a pezzi, come a volte dico per sdrammatizzare, ma lui risponde che ci incastriamo bene. È come se il mio sentirmi persa avesse finalmente trovato un senso. Quel riconoscersi così radicato e repentino che accende i sensi e divampa morbido e liquido, cristallizzando secondi, momenti, ore intere. Le viscere si attanagliano, si accartocciano come immagino facciano le sue mani sul mio corpo chiaro e caldo. Niente a che vedere con il piattume dei social, con le parole immaginate, con la pornografia graffiante ma arida. E continuo a pensare al desiderio spasmodico con il quale mi sveglio ogni giorno e che non riesco ad addomesticare. Le nostre parole che mi hanno investita, dapprima sussurrate e incerte e poi sempre più disinvolte. Come se nessuna parte di me fosse svincolata o disgiunta da lui, come se lui *fosse me.*

Adoro durante la pausa pranzo parlare con lui del nostro futuro eppure, se rifletto, mi rendo conto che è così precario. So che siamo distanti ma io potrei chiedere il trasferimento. Non mi dispiacerebbe vivere a Milano. Ricomincerei da capo, in una scuola nuova, con nuovi colleghi. L'istituto dove insegno adesso non mi soddisfa, sento che il mio potenziale è intrappolato in una gabbia che potrebbe restare chiusa per sempre. Avevo un'idea dell'insegnamento che non si è rivelata affatto corretta. In realtà fare la professoressa non ha nulla a che fare con la creatività. È un lavoro pieno di incombenze e scadenze, il sostegno è visto quasi sempre come un docente di serie B nonostante la specializzazione aggiuntiva, e la passione è facile che venga martoriata da un quotidiano sempre più pressante.

Un senso di amaro mi sale in gola e sento che l'attacco di panico incombe ma non posso dargli spazio. Devo combattere contro questo mostro. Sono fragile e imperfetta, ma vorrei veramente che questa storia andasse bene, che per una volta tutto si aggiustasse. Innamorarmi di lui è stato, come dicono gli inglesi, cadere in amore. Più che le farfalle nello stomaco io ho dei veri e propri sciami, ali ritmiche e sconnesse che battono il tempo nelle mie viscere. Non l'ho mai visto, eppure sento che è la persona che più mi somiglia, che più mi riflette in questo mondo arido. Le mie dicotomie, le mie ossessioni così radicate in me, per la prima volta non sembrano essere un problema. È come se per tutta la vita fossi stata una funambola delle emozioni e ora queste avessero trovato una corda più robusta per essere sostenute. E la mia imperfezione, che mi faceva sentire così difettosa, è diventata caratterizzante. Lui ride di noi, ci considera degli *outsiders*, e tutto assurge a perfezione.

La distanza dalla folla mi sta aiutando a gestire l'emozione di essere qui per incontrare lui. Un altro crepitio e mi rendo conto che mi sono parecchio allontanata dalla strada principale e ora sono sperduta nella boscaglia. Mi chiedo come tornare indietro. Cerco il cellulare nella borsa per capire dove mi trovo ma non c'è campo. Per un istante sudo freddo ma è una cosa passeggera, sicuramente il caldo precedente, l'ansia e l'improvviso fresco mi spingono in uno stato emotivo che potrei definire alterato. Spengo e riaccendo il telefono, provo a fare un numero a caso sperando che il cellulare riprenda campo eppure niente, vedo solo l'antenna che lampeggia. Lo ripongo nella borsa e non mi preoccupo più di tanto perché credo che facendo il percorso a ritroso mi ritroverò dov'ero.

Di nuovo uno scricchiolio. Un suono sommesso, tra i tanti in questo angolo del bosco.

Nulla di allarmante.

Respira.

Tra poco lo vedrai.

Saprai che nulla è stato vano.

Inspira, non voltarti, procedi, sperando di incontrare un sentiero che velocemente ti riporti dov'eri.

Uno, due, tre.

Espira velocemente dalla bocca.

Uno, due, tre.

Non permetterò alle mie angosce di farsi strada nei miei pensieri. L'ansia è stata sempre la mia peggior nemica quindi continuo a respirare profondamente sperando di imboccare il sentiero giusto.

Uno, due, tre.

Il cielo è diventato plumbeo e le fronde degli alberi sono volti deformi e predatori immersi nelle tenebre e folate di gelo si alternano a un caldo appiccicoso. Inciampo senza rendermene conto o forse c'è stato un tonfo ma l'inquietudine mi impedisce di ragionare lucidamente. Ho un ginocchio sbucciato e d'istinto mi accartoccio su me stessa per leccarmi la ferita, succhiandola come facevo da bambina. I miei sensi si acuiscono e intravedo una casetta in fondo e penso che potrei arrivarci, andando molto lentamente, visto che il ginocchio è sbucciato e la caviglia inizia a farmi parecchio male. Mi vengono in mente pensieri strani. Per esempio che non ho cambiato la lampadina della luce in cucina. È buio. Non sono passata da mamma al cimitero e chi ci potrà passare adesso? Non ho detto a Luen che sarei venuta fino a qui pensando che non approvasse questo incontro d'amore. Da quando è sposata la vedo sotto un'altra luce, ma se fosse colpa mia? Non le ho mai detto che a volte è colpa mia, che so che lei fa ciò che può e che io la amo infinitamente per questo. Ah, e non andrò più a trovare zia Caterina al paese. E ho comprato quel nuovo CD online da ascoltare mentre preparo le lezioni ma non l'ho ancora aperto.

Mi manca il fiato, il dolore è così massacrante che non riesco a gridare. Qualcosa mi ha colpito. Forse un uccello mi ha aggredito, magari un cinghiale, un orso, non so quali animali possono esserci in questa boscaglia. È indescrivibile quanto possa essere profonda questa sofferenza, attanaglia dall'interno, mi attraversa tutta l'epidermide come una scarica elettrica e va oltre tutto, oltre me.

Sento delle scosse e inizio a non muovermi più molto bene. Non mi sento coordinata, mi percepisco come se fossi evanescente. È come vedermi dall'alto, mi sento come quando da piccola mi addormentavo e risvegliandomi nel cuore della notte vedevo dei gatti. Serpeggiavano intorno a me e io restavo con gli occhi fissi a guardarli, ero terrorizzata e affascinata da queste presenze sibilline. Erano grigi con striature più chiare e io cercavo di non muovere neanche un muscolo per non infastidirli. Quando ne parlai con la mamma mi disse che erano solo sogni ma ho continuato a vederli per molto tempo. Ora provo a fare lo stesso, vorrei diventare invisibile, forse lo sono.

Sento un alito di vento che soffia. Sento le foglie che a intermittenza gracchiano. Sento l'odore del bosco, delle cose perdute, di quelle cercate nei luoghi sbagliati e poi inaspettatamente ritrovate, sempre dove non dovevano essere.

Striscio per quel poco che posso. Io credo di strisciare, ma forse sono immobile. Stanotte morirò. Inizio a pensarlo. Non è un pensiero così terrorizzante ma forse perché ne ho altri che premono la mia mente e vogliono uscire. Morirò e nessun alunno verrà al mio funerale. Ma chi pagherà il mio funerale? Le riflessioni iniziano a essere sconnesse.

La natura mi si sta rivoltando contro, io l'ho sfidata correndo tra i suoi boschi. Sulla mia mano sinistra arrivano flemmatici dei rivoli di sangue. Penso scendano dalla schiena. Sono gocce lente e ipnotiche, le osservo. Il mio respiro diventa veloce ma flebile e provo ancora a muovermi ma stramazzo a terra perché all'improvviso mi sento tanto stanca. Vorrei chiudere gli occhi un attimo e poi ripartire. Sicuramente non è una grande ferita, mi avrà beccata un uccello.

Mi appoggio con il mento alla mano sporca di sangue e tutto il mio corpo sembra pesantissimo. Devo solo riprendere fiato, riposare. Il respiro diventa sibilante e i pensieri scorrono, non riesco ad afferrarli. Mi ci vorrei aggrappare. Sento dei rami spezzarsi dietro di me, è un orso credo. Io ho sempre amato gli animali.

Questa *cosa* mi colpisce di nuovo e non riesco più a respirare. Annaspo e sento che sarà difficile riprendere il controllo del mio fiato. Vedo mia madre che mi sorride mentre lavora alla luce brillante della finestra. Un suono sordo e gutturale mi sale dallo stomaco ma esce come un rantolo. Quello che credevo un urlo intenso e profondo è solo una sommessa agonia.

Un altro colpo. Forse devo continuare a contare, forse sarò risparmiata. Forse no. Mi chiedo perché le mie relazioni sono sempre state così aleatorie, al punto che magari neanche si accorgeranno dove sono. E penso a tutti quei ragazzi che, a così poca distanza, si stanno godendo il concerto. Penso alle loro vite così ricche di musica.

E la sento, la musica, è lenta, melodiosa, una litania.

Avrei dovuto andare a più concerti. Avrei dovuto aprire quel CD e ascoltarlo con un bicchiere di vino bianco solo per il piacere di farlo. Avrei dovuto cantare più canzoni con tutta la voce che avevo nel petto, e ballare di più. Ma si sa, nulla è più potente di ciò che non è mai stato.

13 maggio 1949

GIUDITTA

Ho smesso di andare a scuola da più di un anno, tanto non serviva. Piuttosto serve aiuto dentro casa con le mie sorelline, e anche alla signora Maria devo dare una mano. A scuola, in prima, avevo un maestro molto severo ma diceva che ero dotata di una meravigliosa calligrafia. Così diceva. Ho imparato subito a scrivere e quando dovevamo scrivere i nomi degli altri compagni lo faceva fare a me. *Scriverà Giuditta, che scrive meglio.* Allora Antonia mi guardava e mi faceva delle smorfie. Ma era bravissima perché riusciva a non farsi vedere da nessuno, tranne che da me. Comunque non mi importava perché avevo sempre un nastro più bello del suo. Era grande e la stoffa era lucida, e tanta. Così dopo aver scritto me ne tornavo al banco, mi pulivo senza dare nell'occhio le mani sul grembiule e la guardavo. Non le dicevo niente. Non le ho mai detto niente.

Ieri sono stata a servizio dalla signora Maria. Lei ha molti bambini a cui badare e io la aiuto da quasi un anno. Se riesco a farli dormire tutti posso fare i miei lavori. Una volta mi ha sorpresa mentre facevo un modello di carta per la mia bambola. Ha visto che mi sono spaventata, si è avvicinata e mi ha chiesto se poteva dare un'occhiata a ciò che stavo facendo.

Continuavo a nasconderlo tra le mani e non ero sicura di volerlo mostrare a qualcuno. Dolcemente si è avvicinata e ha disgiunto le mie mani, osservandolo. «Brava! Così piccola hai fatto un lavoro così accurato?» Non le rispondevo. «Lo hai fatto tu?» Io le ho detto che sì, l'avevo fatto io mentre i bambini dormivano. Mi ha sorriso, ed era un sorriso stanco, tirato, ma sorpreso. «Tu diventerai una grande sarta». Io piuttosto volevo vestire Marilù, che è stata la mia prima bambola. Ho sempre voluto vestirla da principessa. Non da sposa perché non mi piace come diventano le spose. Diventano grasse. Io non voglio essere grassa. Mentre continuavo il mio lavoro, la signora Maria si affaccia e dalla sua sedia di vimini attende Suor Giovanna, che passava continuamente davanti casa sua. La vede da lontano e le fa segno di avvicinarsi.

Suor Giovanna mi ha tenuta quando ero piccola, la ricordo poco, forse perché mi ha sempre messo un po' paura. Ma mi guardava gratis e mamma dice sempre che è la più buona al mondo. Che non sono tutte buone, ma lei sì. Mamma aveva otto figli, uno è morto piccolo, di una malattia di bambini. Non poteva badare a tutti.

«Sorella, ma non potrebbe insegnare a Giuditta a ricamare? So che ha una scuola, e che funziona molto bene. Tra l'altro, eviterebbe di stare per la strada quando non mi dà una mano a casa».

La suora mi osserva, è titubante. «La ragazzina ha talento? Il ricamo è un lavoro di precisione e bisogna avere occhi buoni». «Sì», le risponde la Signora «la ragazzina ha talento». Così Suor

Giovanna ogni tanto mi faceva andare da lei. Aveva la macchina per cucire e con un paio di volte già la sapevo usare. È stato meraviglioso velocizzare così tanto il mio lavoro, anche se io avevo imparato a fare già tutto da sola.

Il sabato davanti casa c'era il mercato. Mia sorella più grande, Linda, una volta mi ha donato una moneta per la merenda e io invece sono riuscita a comprare il bambolotto più bello che potesse esistere. Era paffuto, con un nasino delizioso, capelli scuri e folti, ma era nudo e anche sporco. Così, tornata a casa, l'ho lavato di nascosto usando poco sapone in modo tale che non se ne sentisse il profumo. Poi ho iniziato a baciarlo sulle gote ed ero così felice che subito decisi il suo nome, che era Giovannino. Dovevo fargli però un abito adeguato.

Il sabato seguente una signora che conoscevo mi donò una pezza di velluto bordeaux, così bella e lucida che non potevo crederci! Era un avanzo che aveva, ma certo non sembrava uno scarto.

Mi ha detto guarda, io con questo pezzetto di stoffa non ci faccio niente ma ti vedo che tu stai sempre a cucire e te la regalo. Sono tornata a casa, che mi sentivo su una nuvola. Era la mia fantasia pensare a come vestire Giovannino o la mia vecchia bambola Marilù. Subito ho iniziato a tagliare, pensare, immaginare e nel poco tempo che avevo, di nascosto e con la poca luce che c'era, gli ho fatto un bellissimo completo giacchetta e pantalone. Era così elegante, Giovannino! Lo riempivo di baci! Era il mio principe, il principe Giovannino.

Sognavo di diventare una grande sarta, di vestire tantissimi bambolotti e vederli splendere profumati di sapone di Marsiglia.

Non mi piaceva essere povera e cucire di nascosto le cose che desideravo di più. Non mi piaceva quello che mangiavamo perché a pranzo la minestra era annacquata con qualche pezzetto di patata, a volte con i fagioli. Mangiavo pochissimo, a parte la sera se il mio papà portava il pesce fresco. Desideravo una vita diversa, piena di cose belle, e indossare abiti originali, tutti cuciti da me. Per ora pensavo al mio Giovannino, il mio bellissimo principe dal suo regale abito bordeaux.

Fu il mio primo vero amore.

15 maggio 2018

LUEN

Sgrano gli occhi. Tentenna, questo mattino di metà maggio. L'aria diviene pastosamente tiepida, illumina di luce schietta i vicoli romani, il gelsomino graffia le narici pungendole e il tempo scorre veloce. Ma annaspa, incespica in alcune giornate ruvide, defluisce lento su quelle vellutate. Ripenso ai miei sogni, così vividi. Tutte le notti penetrano il mio sonno rendendolo intenso e convulso. Il primo pensiero non è mai rassicurante e mi chiedo perché non sono ancora chi volevo essere.

Sono cresciuta pensando di diventare una giornalista importante. Non conosco il motivo ma ho sempre avuto questa sensazione che mi scorreva sotto la pelle. A scuola ero bravissima ma non è questo il punto. È più che altro un presentimento che mi ha sempre accompagnata sin da piccola. Come quando mi sono svegliata di notte, a sei anni, guardando il mio cane che spalancava la bocca e questa era piena di chiodi e il mattino dopo mio padre ha detto a mia madre che la odiava e che voleva andarsene. Poi gli è passata, ma quella furia resterà negli annali dei padri impazziti. Oppure quando ho sognato mia zia che mi accompagnava a un funerale. Io e lei ci guardavamo, era la mia seconda mamma. Aveva lunghi capelli scuri, occhi infossati e onesti. Siamo davanti all'altare della chiesa. Lei mi rimane vicino ma mi tende la mano. Guardiamo la grande croce imponente e convessa nell'oro e in tutti i metalli preziosi, lei mi sussurra nell'orecchio *ora restiamo insieme a questo funerale.* Mi giro e si apre un paesaggio spoglio, con rami secchi incastonati tra loro, con radici imponenti ma separate, e all'improvviso mi accorgo che sono grossi serpenti sibilanti che strisciano l'uno contro l'altro quindi i tronchi non hanno più le loro radici. Mi volto verso l'altare e stringo la mano di mia zia che è totalmente presa dal funerale e mi sussurra nuovamente di fare attenzione alla funzione, è una cosa importante. Il giorno dopo si è sentita male e credo che in quel sogno lei volesse celebrare quel momento di passaggio e di transizione che a volte accompagna l'essere umano e purtroppo in quel caso accompagnava noi. Dopo qualche settimana è deceduta. Dopo mia madre, è stata la più grande perdita della mia vita.

Decido di alzarmi continuando a riflettere sul fortissimo desiderio di successo, di arricchimento, sulla possibilità di diventare una persona che fa la differenza, ma questo non è semplice come avevo immaginato. Il mio talento spesso è inutile e come è concepibile una realtà in cui avere del talento è completamente inutile? Lorenzo è la mia occasione per prendere le cose con più calma. Posso avere più tempo per raggiungere i miei obiettivi.

Ci siamo sposati il 4 luglio del 2016. È stata una cerimonia veloce, tutti pensavano che io fossi incinta. Mia suocera ha preso praticamente tutte le decisioni e ha assunto così tanto personale specializzato che sembrava un matrimonio dell'alta nobiltà e io ricordo solo che avevo fame, non trovavo il cellulare e le quattromila forcine che avevo nei capelli mi si erano conficcate nel cervello, annebbiandomi la mente. Eva era la mia testimone e per tutta la cerimonia mi ha rimproverata con strani cenni e sguardi assassini di non incrociare le gambe sotto l'abito nuziale, però poi ha mantenuto il nostro patto e ha fatto in modo che il mio bicchiere non fosse mai vuoto. È stato tutto così repentino che non ho avuto tempo di sognarci sopra a sufficienza. Mio padre l'ho intravisto mentre cercava di sfuggire ai sette fotografi che tentavano di scandire il tempo del nostro giorno più bello a suon di flash. Mi sono addormentata sfinita e brilla, abbiamo fatto sesso confuso in un letto troppo grande e mentre prendevo sonno gli ho stretto il mignolo e volevo chiedergli perché mi avesse sposata.

È una domanda che non gli ho ancora mai fatto, forse non mi sento sicura della risposta. E penso che se non si è certi del responso sia meglio non chiedere.

La luna di miele però è stata divina. A Miami mi sono divertita tantissimo, ricordo che ogni sera provavamo un tipo di cucina differente e ridevamo, ridevamo tanto. Lorenzo era rilassato, bellissimo e abbronzato. E poiché eravamo d'accordo che era stato un matrimonio un po' troppo formale ci siamo ripromessi di viaggiare tanto per dimenticare il giorno della cerimonia e rendere invece giustizia alla nostra luna di miele. Quindi non festeggeremo gli anniversari di matrimonio ma quelli del viaggio di nozze.

Dall'autunno ho anche iniziato a scrivere per una rivista che recensisce locali e ristoranti e che mi permette di raccogliere il numero sufficiente di articoli per diventare pubblicista. Sono addirittura pagata venti euro netti per pezzo, che non è male, visto il mercato che in genere non prevede pagamento, se non addirittura lo richiede.

A Lorenzo non dispiace il mio "lavoro". Fa tanto moglie in carriera ma non troppo, e i soldi non sono un problema per lui. Si è laureato giovanissimo e lavora nello studio legale del padre, il quale ormai ha quasi del tutto abbandonato la professione lasciando al figlio una vasta eredità di clienti facoltosi.

Inoltre quando torna dal lavoro, invece di degustare la mia orribile cena possiamo andare in questi localini. La maggior parte non sono eccezionali ma devo dire che tendo sempre a esaltarli, sia per evitare eventuali querele sia perché vorrei fare degli articoli invitanti.

Oggi sono riuscita a evadere tutte le mie incombenze in un'ora. Mi siedo nella mia cucina per un caffè e la osservo. È inevitabile riflettere che è stata pensata da un architetto degno di nota. Il piano di lavoro è iridescente e brillante, qualunque lampada è stata pensata per mesi sia per la posizione che per l'intensità. C'è tanto spazio intorno a me, tante piante che affogo ogni giorno e una grande penisola con uno spazioso tavolo di lavoro che non utilizzo mai. Inizialmente fingevo di cucinare, andavo ad acquistare cibo pronto o semi pronto da mettere solo in forno. Poi mi sono stancata e mi sono arresa all'evidenza.

«Lorenzo, cucinare non è per me».

Leggeva il giornale e senza abbassarlo mi ha risposto: «Figurati, non cercavo mica una cuoca. Spendi il tuo tempo a farti carina».

Mi ha sorriso distratto. Quel sorriso vagamente timido che ho sempre amato.

Ma lui mi conosce?

«Che ne penseresti di avere un bambino?»

A questo punto abbassa il giornale e mi osserva: «È una cosa della quale sei sicura? Mia madre non ti vede pronta». Sobbalzo.

«Parli con tua madre di *questo*?»

«Ma no, stai tranquilla. Se ne parlava così, a quasi due anni dal matrimonio mi chiedeva se sarebbe diventata nonna, prima o poi. Sai che ti vuole bene».

Sono urtata.

«Beh, puoi anche dire a tua madre che presto diventerà nonna e potrà spendere i suoi soldi in maniera più sensata rispetto al circolo del golf!»

Mi guarda perplesso.

«Non serve questo, devi stare tranquilla. Faremo ciò che abbiamo voglia di fare».

«Va bene, allora avremo un bambino».

Lo osservo con sfida. Lui esce per il lavoro, mi bacia la nuca e se ne va frettoloso.

Io resto sola per un tempo indefinito in questa stanza luminosa, mi dirigo al frigo e mi verso un calice di Müller Turgau, in fondo è il momento ideale per un aperitivo. Per riempire il secondo calice urto il bicchiere e lo infrango, così vetri, liquido e piccoli pezzi di ghiaccio si spandono sul pavimento.

Li osservo e poi decido di sedermi a terra.

Dal basso si vedono meglio tutti gli spiragli di luce.

Ho sempre avuto difficoltà con le persone.

Non che io abbia dei problemi a relazionarmi ma sono educata. Non ho mai la risposta giusta e se ce l'ho devo calibrarla e nel frattempo che elaboro il momento è passato. L'autorità mi mette una certa ansia e di conseguenza tendo ad avere un atteggiamento eccessivamente rispettoso. Mi accadeva anche nel periodo dei colloqui di lavoro, veder nascere nella mia testa importanti diatribe e uscirne vittoriosa. In realtà durante gli incontri, quelli veri, non ero mai così brillante.

Ora che sono più rilassata a livello economico posso occuparmi di ciò che preferisco. Sto provando a decidermi cosa sia. Le amicizie continuano a non dare troppi frutti. È vero, c'è Eva, ma a volte sembra che non mi basti. Non mi va di esserle di peso ora che sono sposata, forse preferirebbe delle uscite a misura di single. E comunque riconosco che non mi dispiacerebbe avere delle amiche che conducano una vita più simile alla mia. Se ci rifletto ovviamente Eva è imbattibile, a volte i nostri dialoghi sono profondi e intimi ma poi ho come la sensazione che mi sfugga.

Penso alle volte in cui ho sentito di perderla; a volte forse mi ha persa anche lei. Mi ha trovata un secolo fa in un pub piena delle mie parole, ma l'ho riscoperta dopo mesi. In tutti questi anni ho temuto che fosse tardi, che fosse presto, che fossimo uguali poi diverse, forse distrattamente lo ha pensato anche Eva. Ho amato per due, a volte, forse è capitato anche a lei.

In questo momento è affascinata da un tizio conosciuto in rete e non sono certa che possa essere qualcosa di redditizio. A volte sembra così eterea.

Pensavo di concentrarmi sul discorso maternità. Se si hanno dei figli la gente pensa che probabilmente vada bene così, non c'è molto altro da dimostrare. Potrei così sfruttare meglio i soldi della famiglia di mio marito e togliermi dalla testa definitivamente l'idea di trovare un'occupazione appagante. Potrei portare i bambini all'asilo e andare a fare la messa in piega, la manicure e dire a chiunque incontro quanto sono stremata dai piccoli, che mi assorbono ogni secondo e bla bla e tutti annuirebbero senza controbattere. Ricordo sorridendo quando Eva, alla vigilia del mio matrimonio, mi ha invitata, neanche troppo sottilmente, a non fare mille marmocchi antipatici che possano trasformarmi nella *Signora Passeggino*. È il nostro modo di apostrofare le mamme arroganti che con immensi aggeggi sempre più tecnologicamente ingombranti sono pronte a schiacciare tutti i piedi che incontrano sul loro cammino.

Mi chiedo se questo potrebbe bastarmi. Mi chiedo se mai qualcosa mi possa bastare. Da un lato mi vedo immersa in una realtà familiare quasi campestre, rurale, profumata di bacche, arbusti, pigne gravide di pinoli freschi. Dall'altro mi vedo protagonista in maniera decisamente più attiva di una realtà professionale tutta in costruzione, che può dare dei frutti notevoli e dove io e solo io ne sono l'artefice. Nel frattempo sento la cameriera entrare in casa e chiamare a gran voce, sperando ovviamente che nessuno sia in casa. Mi rialzo velocemente. Libero la mente in fretta e inizio a rassettare il disordine che ho lasciato. L'ultima cosa che voglio è lasciar sprofondare mio marito nell'imbarazzo. Non ancora. Se mai precipiterò da qualsiasi parte, senza dubbio non sarò l'unica a intravedere l'oscurità del baratro.

14 luglio 1952

GIUDITTA

La signora Ermelinda mi insegna a essere una donnetta di casa e Suor Giovanna a ricamare i corredini per le donne del quartiere che partoriscono. Non mi pagano nulla ma la mamma dice che è importante non stare mai con le mani in mano e che bisogna allenare dita e occhi.

La signora Ermelinda un giorno di dicembre è venuta dalla mamma. Lei è sposata con un signore che comanda tutti quelli che pescano sulla barca, tra cui mio papà, e non le sono venuti i figli, come dice la mamma. Allora una mattina di buonora si è presentata imbacuccata in un paltò di panno ed è entrata in casa. Si è guardata intorno osservando con attenzione, era evidente che soppesava il nostro livello di povertà con quegli occhi aguzzi e l'espressione disgustata. Una stanza dormitorio divisa da un tendone, uno sgabuzzino trasformato nella stanza di mamma e papà, e la cucina, pulitissima, che però assolveva a ogni altra funzione: si mangia, si parla, si cucina, si sbucciano le patate, si ricevono i vicini. Ha osservato la mamma nella sua veste da casa informe con evidente disprezzo ma anche con una certa invidia malcelata: in fondo lei da quel corpo amorfo e indefinibile aveva dato vita a tutti noi, così come si addice a ogni albero che riesce a dare frutti. Così come è previsto, dicono.

Poi ha esordito: «Dora, voi che ne avete tante, mandatemi qualcuna delle vostre figliole che ci penso io a istruirle alla vita». Era arcigna, cupa, con delle folte sopracciglia che si univano in un'ala compatta e che le incorniciavano il volto, in contrasto con una carnagione così chiara e sottile che sembrava potessero vedersi tutti gli ingranaggi all'interno del volto.

Così un giorno è toccato a me, e ho iniziato a stare a servizio presso la signora Ermelinda. Lei mi manda a prendere il pane dal fornaio per il marito; lui porta la dentiera e ne vuole uno così morbido che solo a vederlo mi viene l'acquolina in bocca. Attraverso la busta lo tocco, lo odoro e poi glielo porto.

La sera torno a casa, però, e se riesco mi metto a cucire di nascosto, fingendo di occuparmi del bucato. Non è che non posso cucire ma devo cucire ciò che serve agli altri e non ciò che piace a me.

Per fortuna la sera c'è papà Minichino, che è bello come il sole. Il taglio degli occhi sembra dipinto e il colore è quello del mare. Mio padre è nato in una cittadina di poche anime dove una grande distesa di acqua cristallina con i riflessi blu e azzurri lo hanno visto crescere.

Era molto più grande di mia madre quando l'ha chiesta in moglie. Mia madre era indecisa a causa dell'età. Ogni mattina lui la vedeva passeggiare per andare a fare la spesa, rigorosamente a fianco della sorella più grande, e le domandava: Dorina mi vuoi sposare? Lei era sfuggente e rispondeva ci devo pensare. Non aiutava l'età perché papà aveva oltre quarant'anni. Aveva viaggiato per mare per molto tempo e ora voleva trovare il suo porto. Una domenica va da Dora vestito di tutto punto. Aveva una giacca elegante, scarpe bianche e dei ricci morbidi e soffici. Era bellissimo. Suonò alla porta e chiese al padre di Dora se la figlia ci avesse pensato. Lui gli fece spazio, lei era appoggiata allo steccato bianco con un abito ricamato dalla zia. I capelli lisci e lunghi le incorniciano il viso e lo osservava. Il fascino era ineguagliabile a quello di qualunque altro giovane. I ricci ordinati ma prepotenti non passavano inosservati e al collo una bella croce d'oro. Restò in silenzio qualche minuto, poi disse: «Ci ho pensato. Va bene». E così nacque la mia famiglia.

Mia madre ogni tanto racconta questa storia, ma sembra essere qualcosa vissuto da un'altra donna. Io mi siedo con le gambe incrociate nonostante i rimproveri e sogno la bellezza di mio padre, i suoi occhi annacquati dell'azzurro del cielo e mi sento così sognante. Ogni volta dico *grazie mamma per avermi raccontato questa storia*. Lei allora si alza bruscamente ribattendo ma questa mica è una storia, andiamo a lavorare.

Papà Minichino torna a casa con il pescato del giorno quasi sempre, esce la mattina e torna la sera. Certe volte finge di non avere preso nulla per noi. Io allora sto lì che mi preparo a sbucciare le patate per cena e lui si avvicina quatto quatto e inizia a dire guarda un po' questi cefaletti come fanno! Mi rincorre così con i pesci, facendogli muovere la bocca e mimando un improbabile suono finché arriva la mamma che con il suo sguardo mette fine alle corse e dice sempre la stessa frase: *con il cibo non si gioca. Cosa le vuoi insegnare?* Allora prende il pesce e lo inizia a pulire straziandone le carni, quasi a volersi vendicare. Io fingo di aiutare e certe volte papà di nascosto continua a simulare di essere un pesce muovendo la bocca e spalancando gli occhi. Ma sono attimi veloci, da godere in pieno perché poi la mamma si gira e tutto repentinamente finisce.

19 maggio 2018

MAGGIE

Mi sono svegliata alle sei con il batticuore. È sabato e avrei potuto dormire almeno un'altra ora ma non ci sono riuscita. Non ci riesco mai. Quando sono sola con i bambini il mio carico di ansia si moltiplica e non so come gestirlo. Non so neanche come organizzare la loro giornata, visto che sono incredibilmente vivaci e io non ho fatto amicizia con le altre mamme. Ho avuto la depressione post partum per Carlo sei anni fa, poi ho avuto Sveva circa tre anni fa. Sono nati entrambi con la *fivet* perché c'è qualcosa di difettoso in me, in noi. È stato un percorso terribile, ricordo solo gli ormoni che mi facevano piangere e ridere e avere istinti omicidi e poi, a un certo punto, mentre ero in fila alla posta, mi hanno tolto la vista. Non vedevo più nulla. Quando è nato Carlo ci ho messo un anno e mezzo ad alzarmi dal letto ma tutti dicevano che dopo tante difficoltà era meglio riprovarci subito e così, dopo altre cinque inseminazioni, è nata anche Sveva. Adesso ha quasi tre anni e non riesco a cancellare dalla mia mente le ragadi, il clomid e il taglio cesareo. E i medici veloci, scortesi, privi di tatto. Guardo Sveva, così perfetta, e mi chiedo perché mi sento così.

Mio marito lavora moltissimo, è un architetto. Ha seguito le orme di suo padre, morto due anni fa dopo essersi assicurato che suo figlio potesse proseguire l'attività, alquanto redditizia. Devo essergliene grata perché grazie al suo lavoro posso stare a casa con i bambini. Dopo i miei studi l'unico impiego trovato è stato quello di baby sitter. Non mi sono mai adattata alla grande città nella quale mi sono trasferita da adolescente e nonostante io sia laureata in filosofia, con lode, non sono riuscita a trovare nulla di adeguato a me. O di pagato. Poi mi sono follemente innamorata di mio marito, e ora faccio questo. Cioè faccio tutto. Mi prendo cura di loro. Molto meno di me stessa, ma il problema è che ho anche poche possibilità di avere del tempo a mia disposizione.

Distrattamente mi guardo allo specchio dell'ingresso e sembro uscita direttamente dagli anni Novanta. Almeno le sopracciglia incolte sono tornate di moda. Capelli con così tanta ricrescita da non capire quale sia il colore originale, appiccicati alla testa con una coda di cavallo crespa e distratta. Sciatta. Sovrappeso. Non che questo sia un problema perché non sono mai stata magra e mai ho voluto esserlo, ma adesso sto sfiorando l'obesità. In particolar modo le braccia sono esplose al punto che evito qualunque cosa senza le maniche, anche ad agosto. Punterei sugli occhi, che ho sempre avuto di un verde intenso ma, dopo gli ormoni, la vista mi ha parzialmente abbandonato e indosso degli occhiali comprati in farmacia per non togliere soldi ai bambini. Sono bianchi, quasi trasparenti, e perlati.

Preparo i bambini per uscire nonostante sia presto, con la

promessa che al centro commerciale avranno un giocattolo. Sveva cammina bene e Carlo corre come un pazzo.

Dopo due ore riesco a piazzarli davanti al reparto gastronomia del supermercato e Sveva inizia a urlare che è stanca. Si aggrappa alle mie braccia con tutta la forza che ha e grida *sono stancaaaa ti pregooooo*. Ogni volta è così. Mi sento inadeguata, soprattutto perché con il padre non lo fa mai. Sembra un piccolo angelo invece è un demone. A Carlo invece è stata ipotizzata una forma di ADHD o DOP o una sigla del genere per dirc che è un terremoto, che può andare fuori controllo, e che bisogna avere più pazienza. Sono le dieci del mattino e sono già esausta.

Provo a ordinare del prosciutto ma è difficile, con Carlo che inizia a prendere a calci tutti i salami esposti nel banco frigo e con Sveva che urla come un'ossessa. Mi dicono di lasciarli sfogare, che presto andrà meglio, ma nel frattempo raccolgo sguardi di disprezzo da molte delle persone che incontro. Per fortuna c'è una piccola percentuale di gente che nemmeno ti vede, potresti svenirgli davanti e ti scalcerebbero per proseguire la loro strada. Il weekend è il momento peggiore della settimana, perché mi trovo per due giorni interi sola con loro.

So che mio marito viaggia molto per permetterci di fare una vita migliore. Lui ci ama e cerco di non prendermela per le sue assenze. Certo, avrei bisogno di essere sostenuta di più. Ma è anche vero che la sua professione mi permette di non preoccuparmi del lavoro. Purtroppo non sono riuscita a formarmi a sufficienza e mi chiedo quale lavoro avrei potuto trovare con un titolo di studio spesso giudicato poco utile in un'epoca basata sul funzionamento e l'utilità.

Mi rendo conto che a volte avrei bisogno di un sostegno in più. Mia madre non ama molto fare la nonna ma devo dire che nei momenti di grandi difficoltà ci prova. Ha insistito molto anche lei affinché avessi la seconda gravidanza. Io non avrei mai potuto affrontare nuovamente quell'incubo ma tutti non facevano che ripetere che non dovevo essere egoista, ormai ero in ballo e dovevo ballare. La verità è che io volevo restare ferma.

Tommaso è il classico papà che ama farlo, ma per un'ora al giorno.

Solamente mio padre una volta mi chiese se fossi davvero convinta del percorso che stavo attraversando, ma a guardare quegli occhi lattiginosi e un po' spenti l'unica cosa che mi sono sentita di fare è stato rassicurarlo.

Mia sorella ultimamente viene un po' più spesso, ha anche sistemato tutte le foto che non ero riuscita a organizzare nel computer, ma sempre in base ai suoi comodi. Lei è più grande di me di cinque anni, ma non va tanto d'accordo con mio marito. A volte i legami familiari non sono facili. Mia sorella ha la sua vita, le piace condurre un'esistenza priva di oneri e soprattutto detesta i bambini. Nonostante i quarant'anni suonati spesso si comporta come se ne avesse venti. Risponde al telefono se le va, programma un viaggio all'ultimo minuto sempre se le va, e così in base al suo umore gestisce il rapporto con i familiari. Se le va. A volte dubito fortemente che lei possa volermi bene ma poi mi dico che sono fissazioni mie. Di certo ha sofferto parecchio gli spostamenti di casa che hanno caratterizzato la nostra infanzia.

Mi rincuoro pensando che presto tornerà mio marito, si tratta solo di fare passare due giorni. Proverò a fare una torta. Non so come potrò tenere i bambini nel frattempo. Il tablet non posso darglielo. Oppure sì? Mentre rifletto una signora mi chiama e il tono della voce non è affatto cortese.

«Signora, ma è suo figlio quello che sta aprendo i pacchi dei biscotti in offerta?»

È ostile e io mi sento furiosa, ma anche colpevole.

«Va bene glieli compro! Glieli compro!»

Alzo la voce e Carlo mi osserva per un secondo. Una frazione di secondo, in cui mi auguro di fargli pena, in cui spero che quel piccolo essere a cui ho dato la vita con tutto il fiato che avevo, con il quale mi sono scambiata incessantemente l'anima, l'ossigeno e il sangue riesca a sentire come mi sento, ma niente. Niente. Riprende a scartare i biscotti per cercare quello con più cioccolato mentre Sveva comincia a scalciare e piangere dicendo di essere stanca. Nel frattempo arriva un WhatsApp di mio marito in cui mi chiede se mi sto rilassando con i bambini tutti per me. Rispondo con il pollice alzato, afferro entrambi velocemente per le magliette e mi dirigo verso la cassa, senza dire una sola parola.

07 maggio 1958

GIUDITTA

Sono una signorina ormai. Ho visto il mio corpo trasformarsi molto velocemente. L'ho osservato con sospetto iniziale e poi con grande sollievo perché ha preso delle forme morbide e inaspettate. Sono orgogliosa delle mie gambe e della mia altezza. Sono la più alta delle mie sorelle. Non abbiamo specchi in casa ma quando vado dalla Livornese, dove adesso ho iniziato a lavorare, mi osservo a lungo, di nascosto. Il naso mi piacerebbe che fosse leggermente più piccolo ma si intona bene al mio viso. I capelli sono folti e ondulati e amo appuntarli senza legarli completamente come vorrebbe la mamma. Ho cucito delle camicette bianche con delle maniche gonfie e tutti mi fanno i complimenti. I ragazzi per strada iniziano a girarsi quando cammino e amo godere di questa sensazione. Mi sento ancora più alta quando accade. Mia sorella Giusy, che ha un anno meno di me, si è fidanzata. Lavorava in un campo enorme, raccoglieva l'uva e le verdure e ha conosciuto uno dei nipoti del proprietario del campo, un giovanotto di nome Pietro. Non è bello come lei, che comunque non è bella come me, però è allegro e la sera porta un grande cocomero che dividiamo con tutto il vicinato.

Lei se ne andrà e avremo un po' più di spazio, per quanto la superficie sia angusta e limitata. Nella stanza dormitorio abbiamo messo due tende beige per poterci vestire e accomodare per la notte. Accanto c'è la stanzetta dove stanno i nostri genitori ma papà Minichino sta costruendo un capanno dove in estate potremmo riposare a turno per stare più freschi. Sarà come avere la casa delle vacanze e non vedo l'ora. La mamma mi dice *guarda che bello, papà sta facendo anche una finestrella. È vecchio ma ancora lavora.*

«Sì, la vedo», rispondo ammaliata dal fascino indiscutibile del mio papà.

«Forse un cacciatore la affitterà, così si potrà rimediare qualche soldo in più per la spesa. E mettiti al lavoro che stai di nuovo con le mani in mano». È sempre rigida, la mamma. Preferirei che il capanno non andasse al cacciatore, non mi piacciono i cacciatori.

Papà Minichino torna stanco dal lavoro ma lo vedo che combatte con i mattoni rimediati da un cognato e con la legna, non si dà pace finché non è sfinito. Che gran lavoratore il mio papà, ed è sempre bellissimo, anche se sta invecchiando un po'. Ha sempre cinque minuti per scherzare con me. Mi chiama la sua lupacchiotta ma non ne conosco il motivo.

Io voglio essere come lui. Questo mi interessa. Solo questo. Voglio guadagnare per conto mio e non voglio più andare in giro scalza come mi è successo quando ero più piccola. Adesso non mi capita perché ho degli innamorati che impegnano tutto il loro stipendio per comprarmi regali. Mi piace far credere loro che potrebbe esserci un seguito tra noi così da ricevere più doni, ma la verità è che ancora voglio essere libera. Ho una scatola dove nascondo i loro oggetti e per ora l'ho intrappolata tra alcune travi destinate al capanno, tanto verranno usate tra un po' di tempo. C'è una splendida spilla da incastrare tra i capelli, è luminosa, ma la mamma non può trovarla quindi ogni tanto vado là e me la tengo tra le dita. Penso che possa essere magica e se la tocco per qualche secondo la giornata andrà bene e mi accadrà qualcosa di bello. Poi fingo di essere una signorina invitata a un ballo elegante e faccio anche la riverenza. Sono armoniosa e mentre mi muovo inizio a prendere confidenza con i miei seni, pesanti ma accomodanti e molli, a volte quando giro su me stessa li tengo così ballano meno.

Per ora sono troppo giovane e ho bisogno di concentrarmi sul lavoro di sarta, non ho voglia di pensare al matrimonio come fanno le mie sorelle. Loro pensano solo a quello mentre io penso a come fare per diventare indipendente.

La Livornese ha una casa molto grande e cercava delle ragazze per farsi aiutare nel mestiere. Io ormai sono molto brava ma vorrei imparare meglio. Poiché la Livornese ha intenzione di darci solo un piccolo rimborso con lo scopo principale di insegnarci per bene il lavoro, ho deciso di imparare più che posso da lei per poi andarmene e fare tutto per conto mio. Io sono la più brava di tre ragazze che ha preso con sé. Mi piacciono, quindi il tempo trascorre velocemente. Certo, io ho un talento naturale ma non lo faccio pesare. Presto lavorerò da sola, il mio unico problema è che casa mia è piccolissima e trovare uno spazio sarà complicato. Ma già ho delle persone che mi chiedono dei lavori e continuerebbero a cercarmi. Perché oltre a essere brava sono molto bella e le persone hanno piacere a farmi lavorare. C'è un vedovo del quartiere che ogni volta mi promette che quando sposerà la figlia sarò io a cucirle il vestito da sposa.

Mi piace cucire perché mi sento come se il mondo sparisse e io resto sola con la mia fantasia, con le mie mani che scorrono veloci e gli occhi furbi. Posso fare quello che voglio, non devo dipendere da nessuno e non dovrò sposarmi se non ne avrò voglia. Giro voluttuosamente su me stessa e godo del mio corpo cambiato, modellato come gli abiti di chiffon, così fluido, sottile ma nello stesso tempo imponente. Sono diventata proprio come quel vestito che volevo, se mi fossi disegnata da sola non avrei potuto progettarmi meglio.

GIUDITTA

21 maggio 2018

LUEN

Sono in un casolare in campagna nel mio paese, anche se non ho mai avuto quella casa. Mia madre stende le lenzuola bianche e candide canticchiando. Io mi avvicino lentamente, ho i capelli sciolti e i piedi scalzi. Lei si trova in una rientranza in legno del casolare, il tempo è bello e il sole splende alto senza scaldare, infatti sento freddo.

Entro in casa e vado con sicurezza nella mia stanza ma subito mi accorgo che sono entrati i ladri. Mi hanno derubata di tutto; sul porticato c'è una grande mantide religiosa che mi fissa. Inizio a vedere quanto mi è stato portato via e inizio a gridare: aiutatemi, che qualcuno venga al più presto qua! Cerco tra gli oggetti buttati alla rinfusa nella stanza e inizialmente non trovo le perle che mi ha regalato Lorenzo, ma poi le vedo incastrate nel letto, sono aggrovigliate ma non sembrano rotte. Noto invece che sono sparite le chiavi di casa di Eva. Sono addolorata. Rovistando nei cassetti mi accorgo che ci sono dei vecchi documenti, all'interno dei quali c'è il nome del ladro ma non riesco a leggerlo.

Esco di corsa e vado da mia madre per dirle del furto, le dico che non è giusto quello che è capitato ma lei risponde che è successo perché era una giornata di festa, e durante le feste rubano sempre. Mi guarda. Mi dice di ritirare il bucato ormai asciutto e se ne va. Inizio a ritirarlo ma mi accorgo che è tutto sporco di fango e deve essere lavato nuovamente. Però mentre lo metto in lavatrice le lenzuola trasudano sangue che mi scorre sulle braccia. Mi spavento e le lancio piangendo, urlando terrorizzata, mentre rivoli di liquido caldo scorrono sulla mia pelle che brucia al contatto.

Scappo per un bosco che costeggia il casolare. Mi devo fermare perché è pieno di mantidi religiose e io ho paura. Vedo Eva seduta su un ponte, è di spalle e muove le gambe e le braccia, come fanno i bambini, avanti e indietro. Le chiedo che ci fa qua e lei risponde che sta cercando la musica. È importante ascoltare la musica. Vorrei avvicinarmi di più ma le mantidi bloccano il passaggio. Mi fissano con degli occhi sproporzionati e privi di emozioni. Il capo triangolare mi ricorda gli alieni che disegnavo da piccola, quando sognavo di incontrarne uno che mi rivelasse l'esistenza di altri pianeti e magari mi portasse con sé. Sembra che stia pregando. Il corpo è rivolto dalla parte di Eva ma lo sguardo spazia da me a lei, restando in agguato. Restiamo immobili, vedendo chi farà la prossima mossa. Cerco di non guardarla, provo a fare la vaga. Sussurro *Eva vieni qua, piano piano, con attenzione*. Lei sembra non ascoltare la mia voce ma all'improvviso si volta e il suo viso è stato dilaniato da animali e gli occhi sono assenti, anche se continua a muovere le gambe e sembra una bambola, quelle di una volta, con il viso di porcellana e il corpo piccolo diventato di pezza. Infatti ora sembra rimpicciolita, ha il fisico minuscolo e molle di un pupazzo e il volto di uno scheletro con le labbra cucite grossolanamente. Inizialmente mi ricorda una bambola assassina ma poi realizzo che sembra piuttosto sia stata assassinata.

Ho il cuore in gola. Mi rendo conto che ho afferrato il bordo del letto e le nocche sono diventate pallide, le unghie sono infossate nel legno striato e annaspo. L'asma mi aggredisce e mi sforzo di respirare mentre afferro il ventolin. Sono sudata, ho i capelli appiccicati alla fronte, cerco di orientarmi nel tempo e nello spazio e nello stesso momento mi accorgo che mi sanguina il naso. Mi ritrovo le lenzuola e le braccia imbrattate di sangue.

Le luci filtrano attraverso le tende limpide, affettando in piccole parti i residui dei miei sogni. Ansimando provo a riacquistare lucidità, mi raggomitolo nelle lenzuola ormai sporche, pensando che il sangue non si lava. È l'unica macchia che è difficile togliere. Le dovrò buttare, peccato. Mi piacevano, così setose e levigate. Resto accartocciata mentre tento di sgusciare via dal mio sonno ingarbugliato. Mi guardo intorno e osservo le finestre che per un difetto del drappeggio non oscurano più alla perfezione. È strano ma quando noto una pecca in questa casa inecccepibile, anziché tentare di sistemarla, la curo e la accarezzo come una sorpresa da non condividere. Mi piace la tenda che non si chiude come dovrebbe, mi piace il suono fastidioso che a giorni alterni fa l'orologio del forno, dimostrandomi che non tutto è impeccabile. Un raggio fioco mi raggiunge il viso. Ora sono seduta scomposta, in uno dei tanti modi che fanno dire a mio marito *sembri smontata, ti farà male la schiena*. Sento girare la chiave nella serratura mentre sono ancora immobile.

Perché Lorenzo è tornato a casa?

Lo sento tirare la valigetta del lavoro sul pavimento, accelerare i passi e raggiungermi in camera da letto. Conosco tutti quei piccoli gesti meccanici che fa quando rientra in casa. Di solito però beve sempre un sorso d'acqua, versandola lentamente nel bicchiere di vetro azzurro. Adesso invece corre da me, ma non mi dice niente. Rifletto sul fatto che è davvero carino con la camicia azzurra, quella che non riesco a stirare perché si vedono subito le pieghe. Va beh, tanto non so stirare neanche quelle di altri colori.

Mi osserva con i capelli scompigliati e gli occhi terrorizzati e apprensivo si siede sul letto, accanto a me.

«Luen devo dirti una cosa. Mi ha chiamato Valerio, il P.M. che hai incontrato a diverse cene dai miei. Era al nostro matrimonio, è uno dei più vecchi amici di papà. Ha voluto telefonarmi *personalmente* per spiegarmi la situazione subito, in modo tale che ti parlassi con calma. Stanotte a Modena hanno trovato una ragazza uccisa con tre pugnalate profonde e stanno procedendo agli accertamenti, il sopralluogo, cose così. È ovviamente subito intervenuta la polizia specializzata, per capire cosa sia accaduto esattamente e quando. Probabilmente verrà tutto affidato alla Procura di Roma, ma questo non si sa. Mi stai seguendo?»

«No. Sì. Cioè, ti seguo. Non ho capito bene». Provo a concentrarmi.

«La ragazza uccisa aveva una specie di spirale sul polso, e un cellulare. C'erano delle foto, in molte di queste c'eri tu. Diciamo che c'è la possibilità che sia Eva. Sicuramente sarà stato un errore, uno scambio di persona. Mi dispiace tanto amore mio, onestamente non so cosa dire».

Non sento niente in questo momento. Non è possibile. Non ci credo. Mi sta dicendo che Eva non c'è più? Sto provando a pensare. Devo andare da lei. Una volta ci eravamo promesse che se ci fosse successo qualcosa avremmo fatto sparire qualunque prova che inquinasse la nostra memoria, in modo che questa restasse impeccabile e immacolata. È l'unica cosa a cui riesco a pensare.

«Io devo andare da lei».

«Ascolta Luen», inizia ad alzare la voce mentre mi alzo di scatto con l'idea di vestirmi di corsa, sfregandomi prima le braccia con dei fazzoletti umidificati «non è possibile. Saranno messi i sigilli all'appartamento, se non è già stato fatto. Non lo puoi fare, mi stai seguendo? La casa sarà sotto sequestro, non ci potrai entrare! C'è il rischio di diventare una sospettata se non una indiziata. Mi stai capendo?» Nel frattempo segue ogni mio passo cercando di catturare la mia attenzione ma a questo punto sono già pronta.

«Sì, ho capito», scandisco le parole «sai quanto me ne importa? Hai presente zero?»

Il timbro della voce diventa più deciso, sento che è sempre più allarmato, mentre io prendo la borsa grande, quella per la redazione in cui non vado mai e la riempio di tante cose inutili che in questo momento mi sembrano indispensabili. E ricordo dove ho messo le chiavi, quelle con la pallina da biliardo. Sono in un cofanetto all'ingresso. Da questo momento in poi ho un solo obiettivo da seguire e non sento più nessuno. In pochi minuti sono pronta ed esco di casa con Lorenzo che mi grida dietro. Guido meglio che posso. Non sono una grande conducente ma in meno di mezz'ora arrivo a casa di Eva, nonostante il traffico dell'ora di punta. Gente che va al lavoro, a scuola, persone che non hanno una tragedia piombata all'improvviso sulle proprie teste. O forse ce l'hanno, ma io non lo so.

Cerco di guardarmi intorno mentre entro nel suo appartamento. Tento di richiamare alla mente gli ultimi WhatsApp che ci siamo inviate. La casa sembra essere la stessa di quando Eva esce per andare a scuola. Letto disfatto, tazze nel lavello, biancheria sparsa per l'appartamento. Accendo subito il pc pensando che possa esserci qualcosa di compromettente. Mentre si avvia provo a rileggere le conversazioni, devo rifiutare continuamente le telefonate di Lorenzo e questo mi rallenta. Non ho capito bene dove è stata trovata. Bologna? Modena? Ma cosa ci faceva laggiù? Sono perplessa. So che aveva iniziato a sentire su Facebook un tizio, ma l'avevo sconsigliata di proseguire, e comunque era tipo di Milano o Torino. Ma che c'entra, allora? Non riesco a credere che uno qualunque l'abbia uccisa, non avevano nemmeno una relazione, da quello che ricordo! Oppure era un maniaco? Non saprei. Forse sono sotto shock ma faccio cose strane tipo aprire il frigorifero, guardare sotto il letto, vedere il contenuto del suo comodino. Non c'è nulla che attiri la mia attenzione. Il computer sembra essere il solito. Ci sono lezioni preparate, documenti di scuola, pdp, pei e tutte quelle sigle incomprensibili che utilizza lei. C'è un verbale e un diario che sembra essere stato scansionato. La grafia è accurata, tondeggiante, ma è evidente che non è una roba attuale. Per sicurezza afferro la mia pennetta usb e ce lo metto dentro. Il vantaggio dell'essere una pseudo giornalista è che la tengo sempre attaccata alle chiavi di casa. Provo ad accedere al suo profilo Facebook ma non azzecco la password. In compenso trovo la mail che usava e me la segno. Potrò tentare in un secondo momento. Guardo il cestino del pc e niente. C'è una cartella che non avevo visto con le foto di un ragazzo. Queste le copio ma le lascio. Magari è l'assassino? No, non è possibile. Non credo di farcela. Questa cosa non sta capitando a me. Si sgretolano i pensieri. Non li afferro. Sono tanti, ammassati ma non li riesco a far collimare.

Mi butto sul divano e osservo una nostra foto incorniciata appesa al muro, vicino al quadro con la cornice arancione, quello che dice *BEST FRIEND DON'T LET YOU DO STUPID THINGS. ALONE.* Qualunque cosa tu abbia fatto, per quanto stupida sia, non ti lascerò sola. La foto in cornice ci ritrae a un San Valentino di qualche anno fa, mentre beviamo un Berlucchi e ci guardiamo felici. Lei sgrana gli occhi e fa una smorfia e io la osservo con una vaga espressione di rimprovero. In realtà era tutto teatro quello che facevamo, per fare delle foto originali e postarle su Instagram. Almeno io. Certe volte lei si prestava, altre volte diceva che ero una rompi palle e che non era in vena. Riusciva a cambiare idea su una foto anche in soli cinque minuti. Ricordo l'hashtag di quel post, era #twinsouls.

Dal divano vedo il calendario con gli aforismi che amava alla follia. Ogni giorno una frase. È uno di quegli aggeggi giornalieri dove devi strappare quotidianamente una pagina. Sai che noia. Qualche tempo fa ero a casa sua e, perfezionista come sono, mi accorgo che non ha strappato le ultime cinque pagine. Lei era in bagno e si preparava per uscire. Squadro questo calendario con una certa antipatia e inizio a strappare tutti i fogli mancanti per arrivare alla data corrente. Lei esce dal bagno con un asciugamano avvolto come un turbante intorno alla testa e quando mi sorprende sul fatto mi grida leggermente alterata *ma cosa stai facendo?!*

Io sobbalzo e le dico che aveva dimenticato di strappare le pagine. Lei mi guarda con espressione amareggiata e mi dice *adesso le rincolli tutte, visto che mi ero fermata al giorno del mio compleanno.* Sono sorpresa e le chiedo perché lo ha fatto, visto che non è mai stata una fanatica dei compleanni. Lei, improvvisamente cupa, ribadisce che aspetta di sognare sua madre per avere il regalo che desidera, ma poiché ancora non è accaduto ha pensato di fermare il tempo. La mia piccola Eva e le sue primordiali nostalgie. È stata una delle poche volte che si è arrabbiata con me.

L'ultimo aforisma dice: *Le donne non sanno cosa vogliono ma sanno benissimo come ottenerlo.* Data: 18 maggio 2018. Sono passati tre giorni da quando Eva non gira pagina cercando una nuova frase. Lei è nata in luglio. E in genere era così impaziente di vedere le citazioni seguenti che le leggeva sempre in anteprima, cercando un segno del destino in tutti i mesi futuri. In quel momento capisco che Eva non c'è più. Il terrore di essere rimasta senza di lei mi sbrana l'anima e me la riduce a brandelli in un secondo. In quell'istante maledetto capisco che ho perso la mia migliore amica, e finalmente mi permetto di abbandonarmi ai singhiozzi, senza vergogna, senza sosta, coprendomi il viso con le mani e ripetendomi continuamente la stessa domanda: ma perché? Perché?

Autunno 1958

GIUDITTA

Adesso che lavoro dalla Livornese ho fatto amicizia con le due ragazze che lavorano con me. In particolare mi piace moltissimo Agnese, ma anche Franca non è male. Ci piace fare la pausa insieme, anche se non abbiamo mai tempo da perdere. Una volta finito però, mentre ci sistemiamo i capelli, li spazzoliamo e ci togliamo i fili che si sono ostinatamente attaccati agli abiti, riusciamo a scambiare due parole. È stata un'estate piacevole grazie alle mie nuove compagne.

Agnese è una ragazza sorridente, con morbidi capelli dorati appuntati lateralmente e forme burrose, che vengono apprezzate molto dagli uomini e la fanno sembrare più adulta dei suoi diciassette anni. Ha un padre molto severo, non era neanche d'accordo che imparasse il mestiere di sarta perché secondo lui doveva trovare velocemente un uomo che badasse a lei. Vista la sua notevole bellezza, la madre non credeva che imparare a cucire potesse essere un ostacolo all'eventualità di essere chiesta in moglie e magari fare un matrimonio più vantaggioso rispetto alle sue sorelle, quindi ha insistito affinché la figlia potesse imparare. In fondo, diceva, cucire non ha mai fatto male alla testa di una brava moglie.

Io non ho mai avuto questi problemi perché papà Minichino ci ha sempre lasciato delle libertà che molte mie coetanee non avevano.

Agnese, venendo tutti i giorni al lavoro, nel breve tragitto di strada che percorreva da sola, intirizzita dal freddo e avvolta nel cappotto leggero di quinta mano, ha conosciuto Tony, un ragazzo che vende giornali. Lo descrive come attraente mentre indossa un elegante basco che mimetizza la fronte un po' alta, con la sua giacca già rattoppata troppe volte. Inizialmente Agnese voleva solo ripararagliela. Poi ha iniziato a scambiarci qualche parola ma Tony si è lanciato, iniziando a dire che non ha mai visto una donna così bella, che la voleva sposare e che era innamorato pazzo. Fatto sta che lei ha ceduto a un flirt innocente. Ma, provenendo da un ambiente duro che vedeva la sua bellezza solo come merce di scambio, si è innamorata velocemente e ha iniziato ad ascoltare ammaliata tutto ciò che dichiarava Tony, che addirittura vantava origini americane e un patrimonio non indifferente, del quale sarebbe entrato presto in possesso.

Agnese ogni giorno viene dalla Livornese più bella del giorno precedente. Se ci sono da fare delle commissioni si propone lei per assentarsi e correre tra le braccia del suo innamorato, il quale le ha giurato che l'avrebbe portata al cinematografo a vedere addirittura un film con Audrey Hepburn.

«Mi sposerà», mi disse un giorno «ne sono sicura. Perché in realtà è ricco, aspetta dei soldi da una zia in America. E mi ama alla follia, mi guarda negli occhi e domanda ad alta voce chi è la più bella ragazza del mondo? Altro che Audrey Hepburn, è la mia donna! E poi mi bacia. Sapeste, ragazze, ha le labbra così morbide».

Franca e io ascoltiamo sognanti questa storia, un po' perché siamo ancora molto giovani per questo tipo di emozioni e un po' perché siamo curiose su come potrebbe finire una storia così romantica. Ogni mattina le chiediamo: ma insomma al cinematografo ci sei andata? Lei ride, coprendo le labbra con la mano.

Giorno dopo giorno si fa più radiosa, finché una mattina è evidente che alla sua lucentezza si sono aggiunti anche dei chili. Farglielo notare non è carino finché ha un giramento di testa e proviamo ad aiutarla con dei sali. Mi prende la mano quando siamo da sole e mi dice: «Giuditta, non so come fare. Tony non si fa più trovare al solito angolo la mattina e non riesco a parlare con lui». Solo a quel punto, ravvicinate dall'intimità delle confidenze, mi accorgo della sua figura tondeggiante e dell'enorme seno che straborda nonostante la camicia stretta da diversi lacci e bottoni.

«Oddio Agnese, non avrai fatto un guaio?»

Io non sono esperta di guai, non so bene nemmeno come si fanno questi guai, ma dalle mie sorelle più grandi ho ascoltato diversi discorsi e ho appreso che stare troppo vicine a un uomo non può portare niente di buono se non si è sposati. Anche se una volta la mamma diceva che i guai gli uomini li portano sempre, pure da sposati.

Lei inizia a lacrimare ma è così dignitosa che se non fossimo l'una accanto all'altra quasi non me ne accorgerei. La sua voce è ferma.

«Ho parlato con una signora che mi ha chiesto di non dire il suo nome, e mi ha spiegato come fare per togliermi da questo pasticcio. Può darsi che Tony sia stato chiamato in America e per questo non mi stia cercando. Sarà stata una cosa improvvisa. Tu non sai quanto mi ama!» Alza leggermente la voce, negli occhi un guizzo improvviso di speranza, mi prende la mano, «sono la sua Audrey Hepburn, devo stare tranquilla, andrà tutto bene. Ma ora non posso rischiare perché mio padre mi potrebbe uccidere. Quando ha scoperto che mia sorella rideva dietro casa con l'operaio del campo accanto le ha tagliato a zero tutti i capelli, ha buttato nel fuoco il suo unico vestito e poi l'ha guardata mentre si disperava a terra tra le ciocche di capelli e il sangue causato dai tagli troppo vicini alla cute e le ha detto *ora non avrai più un motivo per ridere come una sciocca*. Io non posso rischiare, capisci?»

«Ma Agnese, come pensi di toglierti da questo pasticcio?»

«È una sciocchezza, mi ha detto questa signora. Ho già reperito tutto il prezzemolo necessario, e lo userò al più presto. Sarà facile. Lo userò per una notte intera... capisci», sussurra con una smorfia, così piano che stento a capirla «e poi tutto verrà via da sé durante la notte. Torneranno le mie cose. Posso provare due volte, forse anche tre, sono in tempo. Poi quando Tony ricomparirà non gli dirò nulla, in fondo non serve. Ci sposeremo con l'eredità e saremo felici. Quello che succede prima, in fondo, non conta mai».

Passano due giorni e di Agnese non ho ancora notizie, sono in pensiero. Sicuramente è andata avanti con il suo progetto. Quando chiedo di lei dicono che probabilmente avrà la febbre oppure dovrà badare ai fratellini, ma non si è mai assentata. Nonostante il gelo stamattina ho percorso la strada di cui mi ha sempre parlato, quella dove vengono distribuiti i giornali. Dopo tante descrizioni di Tony lo avrei riconosciuto sicuramente. Eppure non c'era.

Il giorno seguente, mentre ero al lavoro su un abito teatrale bellissimo, a casa della Livornese si è presentata la madre di Agnese. Una signora molto dignitosa, capelli raccolti, sguardo altezzoso e anche lei intirizzita dal freddo. La Livornese le ha offerto il tè e le sentivo che parlottavano, poi è arrivato il marito e bruscamente ha intimato di raccogliere le cose di Agnese perché bisognava andare a casa dagli altri figli. Ho iniziato a lavorare più lentamente per afferrare qualche parola, volevo trovare il coraggio per andare dai genitori di Agnese e chiederle quando tornasse. Ho anche pensato di regalarle il mio fermaglio, quello che porta fortuna. Deve aver sofferto molto in questo periodo.

Sento la porta chiudersi e la Livornese raggiunge Franca e me con uno sguardo lugubre.

«Ragazze, volevo dirvi che inizieremo subito a lavorare a un abito speciale, quello che rivestirà la cara Agnese durante la cerimonia funebre, pace all'anima sua, povera piccola».

Sento il gelo penetrarmi nelle ossa, che inaspettatamente si trasforma in un fuoco che divampa nella mia carne, mi alzo di scatto in piedi e grido: «Ma cosa significa? Che succede? E il bambino?»

Franca si copre la bocca con le mani, la Livornese mi si avvicina e mi colpisce in pieno volto con un sonoro schiaffo che riesce a bruciare ogni parte di me e con fermezza dice: «Sei esonerata da questo lavoro, vedremo cosa fare in futuro. Adesso vattene».

Resto con la guancia infuocata e coperta dalla mia mano destra mentre con la sinistra inizio a sfilarmi il grembiule e guardo la Livornese con sfida e capisco che un tale incendio dentro di me non è controllabile, l'unica cosa da fare è andarmene ma non voglio passarle davanti. Le volto le spalle lasciandomi cadere il grembiule dalle gambe ed esco dalla porta finestra. Cammino sperando di sbollire questa furia e arrivo all'orto della Livornese. È pieno di erbe aromatiche, ogni tanto le regala a qualche buona donna che chiede un lavoro sartoriale che non può permettersi. Noto che un angolo abbonda di prezzemolo.

Attraverso il campo e vado a casa. Il lunedì torno dalla Livornese, dopo aver riflettuto con calma. Non ho parlato con i miei genitori perché sono occupati con i miei fratelli e i lavori, e poi a loro basta che io porti qualcosa a casa. Ma sono decisa. Entro dalla porta finestra, la vedo sulla sedia a dondolo che ricama. Silenziosamente mi avvicino, lei mi vede dal riflesso dello specchio ma non si gira e non mi saluta.

«Signora Livornese, ho deciso di non venire più qua da lei a servizio. Grazie per le numerose occasioni di imparare che mi ha donato ma credo di essere brava a sufficienza. Preferirei lavorare per conto mio».

Silenzio, non si volta e continua velocemente il suo lavoro. Resto immobile, il cuore mi batte forte, è la mia prima vera decisione.

«Vedi, cara Giuditta, sapevo che era un rischio accollarmi una come te». Il tono è deciso ma flebile.

«Il tuo talento è evidente, posso accettare che tu mi abbandoni così all'improvviso. Sapevo che sarebbe accaduto, ma non pensavo così presto. Sei stata l'unica che mi ha ricordato com'ero, tanto tempo fa». Ruota la sedia a dondolo e si gira verso di me. Sembra più vecchia. Io mi intravedo dallo specchio e sembro bellissima.

«Ti prego di non gettare al vento simili capacità. Non seguire le orme della tua amica. Sai leggere?»

«Sì signora, ho fatto fino alla seconda. So leggere e scrivere molto bene».

«Ti donerò una cosa allora. È un libricino che mi venne donato tempo fa, quando ho imparato questo mestiere. Hai il pennino?»

«Sì, posso chiederlo a Suor Giovanna».

«D'accordo, ti lascerò questo quaderno per scrivere, se vorrai, gli appunti di ciò che hai imparato con me. Ce ne sono anche alcuni miei. Leggi la prima pagina».

Inizio titubante, con la voce poco decisa. La Livornese allora si alza in piedi e con una ritrovata dolcezza nella voce solitamente ferma mi dice:

«Avanti! Voce fiera, signorina, devi impararla a memoria! È la cosa più preziosa che hai quindi, per favore, memorizzala».

Mi sposto verso la luce e recito:

Allena la mente
Addestra le dita
Avanti così per tutta la vita
Preserva i tuoi occhi
Attenzione ai ritocchi
Che ogni lavoro sia fatto coi fiocchi.

Chiudo il libricino, lo metto nella sacca con il materiale da lavoro, abbraccio inaspettatamente la Livornese che si irrigidisce in un sobbalzo e, orgogliosa, me ne vado.

No, io no, non sarò come Agnese, pace all'anima sua.

21 maggio 2018

MAGGIE

Dio mio ti ringrazio è arrivato il lunedì. Non potrò mai ringraziare a sufficienza per questo miracolo. Sono esausta, mi sento come se un tir mi avesse travolta. Carlo mi ha addirittura strattonata facendomi male a un braccio, non pensavo che potesse avere tanta forza. Sono sfinita. Tommaso è tornato ieri da una trasferta di lavoro, era tardi e io ero troppo stanca per fare conversazione. Era distrutto anche lui, mi ha parlato a malapena. Lo capisco, passare tutto il weekend a lavorare non è facile.

Stamattina, mentre preparavo la colazione, si è alzato, ha baciato i bambini e mi ha detto che avremmo parlato un po' in serata. Oggi pensavo di cucinare il pollo al curry per tutti e magari provare a darmi una sistemata ai capelli. Sono finalmente sola e sto ancora sorseggiando il mio caffè, decidendo quanto tempo mi merito senza riprendere i lavori in casa. Le camere sono un campo di battaglia, la cucina è un disordine inverecondo e io... IO. Non riesco nemmeno a commentarmi, rifletto solo sul fatto che indosso degli slip talmente vecchi che hanno l'elastico rotto che penzola dal pigiama, talmente antichi da essere ormai grigi. Forse non avevo neanche avuto figli quando li ho acquistati. Naaaah scherzo. Mi andrebbero stretti.

Sono seduta scomposta e così priva di energie che per bere dalla tazza mi sbrodolo sul pigiama. Ero carina, un tempo. Ero attraente, studiosa. Poi non ricordo bene cosa sia capitato, sicuramente non trovare un lavoro mi ha snervata. Allora ho pensato che dovevo impegnarmi per avere figli, ma niente, nada. Figli non ne volevano arrivare e allora sono stata assorbita da cliniche, analisi, medici scortesi e inseminazioni. Fare sesso con mio marito è diventato opzionale, visto che venivo puntualmente scopata da un sondino che mi faceva talmente male che odiavo qualunque cosa mi ricordasse la penetrazione. Tommaso ha iniziato a lavorare sempre più intensamente per guadagnare di più e pagare le costosissime cure di infertilità, mentre io mi sono trasformata in una larva.

Tutti mi dicevano di insistere, che avere figli era indispensabile, ma quando l'inferno ha spalancato le fauci sul mio corpo e sulla mia mente ignari, nessuno mi è rimasto accanto. Lo capisco, per carità, è stata una mia scelta.

Mio padre non è mai stato in grado di affrontare tematiche così squisitamente femminili. È sempre stato rintanato nel suo mondo immaginifico, e credo che nessuno abbia le chiavi di accesso. Poi ha iniziato ad avere seri problemi di salute e onestamente ho sempre voluto che fosse sereno, almeno su di me. Mi sentivo quasi in colpa solo al pensiero di dargli un affanno aggiuntivo.

Ma ricordo bene i discorsi di mia madre dopo due anni di matrimonio, una sera dopo cena. Mentre sparecchiavo mi chiese come andavano le cose, e io non avevo alcuna novità che fosse interessante per lei. Così mi guardò e mi disse di stare attenta a come mi muovevo perché gli uomini che non hanno ciò che vogliono da una donna la lasciano sola e se ne prendono un'altra senza difetti. *Un albero senza frutti va solo reciso.* Ricordo la sua espressione onnisciente mentre lo diceva. Strizzò gli occhi e mi gettò un unico sguardo infausto, mentre una contrazione alla bocca dello stomaco mi ricordava che non volevo perdere Tommaso. A nessun costo. Se non fosse stata così dura con me avrei lasciato stare, forse. Ma invece ora ho una famiglia. Eh, sì, il prezzo è stato altissimo ma ne è valsa la pena. Basta non tornare indietro con la mente e pensare che domani andrà meglio.

Mentre rifletto su questo suonano alla porta. Sobbalzo dallo spavento e il caffè finisce di innaffiarmi il pigiama.

Vado ad aprire tamponandomi con della carta assorbente e resto senza parole quando davanti mi si presenta un ragazzo impettito e formale.

«Signora, sono il maresciallo Gabriel Langhirano, lei è la mia collega. Siamo qui per parlare con suo marito».

Balbetto che possono entrare, ma che è capitato, qualche disgrazia? Che è successo? Inizio ad agitarmi. La signorina mi fa accomodare sul divano, io faccio domande ma non rispondono e questo maresciallo mi spiega che vengono da Modena, devono parlare con urgenza con Tommaso.

Lo chiamo sul cellulare, mi tremano le mani. Squilla e mi sento i loro occhi puntati addosso. Non mi risponde e alla fine mi arriva il solito messaggio automatico: ora non posso parlare. Non so cosa fare. Mi giro verso di loro, sembrano anche bravi ragazzi ma non capisco di cosa si tratti. Mi arrendo. «Mio marito non risponde, posso darvi l'indirizzo dell'ufficio dove lavora oggi».

Prendono l'indirizzo, la donna mi accarezza impercettibilmente una spalla e vanno via.

12 settembre 1959

GIUDITTA

Da parecchi mesi lavoro per conto mio. In zona sono diventata abbastanza conosciuta, devo molto alla mia bellezza ma non certo *tutto* alla mia bellezza. Sono bravissima.

Il problema è che non ho spazi per lavorare quindi mi arrangio tra la camera dormitorio e le case di alcune clienti. Alcune preferiscono che i loro lavori siano segreti e mi ospitano finché non sono finiti. A casa mia c'è troppa gente che passa continuamente e non c'è riservatezza. Quando Pietro e Giusy passano per cena tutto il vicinato viene a salutarli e insieme beviamo un bicchiere di vino, quello che fa un contadino amico di mio cognato. È aspro, ma lui resta male se ognuno di noi non fa un sorso. Giusy aspetta un bambino ed è cambiata verso noi sorelle. Adesso dice che si sente diversa, che può capire perfettamente la mamma e che noi dovremmo aiutarla di più. A volte mi fissa e mi dice *signorina tu sì che dovrai mettere la testa a posto.* Io nemmeno le rispondo perché è sposata da poco e incinta da ancor meno e non può certo capire la mamma che ha sette figli e lavora nei campi quattordici ore al giorno.

Linda e io siamo sempre molto affezionate l'una all'altra e la sera facciamo due passi per il paese, anche se la mamma vorrebbe che uscissimo solo con Giusy. Non le piace che passeggiamo sole ma iniziamo a essere grandi e la sera fa caldissimo. A volte neanche si accorge quali dei suoi figli sono in casa.

Papà Minichino ha iniziato ad avere una tosse stizzosa che inizia la sera e va avanti tutta la notte. Mamma cerca di dargli un cucchiaino di miele ma costa tanto, non può darglielo sempre. Insomma, lei ha le sue cose da fare, non riesce a tenere sempre tutte noi sotto controllo.

Linda è un anno più grande di me ma ogni volta tutti pensano che io sia molto più piccola. È carina e inizia ad avere i suoi corteggiatori. Certo se cammina accanto a me è difficile fare conquiste, perché io acceco tutte le persone che incontro. È un potere nato in sordina e che lentamente sta esplodendo. È come se una magia mi accompagnasse, le persone rimangono ammaliate, mi fissano e io sento accrescere il potere che ho su di loro.

Una sera durante la nostra passeggiata serale ci siamo sentite chiamare ed era la signora Virginia, la proprietaria del cinema all'aperto. Non è molto che ha avviato questa attività quindi cerca sempre nuovi clienti. È una novità per il nostro piccolo paese e devo riconoscere che c'è parecchio sospetto da parte dei miei compaesani, quindi ancora non guadagna molto. Va meglio quando vengono i forestieri. È probabile che ciò che blocca in parte le persone sia il fatto che l'attività sia gestita da una donna. In realtà il fratello la dovrebbe aiutare ma spesso è in giro, infatti mercoledì ci ha chiamate e ci ha detto che il film che avrebbe trasmesso di lì a poco sarebbe stato bellissimo.

«Che rabbia, mio fratello doveva esserci almeno stasera invece niente. Non me lo posso vedere nemmeno oggi. Andate voi».

«Signora Virginia, ma noi non abbiamo soldi per il cinematografo». Linda arrossisce leggermente, io sposto lo sguardo altrove. Non voglio sembrare povera. Adesso poi che porto sempre le scarpe e riesco anche a cucirmi degli abiti da sola che sono un incanto.

«Vi chiedo perdono», balbetta la signora «non mi sono spiegata, siete mie ospiti. Io ti conosco». Mi indica. Non mi piace essere indicata. Mi guarda per qualche istante senza proferire parola, spostando la testa da un lato, come per mettermi meglio a fuoco. Mi spiega che ha sentito parlare molto di me, conosce le mie doti da sarta e le piacerebbe avere degli abiti nuovi per accogliere le persone e invogliarle a frequentare il cinematografo. Sottolinea che è importante l'immagine e che è sicura che io la posso aiutare in questo.

«Gentile signora, posso cucirvi gli abiti più raffinati ma non basterà l'ingresso al cinema per mia sorella e per me. Io lavoro con grande cura. Inoltre dovrete fornirmi le stoffe». Non volevo essere arrogante, mi vergogno anche delle mie parole e cerco di non guardarla negli occhi mentre esprimo quello che penso e che ritengo essere sacrosanto. Lei allora si avvicina mi prende le mani e sussurra: «Non ti preoccupare, siete mie ospiti per questa sera perché vorrei davvero che voi vedeste questo film. Per il resto si intende che io ti pagherò». Così è iniziata la mia collaborazione con la signora Virginia. Una donna pretenziosa, sofisticata e riconoscente. Non mi sono mai pentita di aver accettato questo lavoro.

Dopo qualche mese è venuto da me suo fratello dicendo che un loro cugino è follemente innamorato di me. Mi ha vista tante volte passare per il cinema a portare i lavori. So chi è il ragazzo.

«Sarebbe bellissimo se Gianni si fidanzasse con una brava ragazza come te. Tu sei del paese, sei piena di talento e mia sorella ti adora. Ti prego di pensarci».

Avevo già intravisto il ragazzo e non era brutto. Non era nemmeno povero. Non era vecchio, anzi, poteva essere anche più giovane di me. Eppure non c'era un solo motivo così irrefrenabile che mi spronasse a dire di sì.

21 maggio 2018

LUEN

Sono qui da ore.

Ho rifiutato ogni telefonata senza neanche guardare il mittente. Ho bisogno di pace. Non mi sembra di aver violato nulla che riguardi Eva, piuttosto mi sento violata io, nel mio non sapere, nella non conoscenza di una realtà che mi appare nauseabonda e melliflua nel contempo. Ho osservato ogni angolo di questo appartamento, ho la sensazione che Eva stia per entrare con la borsa piena di libri invitandomi a bere un bicchiere di vino. Dall'angolo dove sono arenata emergono dettagli esotici e, nel disordine, anche una certa cura per i dettagli: la piantina annaffiata con costanza, un centrino a uncinetto perfettamente inamidato, le arance secche e profumate perfettamente allineate in un contenitore trasparente. Diversi oggetti personali sono sparsi qua e là, come se avesse avuto intenzione di tornare velocemente. Sul comodino il libro principale che stava leggendo, e lei non si muove per più di un paio di giorni senza portarselo dietro. Perché Eva ha sempre avuto due libri: quello da comodino e quello da borsa. Va da se che non abbandona la sua lettura da comodino per più di un giorno o due, altrimenti dice che si disconnette. Il suo armadio, profumato di lavanda, non mostra nulla di particolare. Gli abiti che in genere utilizza per eventi particolari, cene speciali o appuntamenti, sono tutti lì. La borsa di scuola anche.

Decido di andare al solito pub per un caffè e per riflettere. Non ho nessuno con cui condividere questa notizia che mi sta logorando l'anima ogni secondo che passa. Mi stringe nella sua morsa, attanagliandomi. Non mi sembra neanche vera, ma mi colpisce il ricordo di ciò che mi è stato detto e mi sento precipitare da un ascensore in corsa per almeno cinquanta piani.

La ragazza uccisa aveva un *unalome* sul polso.

Ho un flashback dolorosissimo, che striscia dal sottosuolo più cavernoso di me e non si zittisce, non si placa. Eva dallo sguardo sognante quasi sfuggente, occhi lattiginosi e semichiusi. A volte sembrava una damina, una ragazza d'altri tempi, uscita da un romanzo di Jane Austen.

Una sera indossava una camicetta con maniche a sbuffo e colletto merlettato. Sul polso, in antitesi con il suo aspetto etereo, brillava l'*unalome*.

«Cosa significa?»

«Sono tutte le difficoltà che incontriamo all'inizio della nostra vita. Poi dobbiamo sbrogliarle, lavorarci, infine accettarle per arrivare sereni alla maturità e alla fine della nostra esistenza terrena. Vedi alla fine dell'*unalome*? Ci sono delle spirali sempre più piccole che portano su una linea retta».

Osservai quel piccolo simbolo così pregnante di significati. «E cosa vuol dire che alla fine capiremo tutto?»

Sorrise ma solo con un angolo della bocca. «Forse vuol dire che non c'è niente da capire».

Rifletto su di lei e trattengo la mia mente sui suoi capelli mogano, così lucenti, che ricordo raccolti in un morbido chignon con il lucidalabbra pallido e rosato. Ricordo tacchi a spillo pieni di borchiette luminose e una borsa fluorescente verde acido. Una bellezza incredibilmente vintage.

Respirando riesco a calmarmi e ad anestetizzarmi, almeno finché un ricordo riuscirà a straripare, strisciando sleale fuori posto.

Ricontrollo tutto diverse volte, osservo ogni particolare, ogni cosa trabocca di silenzio; chiudo la porta con attenzione e vado.

Mi avvio per il pub di Daniel che in realtà è una specie di bistrot. L'ha preso in gestione con il fratello da qualche anno ed è riuscito a trovare una formula che lo fa restare a galla, nonostante la crisi. In pratica si massacrano di turni e hanno creato un luogo dove curano il cliente dalla colazione fino al dopo cena. È un lavoro che amano molto, socializzano parecchio e adattano il posto, tra musiche, luci e slow food, in base al momento della giornata. Un luogo dove è impossibile non sentirsi a casa. Quando arrivo spero ci sia lui, così mi fa accomodare al solito angolo, anche se da quando mi sono sposata mi prende sempre in giro. Il mio spazio è un punto strategico dove posso osservare le persone che arrivano, è luminoso perché una spaziosa finestra adornata di piantine si trova alla mia destra. È un cantuccio che amo moltissimo perché da qui ho scritto molti articoli, ho letto diversi libri, e ho visto Eva milioni di volte.

Mi trovo sulla soglia del locale e Daniel si blocca. Devo essere davvero devastata. Ha uno strofinaccio tra le mani che lancia su una sedia e mi corre incontro. In due secondi sono tra le sue braccia. Scoppio a piangere, è un pianto liberatorio ma dignitoso, e mi chiedo come faccia a sapere di Eva e ne sono sollevata, non dovrò dire una sola parola. Mentre mi stringe a sé, il suo odore invade l'aria che respiro ed è così buono che gli annuso involontariamente il collo. È un gesto che faccio automaticamente quando sono attratta da qualcuno. Dopo diversi secondi decido di sollevare lo sguardo e lo vedo là, che mi fissa. Preoccupato, ma anche infastidito. Lorenzo. Ci stacchiamo dolcemente e Daniel lo indica con il mento. Ora che ci penso non si sono mai conosciuti, al massimo si sono intravisti di sfuggita, quando Lorenzo mi riprendeva da una serata alticcia.

Sono arrabbiata con Lorenzo. È ingiusto, lo so. Ma non tollero che mi abbia dato l'orrenda notizia e gli porto un non troppo inconscio risentimento. Invece di andargli incontro gli indico il divanetto dove mi siedo di solito per scrivere e lui si avvicina. È bello e, palesando quella punta di insicurezza che in genere nasconde, sembra più giovane. Mi sfiora la mano e ci sediamo.

Daniel nel frattempo si avvicina. «Il tuo Harry Potter ti prepara qualcosa di forte, *Honey*». Si è riferito solo a me, lo penso di sfuggita. Lorenzo è sempre più urtato e io sempre più menefreghista. «Luen, devi tornare a casa. Io posso starti vicino, inoltre il magistrato incaricato dell'inchiesta è amico intimo di mio padre, siamo fortunati».

«Siamo fortunati? Ti sembra che *io* sia fortunata, forse?»

«No, okay, non intendevo in quel senso, e lo sai. Hanno mandato un maresciallo che pare sia bravissimo, ha iniziato già a muoversi, risolverà il caso».

«Io non voglio risolvere il caso. Voglio piangere la mia migliore amica e farle il funerale, quando pensi che il magico amico di tuo padre ce lo farà fare?»

«Luen, sii ragionevole, ti prego».

«Ma perché sei *qui?*» Indico platealmente questo posto, come se fosse la mia tana che è stata violata, il mio rifugio da tutto, anche da lui.

Lui alza gli occhi al cielo come se fosse un'inutile ovvietà.

«Sono stato a casa di Eva ma non c'eri e quindi...»

«E quindi mi segui?»

«E quindi ti cerco».

In quel momento arriva qualcosa di forte. Per me. Daniel è sempre di parola. Esordisce schiarendosi marcatamente la gola, il che fa velatamente pensare a un rimprovero verso mio marito, anche se non saprei spiegare il perché. Mi apparecchia con delle ciotoline piene di cose appetitose e un gran bicchiere di birra artigianale, torbida, e ogni gesto è compiuto come se Lorenzo non fosse lì. Oddio, mi sembrano due galli in un pollaio. Inoltre io non ho voglia di mangiare nulla. Ma gli sorrido e poi torno a guardare Lorenzo.

«Non sono arrabbiata con te», e lui alza le braccia come per dire che è scontato «ma adesso ho bisogno di stare un po' per conto mio. Forse scrivere di tutto questo mi aiuterà a riordinare le idee. Non lo so. Potrei andare da mio padre per qualche giorno, tu non c'entri niente. Non mi va di tornare a casa adesso, e non farmi chiamare da tua madre, *per favore*».

Sono decisa e vagamente minacciosa. Lorenzo protesta, dice che non posso farlo nemmeno a livello giuridico ma sono risoluta. Ho bisogno di pensare da sola. Sconsolato se ne va e io mi sento morire mentre osservo la sua nuca dirigersi verso la porta, le grandi spalle leggermente ricurve e la valigetta che in genere è inserita in un contenitore all'ingresso. Mi rendo conto che mi spezza il cuore allontanarlo ma non posso essere contaminata da nulla adesso, devo ragionare da sola, elaborare il mio dolore e provare a capire. Tiro fuori il tablet, mi collego velocemente al wi-fi e mi faccio coraggio. Prima di tutto devo andare in rete e devo vedere se è stato scritto qualcosa, e cosa. E poi devo entrare sul suo account facebook. Queste sono le mie priorità. Si avvicina Harry Potter. «*Honey*, volevo solo dirti che io sono qui. Qualunque cosa ti serva. Puoi anche venire a stare da me se ti serve un posto per stare serena». Abbassa il tono della voce e si prende un piccolo spazio accanto a me.

«Qualcosa ho sentito», virgoletta con le mani alla *Friends*.

Resto immobile un secondo, poi lo bacio sulla bocca, e per un istante credo di riflettere se andare oltre e il mio corpo evidentemente decide di sì, così sento muovere le nostre lingue carnose lentamente prima, velocemente poi. Mi afferra la nuca, un brivido inconsueto mi attraversa la spina dorsale mentre le sue labbra umide tentano di adattarsi alle mie, eppure in quel momento sento che non posso più, non ho tempo per questo. Non adesso. Mi freno lentamente e con lo sguardo sul tablet, evidenziando le mie urgenze, mormoro: «Potrei chiederti aiuto. Vedremo. Come te la cavi con i pc?»

«Mio fratello è più bravo ma anche io non sono male».

Sospiro, lui torna al suo lavoro e io guardo sul mio iPhone l'anteprima di un messaggio appena arrivato. È Lorenzo, dice di volermi stare vicino, nella buona e nella cattiva sorte. In questo momento la sorte non è cattiva, è un incubo nauseabondo che lentamente mi sbrana a piccoli pezzetti e che sta per vomitare tutto il peggio di me.

14 luglio 1962

GIUDITTA

Mi piace Piazza Santi. Pullula di gente, si sbriciola frettoloso il tempo, si incrociano i vicini, si osservano i forestieri. Con il piccolo bar acciottolato sulla piazza in pietra, dove all'interno i soliti sfaccendati si sfidano a biliardino, è il punto più gradevole del paese. Le ragazze in età da marito si vestono meglio quando vengono a Piazza Santi, fosse anche solo per lavare i panni alla fontana. Non sono certo una signorina che si perde con le parole ma ogni tanto è un punto di osservazione che percorro volentieri.

Ho avuto anche modo di vedere con i miei occhi il chiacchierato Guglielmo, il nuovo ragazzo di bottega del barbiere della piazza. Non è molto talentuoso ma si vede che ha voglia di imparare. È un giovane leggero e carismatico, con due occhi vispi e scheggiati di ambra. Si vocifera però che abbia due difetti: gli piace guardare le belle ragazze e fuma, come può fuma. Per fare entrambe le cose con più comodo, appena il negozio si svuota si mette seduto davanti all'ingresso. Sta là tutto il tempo che può, fumando una sigaretta dietro l'altra. Al padrone non importa purché questa manfrina si faccia quando non c'è gente, e c'è da dire che in genere non si forma mai la fila. La solita sceneggiata a un certo punto si è arricchita di un personaggio nuovo, ovvero Emilio, appena tornato dal servizio militare.

Le mie sorelle dicono che ha perso la madre qualche anno fa e che dovrebbe imparare il mestiere di calzolaio dal padre. Tutti parlano in paese del bell'Emilio, d'altronde non sono frequenti le novità nella zona, e a quanto pare neanche i bei giovanotti.

Clara a un certo punto, mentre sono in fila alla fontana, mi avvicina e, coprendosi le labbra con la mano libera dal cesto dei lavori, mi dice: «Certo che Guglielmo si è preso una bella cotta per te, ma vedi che ti fissa sempre!»

Io sorrido della sua misera capacità di analisi e taglio corto: «Guarda che lo fa con tutte».

Alzo le sopracciglia come a sottolineare l'ovvietà della mia osservazione e lei dischiude le labbra evidenziando una certa sorpresa. Io annuisco e lei si arrende, chiudendo il discorso.

La verità è che Guglielmo se le gusta tutte con lo stesso piacere che prova nell'aspirare il fumo. Lo trattiene, socchiude gli occhi, strizza le labbra e infine espira. Con qualche signorina scambia anche delle veloci battute ma, in linea di principio, credo proprio che non voglia andare oltre con nessuna perché vivere così lo soddisfa non poco. Tutte in paese lo sanno, eppure ci perdono tempo lo stesso. Compresa Clara.

Quando in tarda mattinata vado a fare il bucato e a lavare un po' di stracci so che Guglielmo mi ammira, meschino, che può giusto rifarsi gli occhi mentre aspira una sigaretta dietro l'altra. So di essere bellissima, ma anche totalmente inarrivabile per lui. Penso quasi esclusivamente al lavoro. Sono diventata un'ottima sarta e tutti mi dicono che presto andrò via, a fare fortuna, che me la merito io, la fortuna. Gli cammino davanti con i miei soffici e lucenti capelli color mogano, che incorniciano il mio ovale perfetto. Occhi scuri, forme morbide, e poi sono alta. Sicuramente più alta di lui, e questo gli mette non poca soggezione, immagino, perché in genere le donne sono basse. Non mi importa di osservarlo di soppiatto mentre contempla i miei vestiti da casa adornati come se fossero per un ballo. Il mio sguardo fiero non si abbassa certo davanti a uno come lui, anzi, se fosse furbo sarebbe meglio non farsi notare proprio, da una come me.

Emilio una mattina rimane a fissarmi mentre alla fontana compio i miei lavori. Ho sentito il suo sguardo appiccicarmisi addosso come colla, ma non di quelle viscide. Tenace, ecco. Si avvicina mestamente, spegne la sigaretta e mi chiede: «Volete aiuto, signorina, per le vostre mansioni?» Ho dovuto necessariamente guardarlo, anche se solo per un istante, e gli rispondo con grande educazione di no, non ho assolutamente bisogno di aiuto.

Dopo il mio rifiuto osservo Emilio, che resta a fissare il vuoto dinnanzi a sé. Chissà a cosa pensa, magari a sua madre, se mette insieme i pezzi che restano di lei nei suoi ricordi, provando a costruirne un quadro attendibile. Lei era affatto bella, e suo padre era impazzito d'amore. Questo lo dicono tutti. Deve aver sofferto non poco, rifletto, come sto soffrendo io adesso, vedendo Papà Minichino peggiorare giorno dopo giorno. Lui è il mio unico aggancio all'affettività. *La sua lupetta*, mi chiama.

È sempre stato teneramente presente, nulla di eclatante ma io *so*. Mi sono sempre sentita una privilegiata. È il nostro segreto perché non sta bene preferire una figlia a un'altra, ma sono sensazioni che non c'è bisogno di esternare. Io lo so, e credo lo sappia anche la mamma, per questo è sempre più spigolosa con me.

Emilio inizia a farmi la corte ogni giorno, se non mi trova alla fontana gironzola verso casa mia, ma sono irremovibile. Non lo considero brutto, tutt'altro, ma non ho testa per ragionare. Papà Minichino è peggiorato con la tosse, è pieno di catarro e non riesce ad alzarsi neanche più dal letto. Così a volte faccio dei lavori di sartoria veloci e in cambio chiedo del miele per lui.

Papà Minichino è l'unico essere che mi abbia mai fatto sentire completamente amata. Quando mi restano dei momenti dopo cena vado verso il lago e ripenso ai giochi d'infanzia fatti con lui, quando mi rincorreva con i pesci, scappando alla durezza della mamma e regalandomi gioie mai provate prima. Ogni volta che lo sguardo sfiora la finestrella incompiuta del suo capanno mi sento contorcere tutto lo stomaco, ed è un dolore così infossato che non so nemmeno capirlo. È estenuante, come se qualcosa mi scavasse dentro e mi lasciasse vuota. Provo a non passare più davanti al capanno. Provo a non sfiorare con lo sguardo la finestrella. Cerco di lavorare più che posso però, a volte, durante la notte, quando sento che Papà Minichino non dorme per gli spasmi della tosse, mi avvicino e lo guardo. Ho bisogno di vedere se mi ricambia, se lo fa significa che non morirà il giorno seguente, e così dopo un po' di tempo, e dopo essermi appropriata anche per un solo istante di una sua preziosa occhiata, cedo a un sonno breve ma profondo.

21 maggio

MAGGIE

Niente panico. Ok, non sarò la casalinga perfetta. Da piccola lo sognavo, credevo di voler fare proprio questo quando giocavo con le mie bambole. Nessuna di loro faceva altro a parte organizzare la casa, sistemare gli oggetti nelle stanze gommose, preparare impeccabili cene adagiandole accanto a minuscoli piatti e piccole stoviglie brillanti. Sembrava *facile.* E poi, i bambini li immaginavo educati e semplici da gestire, gli dai un compito e loro lo eseguono, gli dici di riordinare e loro lo fanno. Mi immaginavo davanti a una casa con un grande portone bianco imponente tipo *Happy Days* e noi tutti in fila, con le magliette blu a righe e outfit rigorosamente abbinati.

Boato numero uno. La disillusione.

Esplosione, deliri, urla, pianti, disordine, vuoti che ormai sono buchi neri. L'abisso con il suo gelo sibilante penetra gli occhi, le ossa, il cuore.

Così mi sento, ma certo non mi pare il caso di dirlo. Neanche di pensarlo in realtà, perché io non dovrei pensare queste cose.

Boato numero due. Il distacco.

Faccio finta di niente, come quando mia sorella urlava con mia madre cose che tentavo disperatamente di non ascoltare e guardavo fuori dalla finestra e mi mettevo a contare gli uccellini che passavano. Guardavo il cielo, e contavo. Arrivavo anche fino a duemila, finché non smettevano.

E nonostante i rumori mi mettano in allerta tento anche ora di non pensare.

Boato numero tre. Le domande.

Ma cosa volevano quei Carabinieri?

Cerco di arrabattare una cena come posso e con quello che ho in frigo e riesco a infilare il pollo in forno, rinunciando al *curry*, combattuta tra la speranza che Tommaso torni al più presto e quella che non mi trovi in questo delirio campale.

Vado verso i miei figli e trovo Carlo che cerca di soffocare Sveva con il ciuccio mentre la casa delle bambole è diventata carta pesta acciottolata sul pavimento. Prendo in braccio Sveva e le tolgo il ciuccio per sentirla esplodere in grida così violente che mi fanno chiudere gli occhi per la potenza e nel contempo mi riempiono il cuore di dolore straziante, vederla così mi distrugge. Poi capisco che sta indicando la casetta mentre il volto scarlatto e deformato dal pianto non riesce più a prendere aria.

Allora inizio a saltellare, sù, sù, Sveva, respira, respira amore, dai, e lei sta lì a trattenere l'aria tra singhiozzi soffocati e muco vischioso e passano i secondi.

Boato numero quattro. Le lacrime.

Carlo va a nascondersi, come fa sempre quando combina un guaio, con il visetto imbronciato, gli occhi infossati e i pugni chiusi. Ma ora devo riprendermi mia figlia.

Respira, Sveva.

Uno, due, tre.

Salto come una pazza, il tempo si cristallizza.

Avanti, piccola.

Ti sistemo la casa.

Respira, adesso.

Inizio a soffiarle nella bocca a cuoricino raggrinzita dal pianto e continua a non prendere aria e mi maledico per ogni pensiero orribile che ho avuto.

Mi merito questo orrore, Carlo va guardato a vista ogni secondo, mi sfugge un singulto mentre continuo a soffiare e sento la pressione scendere, mi aggrappo a un mobile con una mano mentre con l'altro braccio la trattengo. Per favore, torna con il tuo bel colorito roseo, mamma non farà più pensieri brutti.

Respira.

Ti prego, respira.

Uno, due, tre.

Ed eccola riprendere fiato in un urlo disumano. Ok, ce l'ho. La stringo forte, mamma te la aggiusta la casetta, te la aggiusta.

In quel momento entra Tommaso. Scenario apocalittico, Carlo nascosto, io e Sveva sudate e stordite, i giochi sparsi per il salotto e distrutti, il forno che fuma. E anche il pollo è andato. Con o senza curry.

Mi guarda inorridito e anche se non parla lo so cosa pensa. Lui crede che io sia un'incapace, un'inetta.

Senza neanche salutare i bambini accende la tv distratto ma poi sembra cercare qualcosa. Non si interessa della nebbia che proviene dalla cucina, né della cena o del fatto che Sveva e io sembriamo due povere derelitte. Sembra in uno stato comatoso.

«Tommaso, tutto ok?»

Boato numero cinque. L'invisibilità.

Devo ripeterlo tre volte, poi si volta come se non sapesse neanche chi fossi e sbotta *io tutto bene, te non mi pare, invece.*

Alza il volume e si concentra su un servizio di una ragazza assassinata. Mostrano delle immagini, una bellissima giovane con i capelli mogano e la carnagione diafana. Sembra una fata.

Tommaso appoggia il suo peso alle ginocchia per guardare meglio le immagini e io lo osservo. Mi chiedo cosa stia esaminando.

«Se mi aiuti sistemiamo i bambini. Tommaso, mi ascolti?»

Sveva mi pesa, Carlo è sparito ma lo sento mugugnare di rabbia da qualche parte nella stanza e io devo far mangiare questa famiglia, in un modo o nell'altro.

«Sono venuti dei signori a cercarti, dei Carabinieri».

Boato numero sei. La rabbia.

«Scusa ma non mi dici niente?» Con un balzo è a un passo da me. «Ma cosa gli hai detto?»

Poggio Sveva a terra che con le grida del padre si è pietrificata e cerco di mettere a fuoco. Perché questo allarme?

«Nulla, sono venuti questi tizi ma non erano neanche in divisa, hanno detto che ti cercavano. Ho pensato fosse roba di lavoro e gli ho dato il tuo numero dell'ufficio, ti ho anche chiamato più volte ma non hai risposto».

«E me lo dici così?». Gli occhi iniettati di sangue, le mani tra i capelli.

«Ma come te lo dovrei dire? Non mi sembrava nulla di che. Posso sapere che è successo?»

«Non è successo NIENTE, una che lavorava a distanza per il mio ufficio è stata ammazzata ma io non so neanche chi sia, non l'ho mai vista, allora questi subito a rompere le scatole a tutti e poi subito a me che sono il capo, no? E poi te chissà che hai detto, te non pensi mai».

Mi sento come in quei film dove il protagonista sta per sprofondare ma è ancora in bilico tra la terra e il nero dell'oblio e sa che non ci sarà scampo perché il crollo sarà impietoso. Eppure è ancora lì, non è caduto, perché quei momenti eterni prima della fine gli ricordano il terrore che lo sta per avvolgere.

Boato numero sei. La consapevolezza.

«Tommaso, ma chi era quella ragazza della televisione?»

Strano il silenzio, quando si infiltra dove non dovrebbe essere. Struscia quasi torbido, tra le parole cristallizzate.

«Una, che ne so. Sarà quella che è morta».

«Bella».

«Che ne so, mai coperta quella».

«Beh, era bella. Lavorava per te o no?»

«Non lo so, forse faceva uno stage, non mi ricordo».

«Sei il *capo* e non ti ricordi?»

«Mi stai interrogando?»

«Ma tu dov'eri l'altra sera?»

«A un convegno, te l'ho detto. Ma cosa ne sai te che stai qua a fare la bella vita, che ne sai del lavoro, delle incombenze, del personale?»

Certo, non lo so. Io non so nulla. Ma Tommaso non è lo stesso. Cammina avanti e indietro per la stanza, si arruffa i capelli, e tutto intorno a lui è ovattato, è silenzio sbiascicato e lattiginoso.

Tolgo il pollo dal forno, che spengo, e lo butto nella pattumiera. Prendo i bambini e li vado a mettere a letto. Senza cena, sì, perché sono una madre terribile e mia nonna diceva sempre che è meglio una bella dormita di una bella mangiata. Ecco, dormiranno.

Mentre li afferro entrambi con decisione osservo la casetta delle bambole distrutta. Non ci sono più mobili, il tetto è schiacciato e i burattini sono scompigliati e ammassati. Il cimitero dei pupazzi inermi. La butterò domattina.

Boato numero sette. Il vuoto.

1963

GIUDITTA

Papà Minichino è morto all'inizio del mese. Nonostante avessi provato a elaborare la perdita già da tempo, non riesco a guardarmi allo specchio con occhi asciutti.

La mia disperazione è tale che ogni volta che cammino verso il lago ho come unico desiderio quello di buttarmi nel fango urlando il suo nome. È un dolore senza pace né tregua. Come se la melma potesse farmi scomparire, scivolando su ogni macchia di colore sopravvissuta, come se potesse inghiottirmi e annebbiarmi.

Mamma si è persino innervosita l'altro giorno e mi ha picchiata, accusandomi di offuscare il suo patimento con tali messinscene. Ma io non riesco a reagire diversamente. Vedo tutto sgretolato, opaco, spento.

Ovviamente continuo a lavorare ma le mani spesso mi tremano, come se questa afflizione mi provocasse leggeri spasmi che mi attraversano tutto il corpo, lasciandomi astenica. Devo riprendere almeno il controllo del mio lavoro, se non quello sulla mia mente. Linda, quando nessuno la vede, mi accarezza la spalla e io mi immobilizzo, non riesco a reagire neanche all'unico gesto di affetto che mi è concesso in questa casa inclemente e inospitale.

Sono giornate gelide e il freddo attanaglia le persone che, intirizzite e strette negli abiti lisi, attraversano piazza Santi.

Emilio l'ho visto nella bottega del padre, ha iniziato sicuramente a lavorarci.

In paese dicono che Anna, la sua matrigna, vuole comandare tutti, perché è abituata a fare così, e che vuole essere chiamata mamma. È una donna altezzosa, volgare e sicura di sé.

Le ho parlato l'altro giorno alla fontana, voleva comandare anche le ragazze che facevano i propri mestieri. Quando parla sbatte gli occhi velocemente e non fa che annuire a ciò che dice. È una continua approvazione di sé stessa.

Adesso Remo ha preso le redini di tutto, perché è l'unico maschio in casa. Ha sistemato Cecilia, la penultima, con un suo amico che aveva un buon lavoro al comune e presto si sposeranno.

Dice di essere sempre in pena per me, ma io non gli credo. Che sono testarda ed eccessivamente bella e che essere così belle non porta mai bene, sarà la mia maledizione. L'altro giorno mi ha accusata di non scusarmi mai e di guardare sempre tutti negli occhi, persino lui che adesso è il capofamiglia. Per questa storia di papà la faccio davvero troppo lunga, ho stufato, mi ha detto. Io non abbasso lo sguardo, davanti a lui meno che mai. Se lo dimenticasse. Io non mi abbasso.

Continuo ad adempiere tutti i mestieri. Certo mi sento spenta, a volte mi sembra di trascinarmi, e non ho voglia di adornare più i miei capi in alcun modo.

Temo lo sguardo della mamma, che non fa che rimproverarmi e dirmi che ormai sono vecchia e non mi si prenderà più nessuno. Il punto è che io non voglio essere presa. Sono un dono, dovrei essere colta come un fiore prezioso e inestimabile.

In queste giornate sofferte mi sono trattenuta a parlare con Emilio.

È un bravo ragazzo e io ho così tanta sete di parole garbate che mi sembra quasi inevitabile lasciarmi un po' andare.

Quando ho risposto la prima volta a Emilio si vedeva che non poteva crederci. Ha strabuzzato gli occhi, ed era talmente emozionato che si è levato il basco per rispetto ma gli è caduto e ha iniziato a balbettare.

Continuava a guardarmi mentre muovevo le labbra perché lo so che sono morbide e carnose. Per quanto mi riguarda, nonostante l'ilarità ben celata dei primi istanti, mi è sembrato che tutto andasse improvvisamente lento, come se quello fosse stato un momento da ricordare. Era una sosta, la mia sosta, l'avevo scelta.

Emilio mi ha chiesto se poteva aiutarmi a fare i servizi e stavolta l'ho ringraziato e ho detto di sì e che un sostegno mi sarebbe stato utile.

Ora abbiamo preso una dolce abitudine, e ogni giorno mi accompagna per un pezzetto di strada e mi solleva da un compito diverso. Andiamo a prendere la farina, compriamo il sapone, lui mi tiene il bucato o riempie le taniche d'acqua.

Ha confessato senza guardarmi di essersi innamorato già lo scorso anno, mentre io mi sono innamorata lentamente, ma non gliel'ho detto.

Adesso quando lo guardo vedo un ragazzo più deciso, con ipnotici occhi da gatto. E profuma di buono. Spesso mi appoggio al suo petto e lo annuso.

Abbiamo deciso di fidanzarci a inizio aprile, con le apette gonfie e panciute che iniziano a girare operative intorno al verde, che perde un po' di quel crespo accatastato durante l'inverno.

L'aria inizia a diventare frizzante in maniera piacevole e le corse in bicicletta fino al lago sono un risveglio dei sensi. Fioriscono timidamente gli alberi, c'è uno splendido ciliegio dove ci ripariamo e, privi di difese, scopriamo ogni giorno elementi nuovi e appassionanti su di noi, fino ad abbandonarci l'uno all'altra, come se tutto fosse inevitabile.

Io non dimentico Agnese, neanche le parole della Livornese e le promesse fatte, ma mi sento come se fossi stata fagocitata da un processo irreversibile, come se fossi ormai in un sublime punto di non ritorno. Emilio porta ogni tanto una piccola ampolla, dove inserisce l'acqua del lago e se la porta a casa. Dice che la sera, sentendone il profumo, riesce a ripercorrere la giornata trascorsa con la mente, l'odore dei miei vestiti, la felicità provata. Contiene appagamento, piacere.

Io sorrido felice e penso che papà Minichino avrebbe sicuramente approvato un simile poeta. E un operaio così instancabile. Non c'è nulla che non vada bene in lui. Ci siamo fidanzati di nascosto, per ora, in fondo la cosa non può disturbare nessuno. Siamo belli, in salute, ci amiamo, e siamo dei grandissimi lavoratori.

Torno a casa sognante con la bicicletta e vedo Remo sulla porta. È sempre arrabbiato e scontroso, da quando è morto papà si sente un gran comandante. È maleducato e tratta la mamma come una serva e a lei sta pure bene, anzi, lo ringrazia e quando torna a casa gli toglie le scarpe. Come se lei non avesse lavorato quattordici ore filate.

Nel percorrere il sentiero ho la sensazione che qualcosa di nefasto stia per scagliarsi su di me. Cerco di scacciare questi pensieri ma mentre sistemo la bicicletta lo vedo, anche se fingo di non essermene accorta. Lui mi viene incontro, possente e minaccioso.

«Vorrei sapere cosa stai combinando! Vuoi far morire la mamma prima del tempo?»

Non so davvero cosa controbattere. Non riesco a capire cosa possa giustificare tale furia.

Lui si avvicina, l'alito sa di alcool, mi minaccia con un pugno che fa scorrere lento sul mio mento e mi dice che il mio bel musetto prima o poi me lo distrugge se non la pianto di fare la scema in giro. Nel frattempo accorrono le sorelle e la mamma. Io non vorrei crederci ma ho scorto un guizzo di soddisfazione che le attraversa lo sguardo. Si sofferma per un solo istante, si pulisce le mani sul grembiule e rientra dentro. Cecilia chiede cosa sta succedendo mentre Linda prova a mettersi in mezzo, tentando di allontanare Remo, ma viene strattonata e cade a terra. Arriva anche Carmela, la più piccola, che non capisce nemmeno con chi stia parlando Remo.

«Quel farabutto lo devi lasciare stare. Il padre è un pazzo, un tirchio, si è pure risposato, quel ragazzo buono a nulla non lo devi vedere più».

Sono senza parole, mi tremano le mani, sento le lacrime spingere furibonde per trovare la loro strada, ma con tutta la forza che ho le ricaccio indietro.

«Emilio è un bravo ragazzo e non ha certo colpa se suo padre ha fatto brutte cose, è un giovane molto dolce».

«Ah, lo sai di chi parlo, incapace! Sei la vergogna di questa famiglia! Ti fai vedere in giro con questo che nemmeno si è presentato qua da me».

La mamma esce nuovamente solo per dire che certo, questo

ragazzo si è approfittato perché papà è morto, è tutto normale, la scema del villaggio sono io che ci sono cascata con tutte le scarpe.

Cecilia annuisce, dice che certo non è venuto nemmeno a presentarsi, sicuramente non avrà intenzioni serie, mentre Linda prova a difenderci, dicendo che sono sempre stata responsabile, quindi avrò valutato bene la situazione.

Remo, vittima dei fumi dell'alcool, sembra più furioso che mai e mi intima di chiudere immediatamente la relazione perché non è adatta né la persona né la famiglia e per troncare con decisione la conversazione mi spinge provocatorio e imponente. Barcollo per poi precipitare sulla bicicletta.

«Ti sistemo io, l'ho sempre detto che saresti stata un problema, scema che non sei altro».

A quel punto, approfittando del fatto che per un istante rimango esterrefatta e inerte, mi assesta un calcio sulle gambe per sfogare la sua rabbia e rientra tronfio e pieno di soddisfazione. Lo sento schiumare *quella stupida farà quello che le dico perché adesso le faccio vedere chi comanda.*

Resto immobile qualche secondo, prima di rialzarmi aiutata da Linda e Carmela, ma poi faccio loro il gesto di lasciarmi stare, me la so cavare. Mi tolgo lo sporco dai capelli provando a pettinarmi con le mani che tremano.

Papà Minichino era sempre stato rigido nei confronti degli alcolici. Per quanto una giornata fosse dura, diceva sempre, non più di un bicchiere di vino. Sembra che suo figlio non abbia imparato l'insegnamento, visto che non è la prima volta che lo vedo alticcio.

Mi liscio l'abito, ora è sporco e dovrò lavarlo. Sono basita da così tanta furia.

Rientro in casa, dico che non mi sento bene e mi metto a letto, senza cenare.

Dalla cucina sento la mamma che ride con mio fratello e diverse delle mie sorelle. Nessuno di loro si cura di me. È così doloroso crescere con delle persone che amiamo quando in realtà tutto ciò che conta per loro è fare un gruppo sempre più ristretto, escludendo chi non gli corrisponde. A volte mi estromettono solo per il gusto di farlo, perché li fa sentire dominanti, al limite dell'onnipotenza.

Ultimamente mi sento sempre più isolata, la mamma non mi parla quasi mai se non per rimproverarmi. Si comporta come se Remo fosse il nuovo padre-padrone; e lui vuole sostituire papà Minichino, che al contrario non comandava mai nessuno. Le regole stanno cambiando velocemente, la mamma ora è libera di dimostrare il suo disprezzo verso di me.

Quando ha smesso di amarmi?

Mi guarda con astio, come se il mio aspetto fosse una colpa. Mi denigra continuamente e molte sorelle preferiscono affiliarsi con i più forti anziché con me. A volte mi aggredisce palesemente, un tempo era tutto abbastanza velato da passare inosservato. Ora sono sdraiata sul letto pensando a Emilio. Mi ha promesso una nuova vita, tutto andrà bene.

Lo immagino ora, seduto sul patio mentre annusa l'ampolla. È magica, sprigiona il mio odore, quello del lago, e di ogni istante incantato vissuto insieme.

Provo a chiudere gli occhi per rasserenarmi e calmare il respiro.

Penso ai miei fianchi morbidi e accoglienti ai quali si aggrappa ogni giorno, dove si dondola all'apice di un piacere lancinante e spregiudicato. A volte le gioie più grandi portano dentro sé stesse una punta di afflizione.

Contengono tutto, e in quel tutto noi ci perdiamo, totalmente e compiutamente.

22 maggio 2018

LUEN

È stata una nottata infernale. Mi sono rigirata nel letto fino alle quattro, nel frattempo chattavo con Lorenzo e Daniel. Devo riconoscere che entrambi mi hanno lasciato lo spazio che cercavo, a parte Lorenzo che insiste sul fatto che io stia facendo una cosa illegale. Ma ho le chiavi di casa e per un brevissimo periodo ho anche vissuto qua. È mio diritto restarci. Comunque ho trovato la sua password di facebook. Era *twinsouls2008*.

A pensarci è ovvio, vista la promessa che ci siamo fatte.

Mi alzo dal divano dove mi sono buttata ieri sera e apro una bottiglia d'acqua che si trova in frigo. Mi chiedo se a casa mia mi sento così a *casa* come in questo appartamento. Forse quella perfezione mi annebbia la mente. Diventa tutto troppo chiaro, troppo spigoloso, troppo *interior design*.

Sono le sette, non ho dormito niente e sono una derelitta. Decido di chiamare mio padre.

Eppure c'era una persona da chiamare, quando succedeva

qualcosa di importante la chiamavo immediatamente, anche se non sempre mi rispondeva subito. Ci rifletto un attimo prima di fare il numero. E niente, quella persona era Eva.

«Ciao papà, buongiorno».

«Come mai già sveglia?»

Lui è così, non saluta.

Da quando è morta mia madre nel 2006 è diventato sempre più laconico, mentre io avevo bisogno di avere i miei spazi. Forse anche lui. Si è trasformato in un padre apprensivo ma non del tipo che fa domande. È più sul genere che chiede poco e ti fa sentire in colpa qualunque cosa tu dica.

Prendo fiato e provo a parlarci.

«Niente volevo dirti che non sono delle belle giornate perché Eva, la mia amica, sai… non c'è più». Dirlo mi sconvolge e cerco di ricacciare indietro le lacrime.

«In che senso?» Lo sento trafficare con la macchinetta del caffè. Lui usa la moka, quella che per me è solo un complemento d'arredo, ormai. Ora che sta in pensione sembra avere sempre un sacco di cose da fare. Per iniziare la giornata si sveglia all'alba, cura il piccolo orto e si fa la barba mettendoci circa 2 ore e 42 minuti, non ho ancora capito come fa. L'ho visto anche pettinarsela e lisciarsela per mezz'ora, una volta.

«Nel senso che è morta», specifico quasi scandendo le lettere.

«Ah mi dispiace molto. Di cosa era malata?» Lo sento rallentare i movimenti per provare a concentrarsi.

«Ah ecco, no, non era malata, lei… non si sa bene, forse c'è stato uno sbaglio».

«Comunque lo dico sempre io che vivere nelle grandi città non allunga certo la vita».

Restiamo in silenzio, io so che vorrebbe dire altro ma non ne è capace. Ha raggiunto il suo apice di affettività, mi ha addirittura chiesto cosa è capitato.

«Senti papà, mi chiedevo se potevo venire qualche giorno a stare da te. Forse ci sarà da aspettare per il funerale. Magari potrei tornare a casa per staccare un po'».

«E tuo marito?»

«Mah, non so, lui ha sempre molto lavoro; vedremo, penso di venire sola, comunque».

«Ma lavori sempre in quel giornale, sì? O non ti importa più di scrivere?»

«Sì, certo che lavoro. Scrivo per due riviste come freelance, ti ricordi che vuol dire?».

«Certo, me lo hai detto, significa che fai come ti pare».

«Sì, va beh, diciamo così».

«Senti ma la tua amica era quella ragazza del nostro paese, la figlioccia di Stefano e Patrizia?»

«Sì, purtroppo è lei».

Silenzio.

«Okay papà, va a fare le tue cose. Ti faccio sapere».

«Sì, certo, adesso ho da fare, ma non preoccuparti, vieni quando vuoi».

Ci salutiamo di fretta e con un certo imbarazzo.

Nel momento in cui chiudo la conversazione mi rendo conto che non ho avvertito Stefano e Patrizia. Sicuramente lo vorranno sapere, la adoravano. Patrizia adesso è affetta da una forma di demenza senile, come mi raccontò Eva un paio di volte, ma magari riesce ancora a dirmi qualcosa. Poi dovrei organizzare il funerale o forse qualcuno vorrà organizzarlo. Suo padre non credo, non ricordo se ha qualche zia con la quale aveva dei contatti. Mi siedo sul divano e mi rimetto al lavoro. Non riesco a capire cosa possa essere successo. Apro la sua pagina facebook e continuo a leggere i messaggi che Eva e questo tizio, fantomatico architetto, si sono inviati. Mi fa sorridere, ma anche arrabbiare. Sembravano fidanzatissimi, ma da quello che leggo non si sono mai visti. Non è male, il tipo. Inviano foto e messaggi continuamente, per tutta la giornata non fanno altro. Ma come ho fatto a non accorgermene? Sono sbalordita. Il tizio dal suo account si chiamerebbe Jay Gatsby nella biografia ha scritto "Poeta e fotografo di vita, sognatore per passione e per scelta". Ovviamente come immagine profilo c'è una foto che richiama *Il Grande Gatsby* di spalle, in quello che sembrerebbe Leonardo Di Caprio. Povere noi. Un profilo che è tutto un programma e a questo punto mi domando come ho fatto a non capire che qualcosa non andava? Sono seriamente preoccupata per me. In una mail lei parla di me e dice che mi adora e sono la sua migliore amica – grazie a Dio almeno questo – ma che non avrei potuto capire in alcun modo la loro relazione.

Osservo il soffitto pieno di stelline della camera da letto e non posso che ripensare a una notte in particolare quando, poco prima di addormentarci, sommerse da varie coperte e sovrapposte l'una sull'altra e sull'orlo dell'incoscienza, Eva mi bisbigliò che le ricordavo un cristallo.

«Perché?», chiesi curiosa.

«Non saprei», rispose «immagino per la tua lucentezza. Sei trasparente. Sei solida, ma sei anche fragile. Sai, in un film ho sentito una volta che la fragilità del cristallo non è una debolezza ma una raffinatezza. Dovresti iniziare a pensare questo di te. A volte tendi a nasconderti un po', ti piace mostrare solo il lato che brilla. Ma se ci rifletti, brilli sotto ogni aspetto, anche in quello più opaco».

Ricordo che cercai la sua mano per stringerla e prima di cedere completamente al sonno le chiesi come mai una ragazza bella come lei non avesse mai trovato un fidanzato.

Ricordo che rifletté un attimo e poi con la voce roca rispose:

«Non saprei. Mia madre mi ha sempre insegnato a bastarmi da sola e io ci ho provato tanto a farlo, davvero. Mi ha sempre detto che potevo diventare tutto ciò che desideravo essere nella mia vita. Ero concentrata su altro, non lo so. E mi sono sempre sentita speciale, come te».

Già, come me. Mi mordicchio il labbro anche ora, mentre ci penso. Sentirsi così ci fa sentire autorizzati a costruirci intorno un muro a volte invalicabile e ogni cosa che arriva, per quanto bella essa sia, non ci convince e si aspetta quella seguente, che sarà di certo migliore.

Il perfezionismo diventa la nostra cella. Con il trascorrere del tempo, anziché restringersi come capiterebbe a ogni situazione asfissiante, si estende. Iniziamo a prenderci confidenza.

Dopo i trent'anni è così ampia che uscire da una tale prigionia diventa impensabile, quindi rinunciamo spontaneamente alla libertà di relazioni o di altre scelte più o meno definitive, con la speranza che prima o poi ci sorprenda qualcosa di superiore a ogni aspettativa.

Sentirsi indipendenti e speciali diventa la nostra angusta reclusione.

Così le chiesi: «e pensi di bastarti da sola?»

In un sospiro rispose *no*. Fu una sola parola, secca e inconfutabile.

Mentre medito su questi ricordi martellanti sento la proprietaria di casa che bussa alla porta chiedendo se all'interno dell'appartamento ci sia qualcuno. Cerco di rassettarmi meglio che posso, urlo che sto arrivando, e apro la porta. La proprietaria dell'appartamento è una signora discreta, abita al piano di sopra e non ha interesse per nulla tranne che per prendere le mensilità entro il 2 del mese. È irremovibile, neanche la festa della Repubblica l'ha mai fatta slittare di qualche ora. Apro la porta scusandomi per non averla avvertita ma è stato tutto concitato avrei dovuto chiamare e come al solito inizio a parlare veloce non accorgendomi che accanto a lei c'è un ragazzone serio e imponente che mi osserva. Signora Ferrari, sono il maresciallo Gabriel Langhirano e avrei urgenza di parlare con lei. Noto immediatamente due cose: la prima è che mi ha chiamata con il mio cognome da sposata, e la seconda è che potrei essere nei guai.

1964

LILIANA

Amo frequentare la parrocchia, mi fa sentire a posto con me stessa. Mi piace che la gente riconosca la mia devozione e la mia semplicità d'animo. Appena entro in chiesa mi assale un senso di giustezza, come se tutto fosse al suo posto. Mi piace l'odore acre dell'incenso che mi resta incollato ai vestiti, e il suono dell'organo, mistico e melodioso.

Contribuisco alle attività e il parroco mi adora, lo dice sempre che sono una perla rara.

L'altro giorno l'Emilio doveva passare in parrocchia a portare una pizza dolce e l'ho visto di nuovo, ma con occhi diversi, credo. C'è una scorciatoia che conduce alla chiesetta del paese, si snocciola per circa cinquecento metri, e una volta imboccata conduce solo in chiesa. Ero in ritardo per i servizi in sacrestia e ho preso la scorciatoia, e lo stesso ha fatto l'Emilio. Camminavamo quasi in fila indiana, intorno a noi si aprivano pareti di roccia, residui di un tempo medioevale passato, che aveva lasciato il suo incantesimo per tutta la cittadina. Rivoli di acqua cristallina provenienti da un fiumiciattolo oramai quasi arido scendevano dai punti più bassi delle strade acciottolate.

L'Emilio era davanti e si è voltato per salutarmi con educazione, per lui sono sicuramente un viso noto della comunità cristiana. Rispondendo al suo saluto ho avuto un fremito solo a guardare quegli occhi abissali. Mi sono maledetta per non essermi adornata meglio i capelli, o di essere così trafelata a causa del ritardo.

Era magnetico e io non mi ero mai sentita così. I capelli morbidi, le esigue ma marcate lentiggini sul naso perfetto, mi mettevano in uno stato di agitazione mai provato prima. La verità è che non ho mai visto da vicino un ragazzo così affascinante.

Arrivata in parrocchia l'ho subito collegato alla signora Anna, con la quale ho sempre avuto un buon rapporto. È lui il figlio del quale parla spesso con apprensione. Dice sempre che non è intelligente come suo padre, anche se qualche soldo a casa lo porta. Non è furbo però, non è scaltro. Avrebbe dovuto trovarsi una brava moglie e andarsene a stare per conto suo, anche perché la differenza di età tra loro non era moltissima e non stava nemmeno bene che un giovanotto di quell'età vivesse sotto il loro stesso tetto.

Entrando sempre più in confidenza ho provato a farle delle domande più approfondite. Continuo a non togliermi l'Emilio dalla testa. Non sono certo al suo livello, ma chi guarda ormai queste cose?

Quel pomeriggio in parrocchia azzardo a chiederle, sperando di toccarla nel suo orgoglio: «Signora Anna, ma è vero che l'Emilio si è fidanzato senza il Vostro consenso o sono solo dicerie?»

L'Anna fissa avanti a sé, come persa nella sua mente e socchiude gli occhi, che hanno un fremito, e poi esplode.

«È un anno, cara, che si è fissato con quella Giuditta, che si sa che è una poco di buono. Senza padre, poi. Non ha una lira e quando lavora sembra che solo lei sa fare le cose. Poi tutta questa bellezza non si sa dove la vede la gente. È una ragazza normale, anzi i fianchi forse troppo pronunciati e non ha certo il nasino alla francese. Ed è altezzosa. Le mogli altezzose fanno fare una brutta fine ai bravi mariti. Poi lavora al cinematografo, si mette a cucire per la gente di spettacolo, può esserci serietà in una cosa del genere? Dimmi, può esserci secondo te?»

Io annuisco abbassando lo sguardo, trasmettendole comprensione ma anche rispetto con il mio silenzio e il mio sguardo mesto. E proprio qui si è aperto uno spiraglio debole nella mia mente appannata da un invaghimento sempre più tenace. Forse potevo trovare un'alleata. Ama parlare di sé, l'Anna. È la cosa che ama di più. Si domanda e si risponde. Se ogni tanto si stacca la mente dalle sue parole si può anche sopravvivere.

Un giorno, mentre sistemiamo i cestini per le offerte, mi racconta che ha sposato il padre dell'Emilio già da diversi anni ma i figli non sono venuti, nonostante fosse giovane, lei. Certo, lui è quello che è, sottolinea. Comunque il marito non aveva voglia di avere un'altra femmina accanto che combattesse di nuovo con quei problemi, e a loro modo avevano trovato un equilibrio.

«Certo, so di non essere bella come la prima moglie, pace all'anima sua. Lei sì che gli mandava il sangue al cervello, che pensi che non lo so? La guardavano tutti e lui doveva stare sempre attento, quel poveraccio. Alla fine la rinchiudeva dentro casa quando lui usciva, ma che scelta aveva? Piangeva sempre, la cretina, ma che si aspettava, che lui la mandasse a farsi ammirare dagli altri? Doveva fare la moglie, mica la modella. So che pensi che avrei potuto trovare di meglio, cara mia, ma ho preferito un usato garantito. Meglio di seconda mano ma senza troppi grilli per la testa, se mi capisci».

Io non è che la capivo tanto ma l'importante era annuire e fingere di comprenderla, e per fare questo bastava una leggera inflessione di un sopracciglio oppure delle labbra. Non è difficile, anche se dopo un po' la testa scoppia.

La situazione non è semplice. Ma per ora lascio passare del tempo, devo capire come fare. Non sono così bella come quella Giuditta ma posso certamente offrire qualcosa di appetibile. Per ora decido di ragionare senza agire. Quando incontro l'Anna la saluto con più calore del solito, complimentandomi per il suo aspetto, per la carnagione rosea, e quando l'Anna mi presenta finalmente l'Emilio fingo di non credere che possa essere il figliastro, al massimo il fratello. L'Anna gongola tronfia e io sogghigno. Non sarò bella ma non sono nemmeno una stupida.

22 maggio 2018

MAGGIE

È quasi ora di pranzo, sono ancora inerme davanti alla tv. Sono tanto confusa, vorrei chiamare un'amica ma non ne ho neanche una. Ho dormito pochissimo, sono avvolta da una vestaglia in pile nonostante sia quasi estate, ho chiazze di sudore sotto le braccia. Sono sudicia io e tutto quello che ho intorno. Sapevo che non avrei dovuto sposarmi con un ragazzo più bello di me. Non ero così male quando ci siamo sposati ma comunque non sono mai stata una bellezza. Ero sicuramente intelligente e venivo da una buona famiglia. Mio padre per un periodo ha lavorato in America e devo riconoscere che non se l'è cavata male. Tutto sommato potevo godermi meglio i soldi che avevo. Invece mi sono sposata e ho rinunciato quasi a tutto perché Tommaso era troppo orgoglioso per chiedere aiuto. Se fossi rimasta single avrei avuto a disposizione una bella quantità di denaro e ora non mi troverei incastrata in un corpo che non riconosco e in un matrimonio che forse non esiste.

Mia sorella, al contrario, ha sempre visto *oltre*. Già, lei è una che lo fa, vedere oltre. Io sono stata sempre schematica, volevo la quadratura del cerchio. Non mi sono mai interessata della carriera o del mio aspetto, volevo una famiglia. E non ho mai pensato ai soldi, questo a favore di mia sorella, alla quale sembrano non bastare mai. Cosa dovrà mai farci non è dato sapere.

So che è assurdo che in questo momento io rifletta su delle questioni così banali ma non so come muovermi. Sono pietrificata in una vita che forse non è la mia. Hanno ucciso quella povera ragazza, ho visto il servizio alla televisione. Era molto attraente, il tipo che potrebbe piacere a Tommaso. Tanti anni fa forse le somigliavo anche, ma ora non somiglio più a nulla.

Continuo a pensare che Tommaso mi ha detto che lavorava a distanza, che era una stagista, eppure era romana, perché doveva lavorare a distanza? Hanno detto che ci sono varie piste e che aveva appuntamento con un ragazzo con il quale aveva una relazione. Non mi tolgo dalla testa questo pensiero, ma forse sto impazzendo.

I viaggi di lavoro continui, le giustificazioni, l'assenza di sesso. Non che questo fosse un problema per me. Onestamente, non ho mai voluto accettare che qualcosa tra di noi non andasse bene. Forse ogni riflessione più approfondita era tenuta a bada da un quotidiano asfissiante, dai bambini indemoniati.

È come se avessi messo da parte la coppia, ma ancor prima me stessa. Ho sbagliato a non mantenere nulla di mio in questa realtà costruita *ad hoc* su Tommaso e sui bambini.

Certo, non ho mai potuto contare su una famiglia che mi sostenesse. È come se fossimo sempre stati un agglomerato di particelle indipendenti le une dalle altre. Appena ci si avvicina un po' di più c'è una scintilla che crea una voragine ancora più profonda della precedente. Quanto ho provato a colmarla... Da piccola stando in silenzio, da grande facendo tutto ciò che tutti volevano, da sposata con i pranzi faticosi durante i quali non ho mai ricevuto una parola carina, un'attenzione. Poi credevo che i bambini avrebbero cambiato le cose, ma ora lo so. Tutti mentono, perché la verità è che i bambini non cambiano mai le cose in meglio. Amplificano i conflitti, inaspriscono le differenze, alimentano i vuoti.

Forse se avessi mantenuto una mia autonomia non mi sentirei così adesso.

E non ho nessuno con cui parlare. Nessuno.

Ripenso a quando ho lavorato part-time in un call center, prima che Tommaso non lo trovasse adeguato alla vita che voleva condurre, prima che iniziassimo i nostri percorsi di inseminazione.

Mi divertivo. Me lo ricordo questo. E mi truccavo quando uscivo per andare in ufficio. Coloravo le labbra di un rosa tenue, allungavo le ciglia con il mascara e mettevo uno strato di blush sulle guance. Mi sentivo carina. Eravamo tutte ragazze che volevano arrotondare e prendevano il lavoro con filosofia, diciamo. Fiori di bach e caffè espressi erano il nostro pane quotidiano. Allungavo i turni per restare con loro. Ricordo Vittoria, così dolce, con la carnagione di porcellana e un talentuoso compagno fotografo. Guadagnava bene, così lei si poteva permettere di lavorare *easy.* Un giorno mi ha invitata a prendere l'ennesimo caffè da lei e notai che sopra la vasca da bagno c'erano delle bellissime istantanee, ma il soggetto degli scatti era un'altra donna. Una voluttuosa ragazza sorrideva all'obiettivo, immersa nella schiuma, lasciando intravedere un seno. Volevo così tanto bene a Vittoria che le dissi: «Devi dire al tuo ragazzo che quelle foto mi infastidiscono molto, mi sembra che ti manchi di rispetto».

Lei ci rideva sopra, era una personalità eterea e solare, evidentemente sicura di sé. Dopo una settimana si presentò con dei pasticcini in ufficio e mi disse che li mandava Alessandro, insieme alle sue scuse per la mancanza di sensibilità nei riguardi di Vittoria. All'epoca pensavo che esistessero davvero uomini così. Mi chiedo, ma se ora richiamassi Vittoria, lei si ricorderebbe di me? Potrebbe aiutarmi?

Mi alzo e vado a cercare un vecchio borsone della palestra e lo riempio dello stretto indispensabile. Penso sia il caso che Tommaso se la cavi da solo, per una volta.

MAGGIE

1965

GIUDITTA

Il fiume serpeggia lento attraversando la pineta, il crepitio dell'acqua limpida si imbatte nei ciottoli levigati, rendendo l'atmosfera seducente. I colori avvolgono gli occhi, il fogliame stimola l'olfatto con la sua essenza, sembra un luogo così incantato da ricordare i boschi delle fiabe. I raggi del sole filtrano tra le fronde degli alberi, creando delle magiche lame che attraversano lo sguardo. È un groviglio di suoni e sfumature che fa decelerare i battiti, fa socchiudere gli occhi, e tutto sembra rincorrere la luce in tutti i suoi riflessi fervidi di estasi.

Arrivo con la bicicletta, mi sento leggermente trafelata e forse un po' ansiosa perché so che a breve Emilio mi raggiungerà. Ultimamente è diventato tutto più difficile. Mi sento sempre attraente ai suoi occhi, ma credo di aver raggiunto quel tipo di avvenenza che non si modifica più con il tempo. Appoggio la bicicletta all'albero e stendo un piccolo telo per sedermi, in modo tale da non sporcare il mio abito con le maniche a sbuffo e l'orlo merlettato. Lavoro tantissimo, con la mamma il dialogo è ormai ridotto all'osso, quando mi incrocia sembra che voglia solo dimenticare che esisto. Non è più tanto aspra, semplicemente è come se per lei non esistessi, come se avesse gettato la spugna. Le è capitata una figlia disgraziata e prova a dimenticarmi. Di Remo si contano più le volte che è ubriaco perso di quelle in cui non lo è. E le mie sorelle stanno svanendo, una dopo l'altra, prese da sé stesse e forse anche loro dalla voglia di fuggire. O di affossarmi.

Linda ha iniziato ad avere un corteggiatore fisso, uno studente di legge che pare si sia innamorato alla follia, e nonostante io trovi impensabile l'idea di vederla andare via, so che sarebbe la sua unica salvezza. Vivere in casa ormai è un incubo, in quegli spazi angusti e claustrofobici, con la tensione che alberga in ogni interstizio e sembra possa esplodere in furia da un momento all'altro. Tutti trattengono il respiro tranne la mamma, che sembra aver finalmente trovato il suo posto di comando accanto a Remo. A lei non importa come sia diventato, si sente importante, papà Minichino la offuscava con tutta quella bontà e quel modo di relazionarsi con le sue ragazze. Non sapeva imporsi e non le comandava come doveva, lo ripete sempre.

Io continuo a sperare in una soluzione con Emilio, di potermi sposare al più presto, ma a volte temo che sia solo un'illusione, che siamo una coppia senza speranza, e mi lascio risucchiare dall'amarezza.

Non piango mai, sto sviluppando la mia corazza, nonostante mi senta raschiare dall'esterno è raro che mi senta scalfita. Chi mi osserva da fuori mi avrebbe potuto giudicare scostante e algida, in realtà ho solo imparato a camuffare i miei impulsi. Giocherello con dei fili d'erba inumiditi di rugiada quando sento lo scricchiolio delle foglie che annunciano l'arrivo di Emilio. Il fiato mi manca all'improvviso, faccio profondi respiri, mi sento precipitare in un baratro di emozioni straripanti. Sono perdutamente innamorata, come non pensavo potesse capitare. Accanto a Emilio sembra che ogni problema si possa risolvere. Arriva di corsa, butta la bici a terra e ridendo si lancia su di me per baciarmi. Poi mi prende il viso tra le mani e mi fissa negli occhi. Non esiste niente che sia bello come lui, niente. Ricambio il suo sguardo languidamente, le labbra carnose e semiaperte, in attesa. Tutto il corpo freme, l'urgenza di fondersi è imprescindibile. Il viso di Emilio è attraente ma per me è la perfezione. Occhi verdi, che mutano con il mutar del sole, intensi, arricchiti di scaglie dorate, e quel naso perfetto, con tre, forse quattro efelidi che gli regalano un aspetto più giovane. E in pochi istanti di due ne resta uno solo, ci aggrappiamo disperatamente l'uno all'altra, i fianchi spingono avidi come se volessero trapassarsi e l'intensità e il desiderio sono tali che annebbiano ogni domanda e davvero per qualche minuto non c'è nient'altro che possa intralciare i nostri pensieri. Non c'è niente altro al mondo, null'altro che noi due.

«Amore mio, troveremo una soluzione?». Le mani tremano ancora per l'emozione mentre mi rivesto.

Dopo aver fatto l'amore mi sento sempre un po' svuotata, come se il futuro diventasse lontano e nebuloso. Emilio mi mostra un sorriso incerto e mi accarezza il palmo della mano. Poi mi dice di guardare tra quelle linee ingarbugliate. In quel groviglio c'è scritto tutto, ci siamo noi, e niente può cambiare questo, perché quei solchi sono incisi nella carne e nel sangue.

Noi siamo quelle linee. Ora, e per sempre.

22 maggio 2018

LUEN

Faccio spazio per far entrare il maresciallo. La proprietaria di casa mi fissa allarmata, poi mi chiede se la signorina della quale ha sentito parlare al telegiornale stamattina è proprio Eva. Sì, è lei, le rispondo, e poi aggiungo che non si deve preoccupare perché l'affitto intanto glielo pago io, anzi quanto le devo? Mi fa un gesto con la mano e mi risponde che questo mese è stato saldato già, puntuale come al solito. Poi guarda il Maresciallo e gli dice: «Era davvero una brava ragazza. Un'insegnante, sa? Brava davvero, e bella, bellissima». Lui la accompagna delicatamente alla porta, dicendo che magari più tardi avrebbe parlato anche con lei, ma adesso deve scambiare due parole con me. Io mi sento un po' in apprensione, metto a fare del caffè e mi siedo in attesa.

«Sta facendo del caffè?»

«Sì, ne vuole anche lei?» Sono sollevata che si parli di caffè. Sembra quasi un amico che è venuto a trovarmi. Ha le guance leggermente paffute, non è brutto ma forse dovrebbe perdere qualche chilo, diciamo cinque. Se non avesse quell'aria da poliziotto potrebbe sembrare uno di quei tizi bonaccioni con i quali organizzare barbecue e bere birra fino allo sfinimento.

«Magari, sono in un hotel favoloso ma il caffè non lo sanno proprio fare».

Abbozzo un sorriso, mi alzo, traffico un po' e torno con due tazzine e con lo zucchero di canna integrale biologico, l'unico che usa Eva, sembra praticamente terra raccolta in un giardino comunale. Usava, ok, usava.

Il tizio mi fissa, si è forse accorto che con la mente sto divagando. Vorrei offrirgli dei biscotti ma non li vedo, mi risiedo dopo aver apparecchiato il tavolo basso davanti il divano, che mi ricorda tante serate alticce. «Luen, la posso chiamare così?» Annuisco con un sorriso a metà. Lui prepara il suo caffè, lo beve e inizia a parlare.

«Siamo venuti in due da Modena, ma la mia collega ha avuto un malore, deve stare a riposo».

Mi dispiace, rispondo, ma in realtà non è vero, *chissenefrega* non so nemmeno di chi parla. Forse mi legge nella mente perché assume un'espressione strana. Prosegue: «Ora mi trovo da solo e devo mettere insieme i pezzi. So che lei è la moglie di un carissimo amico del magistrato di Modena, che poi ora è il mio superiore, ma è un tipo tranquillo, mi ha lasciato libertà nell'indagine. Dunque intanto volevo chiederle come mai la trovo qui?»

Respiro. Cerco di mettere insieme i miei pensieri. «Ho le chiavi di questa casa da anni e spesso mi fermo a dormire. Ci sono anche delle cose mie, qua. Mi è sembrato fisiologico venire. Ci sono dei problemi al riguardo?» Temo mi dica di sì, il mio allarme trapela evidente.

«Direi che ad ora non posso affermare di avere nulla in contrario. Volevo chiederle informazioni più accurate circa la situazione familiare di Eva, la madre era morta, giusto?»

«Sì, era morta, da diversi anni. Ha avuto una malattia incurabile ed Eva se l'è cavata sempre da sola. So che aveva un padre ma non ricordo bene. Era piccola quando si è lasciato con la madre. Poi non l'ha quasi mai cercata, tranne quando aveva bisogno di soldi».

«Eva gli chiedeva dei soldi?»

«No, scusi, lui ogni tanto chiedeva dei soldi a lei. Ma lei non glieli dava quasi mai, per fortuna. È un signore ambiguo, che fa lavori ambigui, che non ha niente a che vedere con lei».

«Ma non la cercava mai, non si incontravano?» Faccio segno di no con la testa, abbassando lo sguardo.

«Comunque lo dobbiamo contattare per il riconoscimento del corpo. È il parente più stretto». Oddio, il riconoscimento del corpo... Mi stravacco sul divano sospirando e il maresciallo interviene: «Luen, so che è difficile. Ho saputo quanto eravate legate, ma penso che dovrebbe dirmi tutto ciò che sa, se vuole aiutare la sua amica. Niente va trascurato, bisogna rifletterci bene».

Non sembra male questo maresciallo, in effetti. Una persona comprensiva, a modo, elegante, in un certo senso. Forse fa la parte del poliziotto buono e la collega che si è sentita male quella cattiva.

«Può darmi del tu?»

«Va bene. Io sono Gabriel. Mi è stato detto di trattarti con i guanti, che posso fidarmi di te e che sei la moglie di un carissimo amico del dottor Melini. Però devi dirmi quello che sai altrimenti non usciamo da quest'*impasse*. E io so che vuoi aiutarmi».

«Devo rifletterci. Posso dirti le prime cose che mi passano per la testa ma devo ragionarci meglio. Per ora ti dico che Eva era una ragazza bella ma a quanto si dice non bella come sua madre; era buona, sfortunata in amore e in famiglia. Insegnava ma non amava molto l'ambiente di lavoro, non aveva legato molto, solo di una collega parlava ogni tanto».

«Come si chiama?» Mi interrompe mentre prende appunti.

«Martina. Credo insegnasse latino, una cosa del genere. Erano amiche, uscivano a cena ogni tanto. Poi un giorno, a scuola, hanno litigato e Martina le ha tenuto il muso ma non ho mai capito perché e non mi sono impicciata troppo. Comunque alla fine si erano riviste quindi penso avessero risolto. A pelle non mi era simpatica, o forse ero solo gelosa».

Mi guarda esortandomi a proseguire: «Eva era una ragazza vulcanica, non stava mai ferma. Con la madre aveva avuto un rapporto particolare, diceva che era un po' anaffettiva, ma un esempio di vita. Era sempre attenta ai soldi, non ne aveva avuti molti e su questo eravamo a volte in disaccordo. Io tendo a ragionare di più sulla convenienza delle cose, diciamo – virgoletto con le dita in alto – invece lei era eticamente e moralmente perfetta. Non poteva sostare in doppia fila neanche un minuto, piuttosto pagava il parcheggio di venti centesimi. Era intelligente, vivace e a tratti malinconica. Era piena di eccessi, un giorno vestiva coloratissima e un altro era tutta nera, unghie incluse. Una ragazza eclettica».

«Dunque, una ragazza così non poteva essere single. Ricordami quanti anni aveva?»

«Trentadue. No, non è vero, ma mi sono abituata e mi confondo ormai. Credo ne avesse trentasei, ormai mi sbaglio anch'io. Mentiva sempre sull'età, diceva che la madre le aveva insegnato così. Diceva il falso anche quando aveva 25 anni, che io ricordi. Ovviamente non ha mai messo candeline sulle torte, una volta è stata costretta e ne ha messe ventitré».

«E ne aveva?»

«A occhio e croce trentuno. Lo so, sembra strano, ma era così. Inoltre sembrava effettivamente più giovane, con quest'aria così eterea. Per tornare alla tua domanda, ha avuto delle storie, un ragazzo molti anni fa che alla fine si è scoperto gay. Per un periodo sono anche rimasti amici, poi è sparito. Dopo ha avuto storie qua e là, ma nulla di eclatante. In parte non si accontentava, ma in parte conosceva anche persone poco compatibili con lei. Ah, adesso si diceva innamorata di un tipo, tale Jay Gatsby, conosciuto su facebook».

«Sì, ho saputo di questa relazione e abbiamo analizzato subito il cellulare. Si chiama Tommaso Melby, in realtà. Mi sai dire altro?»

«Mah, si era fissata, alla fine aveva capito che disapprovavo e non ne parlava più tanto. Pensava di essere impazzita d'amore. Io cercavo di riportarla alla realtà. Inizialmente mi fece leggere delle cose che questo tipo scriveva, per carità, notevoli. Ma non sapeva nemmeno chi fosse o che vita facesse. Ma lei era fatta così».

Mi metto comoda per cercare di spiegarmi meglio e gesticolare più comodamente.

«Ti spiego, per lei non era importante vivere a contatto con il reale, al contrario, forse... l'evasione psicologica sembrava conquistarla molto di più. Ma alla fine non raggiungeva niente di concreto. Mi sarebbe piaciuto che lei entrasse a far parte a pieno titolo della "vita vera", cene di gruppo, eventi, cose così. Invece sembrava non voler uscire dal suo guscio. Eravamo sempre noi due». Una lacrima scende da sola, ma la cancello dal mio volto fingendo di sistemarmi il trucco che non ho. Mentre mi appiattisco con le dita il contorno occhi Gabriel afferma con il tono di una domanda che ha già una risposta lampante: «Eravate molto unite».

«Lei era ciò che di più vicino io avessi a una sorella. È stata un'amicizia che paragonerei a un diesel. La partenza è stata lenta, poi abbiamo iniziato a lasciarci andare, nonostante le nostre divergenze. Come i migliori matrimoni abbiamo avuto alti e bassi. Il fatto è che gli alti erano vertiginosi e i bassi sprofondavano oltre il visibile. Ma comunque, resistevamo. A nostro modo eravamo una famiglia. Anni fa, durante l'università, passavo un forte periodo depressivo. Mia madre era appena morta, e io non mi riconoscevo più nel mio corpo. Ingrassavo, dimagrivo, non lo sapevo nemmeno io. Cambiavo colore di capelli ogni giorno, ricercavo me stessa ovunque, senza trovarmi mai. Lei una sera mi vide così abbattuta che mi portò fuori, a una manifestazione estiva, di quelle all'aperto, gratuite, con la musica a tutto volume e le birre a buon mercato. Io continuavo a dirle che non avrei mai trovato un uomo, che nessuno mi avrebbe mai voluta. Lei allora mi disse *okay bella, visto che non hai più niente da perdere e sei diventata una lagna vivente andiamo a fare un'indagine di mercato*».

«E che fece?», domandò curioso.

«Fermò ogni ragazzo che incontravamo, e lo fece per almeno quattro ore, per chiedere se ero attraente e se avrebbe avuto una storia con me. Io all'inizio pensavo che fosse impazzita ma poi iniziai a prenderci la mano. Mi interessava il parere degli uomini. Scoprii che ero assolutamente appetibile ma che vestivo male e i capelli erano troppo scuri». Presi fiato, sorrisi involontariamente, pensando a quelle serate folli, che capitano solo in quella fase post adolescenziale, che può durare anni in effetti, dove non sai ancora chi sei e indagarlo diventa la missione della propria vita. La ricerca della strada verso la propria emancipazione è una sfida intensa e stimolante, che non annoia mai. Ricordo intere serate a cercare il libro giusto, l'amica giusta, il fidanzato giusto. Il piacere di quella ricerca è rimasto un segno indelebile sotto la mia pelle, che rimpiango ogni giorno. Forse per questo ho deciso di scrivere, per continuare le mie indagini personali. E niente come la scrittura ti permette di indagare l'animo umano. Restiamo in silenzio, assorbendo le mie parole e riflettendo.

«In questi due giorni che sembrano infiniti», proseguo «ho pensato spesso a come è nato il nostro legame ma direi che non c'è stata altra scelta che sceglierci».

Ora Gabriel mi fissa, ed è molto serio. Mi ricorda un procione paffuto, con il pelo tirato a lucido e gli occhi leggermente tristi.

«Ora, Luen, dovresti riflettere bene: pensi che qualcuno avesse un qualsiasi motivo, per quanto assurdo ti sembri, per farle del male?» Sgrano gli occhi. La domanda mi lascia davvero perplessa.

«Escluso. Assolutamente no. Neanche uno. È impossibile. Lorenzo, mio marito», gli ricordo «ha detto che sicuramente è stato un errore».

«Ascoltami, io non posso parlare di questo caso, ma mi fido di te. So che anche il PM ha grande stima della tua famiglia e questo mi permette di rilassarmi e di dirti una cosa. L'esame autoptico è in corso e sapremo tutto al più presto. Ma un pensiero mi continua a tormentare. Accanto alla tua amica sono stati trovati degli oggetti bruciacchiati. Non credo che l'intento fosse quello di bruciarli completamente, ma di farceli trovare. Era in un posto talmente isolato che il tempo non sarebbe mancato». Lo osservo come se ciò che sta per dire fosse la cosa più importante al mondo. Inizio a mangiucchiarmi il lato del pollice e a muovermi sul divano come se scottasse tutto ciò che mi sfiora.

«Gli oggetti trovati sono una sciarpa color salmone, parzialmente ricamata, la carta d'identità dove si può leggere a malapena il nome e un quaderno. Sulla prima pagina c'è scritto vv. 49/51. Ti dice niente?»

«Assolutamente no», alzo involontariamente il tono della voce. «Non può essere qualcosa che riguardi lei». Evidenzio la mia risolutezza con i movimenti della testa. Gabriel sembra avere un moto di tenerezza nei miei confronti. Mi fissa, ed emette involontariamente un mesto sospiro.

Squilla il mio telefono, e mi accorgo che è la redazione. Rifiuto la chiamata ma *Ebenezer Scrooge* ha inviato diversi messaggi. Lo richiamerò. Ora la mia mente è un vortice di pensieri inestricabili. Devo pensare, e devo farlo camminando. Gabriel è perplesso nell'osservarmi, come se cercasse di riflettere sulle mie azioni e sulle mie parole.

«Ora porterò via il PC di Eva per farlo analizzare, anche se il suo cellulare aveva già l'accesso aperto a tutti i social. Poi andrò dal signor Melby. Sta tornando in sede e abbiamo un appuntamento informale al bar per fare due chiacchiere. Per ora ovviamente non c'è alcuna accusa. Quindi vado». Si alza con una punta di indecisione nei movimenti leggermente goffi. «Comunque lui adesso si trova presso la sede GHB di Viale Angelico. Per dire».

Saluto cordialmente e penso a quanto tempo ci metterà la mia luccicante *sMartina* per raggiungerli e fingere di essere capitata là per caso.

1966

LILIANA

La signora Anna è una donna che ama le lusinghe. Nient'altro la rende felice.

Io non faccio che lisciarla: ma come siete bella, come siete giovane, che grande affare ha fatto vostro marito a prendervi in moglie. E lei sogghigna, mostrando alcuni denti guasti che la tracotanza le impedisce di pensare come a un'imperfezione. Anzi, evidenzia di sovente il sorriso, passandoci sopra un rossetto che ha comprato di nascosto, e applicandolo leggermente fuori dal contorno della bocca, così le sembra di avere labbra carnose e voluttuose, e si imbelletta allo specchio ammirandosi. L'ho vista. Un giorno che sono andata a prenderla per delle commissioni mi ha fatto fare anticamera ma da una porta socchiusa la osservavo mentre apriva e chiudeva le labbra, sembrava un pesce, e si sistemava il cappellino fingendo di parlare con qualcuno, imitando strane modalità seduttive apprese chissà come.

Quello stesso giorno mi confessò che era una donna dalle grandi ferite a causa del confronto costante che la madre le imponeva con la sorella maggiore. Chissà, forse qui ha iniziato a formare una corazza viscida dove nulla di spessore potesse attecchire. Tutto ciò che fa è per mettersi in mostra, per ricevere complimenti, ama architettare una serie di cerimonie per riuscirci e raccogliere ringraziamenti ed elogi proprio là dove le persone non possono esimersi.

E io, che sciocca non sono, ho capito bene i punti deboli della signora Anna, che a sua volta mi ha accolta sotto la sua pomposa ala protettrice.

Il suo rapporto con il figliastro non procede granché bene perché lui non si presta a moine e lusinghe e questo lo rende imperdonabile ai suoi occhi. L'Anna, nonostante i quasi vent'anni di differenza con l'Emilio, si ritiene una sua coetanea e inizialmente si aspettava di essere ammirata dal giovane. Quando si è accorta che non sarebbe avvenuto mai ha realizzato che il giovanotto è solo un grande impiccio, che non dà soddisfazione in alcun modo e non rende bene in nessun campo.

Continuo a riflettere su come utilizzare queste informazioni a mio favore. La mia radicata antipatia per la sfrontatezza della Giuditta oscura ogni spiraglio di lucidità. Tutti non fanno che ammirarla ma è solo una piccola presuntuosa. Solo un'altra persona sembra che la pensi esattamente come me. E quella persona è l'Anna.

Una mattina di febbraio, mentre il paese è ancora foderato di foschia, mi avvio verso la parrocchia sperando di trovare del lavoro da fare per mostrare alla comunità cristiana il mio impegno costante.

Così incrocio l'Emilio che sta scendendo in Piazza Santi per aprire la bottega. Io ho il mio cesto ricco di delizie che ho preparato il giorno precedente, lui cammina con lo sguardo basso e pensieroso. Rallento sperando che mi osservi ma lui sembra davvero vivere su un altro pianeta. Quale giovane non mi avrebbe chiesto aiuto per sgravarmi dal peso? So che non è superbia la sua, ma distrazione.

Decelero. Tra pochi istanti mi avrà superata. Ho poco tempo per pensare. Poggio d'improvviso il cesto in terra. Così non potrà non notare quanto meno un gesto inusuale.

Alza distratto il volto, solo per capire cosa stia accadendo e io balbetto che mi pesa, ho bisogno di una pausa. Lui sembra sorpreso, mi fissa con gli occhi scheggiati di grano e io mi sento pungere lo stomaco, come fosse trafitto da aghi roventi. Solo per uno sguardo. Come è possibile?

«Volete aiuto?». È evidente che lo fa solo per gentilezza. Nonostante ciò che l'Anna ne dica, non è un cattivo ragazzo.

«Magari, ma non vorrei disturbarvi», proseguo con tono volutamente dimesso e titubante. Lui con le spalle fa segno di non preoccuparmi e raccoglie il cesto e aggrotta le sopracciglia per un istante. Il cesto non è affatto pesante. Io lo guardo con aria innocente e casta mentre lo seguo sollevando leggermente la gonna per non inciampare e allungo il passo per stargli dietro. Quando arriviamo mi osserva e con un sorriso distratto mostra una fossetta, solo da un lato del volto. Non riesco a staccare i miei occhi da lui, che sembra disorientato, aspetta il commiato da parte mia che non arriva.

«Io vado allora, signorina, spero di avervi alleviato la salita».

Continuo a essere bloccata in un mutismo inusuale finché gira le spalle, affatto scoraggiato dal mio silenzio, e io riesco finalmente a richiamare la sua attenzione.

«Aspettate», affermo con un tono di voce leggermente più alto del solito. Si blocca perplesso e mi guarda. «Volevo dirvi grazie. Vostra madre mi parla sempre di Voi».

Lui si volta e con un inconsueto tono risoluto risponde *non è mia madre* e se ne va. Chissà dove, mi chiedo. Non credo alla bottega. Ripenso alla fossetta, che scava un solco sul suo volto perfetto e che, invece di renderlo difettoso, lo esalta. E penso alla Giuditta, li immagino insieme. La Giuditta dagli occhi oscuri come la pece, come due bottoni che trafiggono senza spendere parole e che ride sguaiata spalancando la bocca mentre lui la osserva e la stringe e li penso così.

Bellissimi, difettosi entrambi ma che per una strana alchimia del destino sembrano perfetti insieme. Sento il morso della rivalità, mi accorgo di stringere le dita attorno al cesto mentre le pagliuzze a tradimento mi trafiggono la carne che senza fremito alcuno si lacera.

Io non mi farò lacerare. Non adesso, non più.

22 maggio 2018

MAGGIE

Guido fino a un alberghetto fuori la capitale. Appena mi metto in viaggio inizio a sentirmi meglio, come se il peso che avevo sul petto si iniziasse a sciogliere. Il cielo perlato nasconde tutti i raggi del sole, per un instante mi sembra di vivere un sogno: sono libera. Abbasso il finestrino e inizio a cantare Michael Kiwanuka; adoro la sua musica così morbida, così londinese, un soul accattivante e rilassante. Il cielo sembra essersi cromatizzato.

Sono diversi anni che non metto piede in un posto così. Scrivo a mia sorella un messaggio, le chiedo per una volta di aiutarmi e di occuparsi dei bambini che alle 16:30 sarebbero usciti dalle rispettive scuole. Mi godo la sensazione di averle dato poco preavviso e stavolta non potrà rifiutare. Di recente ogni tanto si fa viva, viene quando le va, si impiccia un po' e poi sparisce.

Ha sempre delle scuse incredibili quando le si chiede qualcosa di specifico. Al contrario, non accetta neanche le catastrofi, se le serve aiuto. È molto egoista ma io ho sempre cercato di amarla per quello che è. E lei, ha ricambiato il mio amore?

Parla sempre dei suoi vari lavori, tutti così importanti, così significativi, ma non è una giustificazione per la sua assenza persino quando ho partorito. Non ricordo una sola volta che lei abbia gioito con me di qualcosa. È talmente presa da sé che a volte credo non sappia neanche che esisto, ma se glielo faccio notare mi accusa di essere egocentrica. Non ho mai capito che lavoro realmente lei faccia. È sempre molto vaga, o perché crede che io non ci arrivi o perché volutamente non vuole far sapere i fatti suoi, anche se lei vuole sapere sempre quelli di tutti. Con Tommaso non si sono mai presi. Lei detesta il fatto che io abbia sposato *un tizio inutile che solo grazie alla famiglia si trova a capo di un'impresa e guadagna più di quanto dovrebbe.* Mio marito invece, dopo numerosi tentativi per creare un legame vagamente pacifico, si è stancato delle sue frecciatine e se può la evita. Ma con garbo.

Non ha mai avuto relazioni durature, è stata sempre molto presa dalla carriera che alla fine non ho capito bene se ha fatto, oppure no. C'è sempre una sorta di alone misterioso su mia sorella. Lei deve avere sempre il controllo sulle vite altrui ma raramente si lascia davvero conoscere. Continua a vivere con i nostri genitori quando potrebbe tranquillamente permettersi un suo appartamento. Almeno credo. Non ho mai avuto un buon rapporto con lei ed è una cosa che mi è mancata da morire. Da semplici dispetti fatti alla sorella più piccola a episodi che invece mi hanno segnata. Ricordo quando, appena laureata, cercavo disperatamente lavoro e avevo preparato una serie di curriculum da spedire e lei mi disse che aveva un sacco di conoscenze presso un'agenzia interinale, e di darli tutti a lei. Ovviamente nessuno mi chiamò. Un giorno, rimettendo a posto l'armadio prima di sposarmi, trovai tutti i curriculum nascosti in un contenitore occultato sul fondo di un cassetto. Non le dissi mai nulla.

Anche fisicamente siamo diverse: i miei capelli hanno il colore particolare che aveva mio padre da giovane, ma per il resto sono molto simile a mia madre. Mia sorella ha capelli lunghissimi di un intenso castano e ha gli occhi di mio padre, decisamente più intensi. Sarei attraente quanto lei, se non mi fossi completamente sformata. Mentre lei ha sempre potuto fare attività fisica e andare dal parrucchiere, io ho fatto altre scelte che è evidente mi hanno segnato più di quanto pensassi.

Mia madre non si è mai data troppa pena di nascondere la sua evidente predilezione per la figlia maggiore. È come se in lei si fosse riuscita a ritrovare, mentre io devo esserle sembrata uno scherzo mal riuscito, un errore. Fisicamente le somiglio ma come carattere sono tutta papà: dice che non ho spina dorsale. Invece Brigida sì che sa ottenere ciò che vuole. Proprio come lei.

Arrivo sorridente alla reception e una signorina gentile ed elegante mi chiede quanto tempo mi fermerò e quale stanza voglio. Rispondo che non so ancora per quanti giorni necessiterò della loro ospitalità e chiedo la suite più bella, con la vasca idromassaggio, per favore. Mi informo se c'è una SPA all'interno della struttura e chiedo di farmi portare una bottiglia di Berlucchi all'interno della stanza. Un solo calice, grazie. E del ghiaccio, per favore. Sì, per ora ho tutto. Tutto quello che mi serve.

Entro nella stanza, da sogno, con una splendida vista su alberi rigogliosi, prati all'inglese curatissimi e una piscina adornata con piccole palme. Mi spoglio seminando i vestiti nell'appartamento e bevo lo spumante a piccoli sorsi, direttamente dalla bottiglia. Preparo la vasca con acqua bollente e mi immergo, e risalendo un sospiro rilassato viene emesso dalle mie labbra bagnate dalle bollicine. Spengo il telefono e chiudo gli occhi.

1966

GIUDITTA

I mesi trascorrono veloci. Il lavoro non manca e gli avvenimenti si susseguono repentini. Linda ha sposato Nino all'inizio dell'anno. Tutti le sconsigliavano un matrimonio in pieno inverno ma non hanno voluto aspettare. I primi di febbraio è andata via.

Il vestito da sposa l'ho cucito io come regalo di nozze. Andavo al capanno di papà Minichino per evitare che venisse visto. Era bellissima, Linda. La stoffa è stata un regalo della futura suocera, una donnetta attiva e impertinente, che voleva avere il controllo di tutto. Ma il mio lavoro era solo mio. Non ho lasciato che venisse osservato da nessuno e, con quella bella stoffa, il risultato è stato eccellente. La bella Linda, con gli occhi luminosi e i denti candidi, un sorriso timido che le faceva piegare leggermente la curva dello sguardo, l'ho vestita io. Mamma ha detto che non si sentiva bene il giorno del matrimonio. Remo la mattina delle nozze urlava scostumato che aveva sistemato la sorella con un avvocato e con il panciotto in bella vista, rigonfio ormai dell'alcool rattrappito nel suo stomaco, raccoglieva le congratulazioni del vicinato. Linda e io eravamo nel capanno, con la finestrella non terminata, alla quale avevo appeso una tendina cucita con pazienza affinché fosse perfetta, con una bellissima gallina ricamata, per distrarmi da lui. Mi ricordava troppo papà Minichino, i sorrisi pieni d'amore, i giochi sul prato scalzi, il suo sguardo quando tornava dopo una buona pesca. Un uomo perfetto, ricco di buoni sentimenti.

Mentre stringevo il corpetto per vestire mia sorella canticchiavo *ma quante belle figlie Madama Dorè, ma quante belle figlie.* Linda era in silenzio mentre io tentavo disperatamente di mascherare la commozione, ma la voce a un certo punto si è incrinata.

«Giuditta, vieni a stare da noi», mi dice all'improvviso «non posso lasciarti qua, nella casa degli orrori». Una lacrima le è sfuggita, nonostante i tentativi fatti per soffocarla.

«Che Dio mi perdoni per quello che dico, ma non è fattibile che rimani qua. Io tremo per te».

«Non posso, Linda», non riuscivo neanche a guardarla «per ora non posso».

«Emilio non si decide, come vedi. Cosa aspetti? Sei bellissima, trova un altro uomo che possa amarti come meriti e lascia questa casa! Costruisciti una famiglia, continua a lavorare! Nessuno ti impedirà di farlo!» Si è girata verso di me e fissandomi con i suoi penetranti occhi scuri si è avvicinata e mi ha afferrato il polso, ignorando i miei tentativi di fuga: «Non puoi sopravvivere qua. Ti prego! Io ti prego, vieni a stare con me! Nino è buono e la casa è grande, non ci saranno difficoltà. Non posso sposarmi con questo peso!» Non è stato facile per me affrontare Linda. Non c'è stato mai uno screzio, e non riuscivo a farle capire che la mia posizione non era contrattabile.

«Emilio non è mica sposato con un'altra!»

«Lo sarà, forse, un giorno. Lo capisci questo? Guardami! Io non credo che sarai mai sua moglie, è troppo tempo che tergiversa. Che dolore darti questo supplizio ma, sorella mia, devi ascoltarmi!»

Le ho sistemato le spille, tentando di non guardarla. Il foro che sentivo nel cuore è immenso, come se ormai avesse afferrato tutto ciò che ho dentro e l'avesse sbrandellato e ora non sapevo più come affrontare questa sensazione di vertigine. L'equilibrio è duro da ripristinare, ma io sono una guerriera, sono una lupa. Afferro la mano di Linda, e dolcemente la tranquillizzo. Tutto sarebbe andato al proprio posto.

«Penso», provando a rasserenarla «che Caterina magari non si sposerà e potremo vivere insieme. Due zitelle, ma meglio di niente».

Ho tentato un incerto sorriso per stemperare, ma Linda piangeva sommessamente e a quel punto mi sono inginocchiata, cercando dentro me stessa tutta la forza che mi restava e le ho detto «Linda, io me la caverò. Riguardo Emilio, io voglio crederci che andrà tutto bene. Se un giorno dovesse sposarsi mi metterò l'anima in pace e deciderò cosa fare, davvero potrei andare a vivere con Caterina e con mamma. Ma fino ad allora, non parliamone più. E adesso basta, papà non sarebbe felice di questi discorsi tristi».

Le ho offerto un fazzoletto, Linda si è tamponata il viso e mi ha detto: «Ti ricordi cosa diceva papà? Non c'è nozze senza pianto e non c'è lutto senza riso».

«Me lo ricordo... ma pianti ce ne sono stati a sufficienza. Hai qualcosa di usato?»

Linda ci ha pensato e mi ha detto di no allora ho preso il suo volto tra le mani e le ho detto:

«Ti donerò una cosa. È una spilla che ottenni da piccola, forse per un lavoro. Non ricordo bene la sua storia ma ho sempre pensato che fosse magica perché se la toccavo per qualche secondo, durante la giornata mi accadeva sempre qualcosa di bello. Te la dono. E ricorda che è magica».

Così la bella Linda è andata all'altare, con il mio meraviglioso abito bianco candido ricamato, un merletto sullo strascico da fare invidia a una principessa e una spilla incastrata tra i capelli raccolti, al braccio di Remo, che la consegnò a Nino come un sacco di patate. Lui, elegante ed educato, diede la mano al cognato e accolse Linda come il dono più prezioso che la vita gli potesse offrire. Lei per un istante si girò verso di me e io annuii, come a dirle stai tranquilla, me la caverò.

Solo a quel punto Linda si rilassò, salutò il parroco e iniziò il rito, che vedeva la mia Linda spostarsi in un'altra casa mentre io restavo sempre più impantanata in una realtà che mi inglobava come sabbie mobili, impedendomi di volare.

È un dolore dirompente, ma anche nel più acuto dei tormenti può divampare la gioia nel vedere qualcuno che amiamo che compie le scelte giuste. Perché l'amore a volte ha questo potere: riesce a superare il buio più oscuro e tormentato. Alcune volte accade, ma non sempre.

22 maggio 2018

LUEN

Ho tante cose da fare e la necessità di battere sul tempo il detective, nonostante lui mi piaccia. Mentre mi avvio alla *sMartina* chiamo *Ebenezer Scrooge.* Sembra allegro di sentirmi, per quanto la sua totale inespressività vocale possa darlo a intendere. Va dritto al punto e mi dice che si ricorda della mia amica intima, è uscito su tutti gli editoriali, tante condoglianze bla bla, non è che scriveresti un articolo sulla sua morte? Rifletto un attimo.

«Mi paghi davvero stavolta?»

«Beh, noi siamo una piccola realtà editoriale, come sai andiamo avanti a collaborazioni, le entrate sono quelle che sono...», non sto ascoltando più.

«Senti, io un articolo lo scriverò. Era praticamente mia sorella. Potresti avere anche notizie in anteprima, se mi dice bene, ma ho due condizioni: che mi paghi come si deve e che il mio nome sia scritto nero su bianco. Quello da nubile e non quello di mio marito, che a quanto pare di favori te ne ha fatti non pochi nel corso del tempo. Fine dei favoritismi, adesso si parla di me. Altrimenti non se ne fa niente e stai sicuro che stavolta qualcuno disposto a pagarmi per il mio lavoro lo trovo. Pensaci, che ora ho da fare».

Neanche gli lascio tempo per i saluti che attacco e mando un WhatsApp a Lorenzo. *Sono viva tutto ok ci sentiamo stasera*. Svicolo velocissima per le stradine secondarie e provo a pensare più velocemente che posso. Ho preso un diario dal pc che Langhirano ha portato via. Potrebbero accorgersene ma ci penserò poi.

Ricapitolo: c'è *il grande Gatsby*, con il quale era *fidanzata* solo che non si erano mai visti e avevano programmato un primo appuntamento del quale non ero a conoscenza. Proprio quel giorno maledetto. Per quello che ho letto tramite i social ai quali sono riuscita ad accedere, faceva una vita anche troppo regolare, al limite del monastico. Aveva questo poeta fidanzato immaginario, quella Martina con la quale ogni tanto mangiava il sushi e della quale mi parlava poco, e la scuola. Impossibile che la volessero uccidere, deve essere tutto un enorme sbaglio.

Arrivo con l'automobile esattamente davanti al bar e vedo il giovane Gatsby seduto con una tazza di caffè davanti che si guarda intorno. Cerco un parcheggio arrangiato, il più vicino possibile, ma vedo Langhirano che mi precede, avendo già parcheggiato. So che non dovrei essere lì, anche se quello che mi ha detto il maresciallo era facilmente interpretabile, comunque non mi preoccupo e decido di essere sfacciata, che tutto sommato mi riesce bene. Parcheggio accanto a un'altra auto alla quale sono costretta ad appiccicarmi così tanto che rischio di uscire dal portabagagli. Mi sistemo velocemente gloss e frangia e vado incontro ai due tizi che stanno facendo le presentazioni in quel momento.

Gatsby è il ragazzo che si intravede nelle foto. Non è brutto, anche se dal vivo sembra più giovane e più timido. Ha capelli scuri pettinati con un'abbondante passata di cera, un centimetro di barba perfettamente curata ed è vestito con un elegante completo blu brillante. Lo classifico come vagamente attraente, insicuro, immaturo. Certo, non dà l'impressione di essere pericoloso, ma in genere chi lo è per davvero non lo sembra mai.

Mi avvicino silenziosa ma il procione mi vede e si alza in piedi. Blatero che fortuna rivederti, tutto bene? Lui mi indica al grande Gatsby e mi presenta come la più cara amica di Eva. Già era pallido, ora sembra bianco come un lenzuolo. Mi stringe la mano, umidiccia, fredda, e non mi guarda negli occhi.

«Le dispiace se la signorina si accomoda con noi? Aveva un rapporto speciale con Eva».

Il piccolo poeta sembra rimpicciolito nella sua sedia rossa.

«Grazie per avere accettato di vedermi qua invece che a casa o in ufficio, per me è importante».

«Non sono queste le cose che contano per me. Sono pronto a tutta la discrezione possibile ma in cambio pretendo sincerità. Dunque, intanto le dico che tutti i suoi dispositivi elettronici saranno sottoposti a verifica presso i tecnici del RaCIS. Siamo anche fortunati perché una sede è a Roma e non dovremo aspettare molto. Per ora non è indagato e, come saprà, nel caso in cui lo diventasse, un atto specifico le sarà notificato».

Deglutisce. Sembra molto spaventato.

«Io vorrei capire una cosa, dottore», ma si blocca. La sua voce rivela tutto il suo avvilimento e la sua sottomissione. È talmente disciplinato da infastidirmi. Faccio segno alla cameriera di portarmi un caffè lungo in tazza grande e provo a non fissarlo, ma la curiosità mi divora. Quante cose non conoscevo di te, Eva?

Come poteva piacerti un tizio così anonimo e ubbidiente?

Penso che se non intervengo Gabriel mi lascerà silenziosa negli angoletti invisibili da dove potrò godere di spettacoli come questi. Non devo indispettire il procione, anche se in effetti mi sembra di piacergli. Almeno a lui.

«Dunque, ricostruiamo questa relazione. Se ci sono problemi con le domande, andiamo in commissariato».

«Mi serve un avvocato?»

«Non lo so, me lo dica lei questo. Le serve?»

«Io non avevo una relazione con Eva, e non l'ho uccisa io».

«Andiamo per gradi. Mi spieghi la natura di questi scambi epistolari, grazie».

Gatsby è agitato ma sembra iniziare a controllarsi. Fa profondi respiri.

«Ho iniziato a sentire Eva quasi un anno fa. È accaduto per caso, ero in vena di compagnia. Avevo creato questo profilo per distrarmi e so che non ci crederete ma dopo qualche tempo ho trovato alcune ragazze tra i contatti, ma non avevo idea di chi fossero. Alcune erano modelle, persone inaccessibili, ma tra queste ragazze c'era lei. Eva era davvero divertente, spontanea, carina. Non vivevo una situazione facile a casa».

«Abbiamo parlato con sua moglie, come sa. Non le abbiamo detto nulla, solo che la cercavamo».

A quel punto il primo sorso di caffè mi va di traverso e sussurro timidamente «moglie?»

Entrambi si girano verso di me.

«Sono sposato da diversi anni. Inizialmente era tutto fantastico, ma poi abbiamo iniziato ad avere delle difficoltà. Eva era come uno di quei poster che avevo da piccolo, nella mia camera. Tipo la tizia di *Baywatch* avete presente?» Nessuno annuisce.

«La guardavo e niente, era lì. E la guardavo».

Cala un silenzio di piombo, ognuno inghiottito dai propri pensieri.

«Signor Melby», riprende Gabriel «mi risulta che la sera dell'omicidio Eva avesse appuntamento con lei, a un concerto. Se non erro», legge degli appunti incomprensibili «aveva detto alla ragazza che viveva a Milano ma ci risulta che lei viva a Roma, nel quartiere Prati».

«No!», sobbalza «Escludo che avesse appuntamento con me. Glielo giuro, controllate tutti i tabulati! Io non le scrivevo da almeno quindici giorni! Avevo scelto di non collegarmi proprio per non cedere alla tentazione. Avevo preso la decisione di troncare perché Eva era molto impegnativa e non riuscivo più a fingere».

«Come a dire che il poster stava prendendo vita, insomma», afferma il maresciallo strizzando leggermente gli occhi e fissandolo. Sembra attraversarlo con lo sguardo, mette i brividi anche a me.

«Diciamo così. Non potevo tenere il ritmo. E comunque ho detto a Eva che vivevo a Milano perché mi sembrava più facile evitarla. Se avesse saputo che ero nella sua stessa città probabilmente avrebbe proposto un incontro. Mi ero anche affezionato, ma la vita è un'altra cosa».

«Immagino, signor Melby». Sguardo dritto e cristallino. Sospira leggermente e riprende.

«Dunque la storia è questa. Lei scrive a questa povera ragazza una roba come duecento, trecento, messaggi al giorno tramite i vari social, dicendole che è pazzo di lei. Ma dice anche che abita a Milano per sentirsi più al sicuro, quando invece vive a Roma. Poi le propone come punto d'incontro Modena per il concertone e la ragazza, che crede di aver trovato finalmente l'amore, si incammina verso questo incontro galante.

Quando si trova lì, muore. Lei sostiene che non le scriveva da almeno quindici giorni, e questo sarà facile appurarlo già in un paio di giorni. Quindi afferma con assoluta certezza di non averle dato appuntamento».

«È così. Avevo chiuso. Non ho niente a che fare con questa storia. Posso provare che non mi trovavo a Modena, vi darò ogni riferimento. È la verità!» La voce gli si incrina leggermente.

Nel frattempo suona il telefono di Langhirano che ci fa segno di attendere, e si alza a rispondere. Io resto catatonica a fissare il mio caffè praticamente intatto e ormai freddo mentre Melby fissa il vuoto.

Inaspettatamente si volta verso di me, senza guardarmi, e dice: «Non sono stato io».

Sento un conato risalirmi per la gola, e ricaccio l'asprezza che ho dentro deglutendo con tutta la forza che ho, ma un singhiozzo esplode.

Neanche io riesco a guardarlo, però non posso evitare di domandargli: «Cosa ti piaceva di Eva? Perché hai perso tutto quel tempo, raccontato tutte quelle storie?».

Lui continua a restare immobile. Sembra riflettere. Poi mi sussurra che si annoiava.

La noia.

Già, la noia può fare dei danni terribili.

E mi domando se questo ha troncato la vita della mia migliore amica o se c'è dell'altro. Se dice la verità. In fondo la memoria è fortemente manipolabile, persino da sé stessi.

La noia. Mi rimbomba nella testa. Non sono neanche arrabbiata, sono sotto shock. Immagino tutte le speranze che riponeva Eva in quel magico incontro e invece era solo un poster di Pamela Anderson con le tette al vento appeso nella cameretta di un adolescente con gli ormoni in subbuglio.

Torna Langhirano, il suo sguardo è risoluto.

«Sono arrivati i risultati dell'esame autoptico».

E in quel secondo la realtà esplode in tutta la sua atrocità, lasciandomi inerme.

1966

LILIANA

Di solito non vivo le emozioni in maniera così esacerbante. Eppure penso spesso all'Emilio, a quella fossetta e al suo sguardo sfuggente. So che non sta bene avere pensieri fissi su un uomo. Cerco di controllarli, ma io sono una brava cristiana, penso che potrebbe essere un'occasione per sistemarmi e soprattutto per liberarlo da quel demone di Giuditta. Le donne come lei non sono adatte alla vita matrimoniale. Poi non frequenta mai la chiesa, non è una donna per bene. Io lo sono, invece.

Lui si sarà preso i suoi divertimenti ma quale uomo non lo fa? A me non importa. Io ho bisogno di formarmi una famiglia, e di andare in chiesa con il vestito buono. Perché io faccio parte di una comunità, non sono una donnetta con chissà quali mire. Sono una brava donna di chiesa, io.

Penso che l'Emilio possa avere di meglio e credo anche di poterlo aiutare. Lui se lo merita, perché non è cattivo, è solo confuso e io devo essere comprensiva. Devo distinguermi grazie alla mia natura caritatevole. Sento i miei pensieri infettati dalla gelosia e a tratti vengo colta da un'avidità che mi sorprende: è la brama di avere notizie dell'Emilio, il terrore di scoprirli insieme.

L'altro giorno in Piazza Santi ho visto la Giuditta. L'ho osservata. La sua aria di superiorità mi infastidisce, non saluta nessuno e in chiesa non viene mai. Il parroco dice che è una lupa solitaria e che dobbiamo avere comprensione, perché la sua famiglia è sfasciata, la sua è una dimora demolita dalle disgrazie. Infatti sono comprensiva, ma penso che dovrebbe lasciare che l'Emilio si faccia la sua vita come ogni giovanotto rispettabile, quale è.

Lei non mi sembra rispettabile, è solo superba e vive nel peccato, ne sono certa. Dopo averla incrociata l'ultima volta, con i fiori tra i lunghi capelli scuri e la camicia impeccabile con i risvoltini ricamati sui polsi, ho deciso che avrei cercato il sostegno della signora Anna.

Non ho alcuna intenzione di arrivare seconda.

Un pomeriggio di primavera mi sono fatta forza e sono andata da lei per il caffè e per i soliti salamelecchi. L'Anna aveva passato tutto il giorno ad adornare il suo aspetto nell'attesa dell'incontro. Sapeva che sarei stata generosa di complimenti, una delle ultime volte le avevo detto che era stupenda. E questo è un complimento che lei non dimentica in fretta.

Quando ho bussato alla porta con discrezione ho lasciato trasparire subito che c'era qualcosa di inesatto. Ero evidentemente provata, stanca e con gli occhi gonfi. Mi ha fatto accomodare, mi ha offerto il caffè e io sono subito esplosa in un pianto disperato. So che non sta bene che una ragazza pianga in modo così scostumato, ma la tensione che avevo accumulato aveva bisogno di esprimersi. Credevo che avrei dovuto fingere invece è stato quasi spontaneo. Mi ero preparata a pensare alla morte di papà per piangere con facilità oppure di pizzicarmi il braccio con foga, invece è venuto tutto da solo. Sono provata da questi pensieri estenuanti.

«Non potete immaginare cosa mi è capitato, signora», dico singhiozzando.

La signora Anna, che si anima con i pettegolezzi oltre che con le adulazioni, ha provato a farmi calmare, mi ha offerto un fazzoletto candido e mi ha chiesto di raccontarle cosa fosse accaduto.

In realtà erano giorni che provavo questa parte, un po' come alle recite scolastiche, eppure mi è venuto meglio di quanto pensassi.

Le ho preso la mano scusandomi per la sfacciataggine e abbassando la voce le ho detto: «Come siete bella signora, sembrate un angelo adesso che sono lacerata dai miei tormenti. Ma nulla può sopirli, neanche trovarmi qua insieme a voi, amata come una figlia». L'Anna mi ha accarezzato la spalla spronandomi ad aprirmi, e mi ha offerto dei sali per tirarmi su e una fumante tazza di caffè servita nel servizio buono.

Così ho abbassato la voce, quasi parlassi a me stessa, e ho introdotto il mio dilemma. Tormentandomi l'orlo della gonna ho affermato di aver visto la bella Giuditta con un altro uomo, mentre gira voce che con l'Emilio se la intende, anche se di nascosto. Invece la signorina tanto amata nel quartiere pare abbia altre mire. Sembra che si intrattenga con un facoltoso signore, forse addirittura ammogliato. L'Anna stringeva le nocche che impallidivano sull'orlo della tovaglia inamidata e preparata per accogliere la merenda. Inizialmente non ha proferito parola, poi ha chiesto come fosse possibile che l'Emilio vedesse ancora quella poco di buono, nonostante nessuno la approvasse. Poi a voce più alta ha iniziato a dire che non è possibile che quella signorina poco affidabile prendesse in giro il suo figlioccio. Prese ritmicamente a battere l'occhio destro, come le capita spesso quando si innervosisce. Questa faccenda va sbrogliata, ripeteva a voce sempre più alta.

«Quella inutile mezza orfana deve andare per la sua strada senza dare fastidio alle brave famiglie. Emilio è onesto, presto gestirà per suo conto un'attività importante per il paese e non deve avere distrazioni sciocche. Deve avere accanto una donna solida, senza grilli per la testa. Magari non troppo bella, che poi non sta bene, lo so io che vuol dire, con la prima moglie del mio povero marito, al camposanto lo stava mandando».

Allora si è alzata e ha iniziato a camminare tentando di contenere la rabbia, e si vedeva che continuava a pensare, con l'occhio che batte e le labbra serrate, così da evidenziarne ancora di più la severa sottigliezza.

Mi osservava. Sembro così placida, sottomessa, con la pelle un po' unta e i capelli spenti e immagino che in quel momento abbia realizzato che avrei potuto essere la migliore delle soluzioni. Sono una donna di casa, posso essere addestrata come più si compiace a una brava moglie.

Io la guardavo cercando di capire di quale portata fossero le mie rivelazioni, osservando la signora Anna che da pallida diventava paonazza, sperando di aver fatto il gioco migliore con le carte che avevo. O che non avevo.

L'Anna allora mi ha teso la mano ispida e mi ha sussurrato: «Non preoccuparti di niente, mia cara. Tutto accade per un motivo, noi dobbiamo sempre avere fede che tutto andrà come deve andare».

La voce era roca, penso che iniziasse finalmente a ragionare sui vantaggi di avere una nuora come me.

Poi ha sussurrato: «Sai, ho sempre sperato che questo legame sordido e non approvato da nessuno si spegnesse da solo, con il tempo. Ma ora c'è una motivazione più che valida per troncare questa misera storiella da ragazzini».

Io ho ripreso a singhiozzare, dicendo di sentirmi davvero in colpa per ciò che avevo rivelato. Ma il mio affetto sincero non poteva tacere. Così mi ha poggiato una mano sulla spalla e ha detto di tranquillizzarmi, che avremmo risolto tutto. Il passaggio al plurale mi ha decisamente rassicurata.

Poi mi ha domandato a bruciapelo: «Ma tu vuoi bene al mio Emilio, vero?»

Io timidamente ho annuito. Così le ho preso la mano e l'ho baciata, ringraziandola. Lei ha fatto segno che non era nulla, e poi mi ha invitata a darmi una sistemata, che non stava bene, sennò.

Ho chiesto il permesso di andare a rinfrescarmi, mi sono alzata dignitosa e seria e ho capito che avevo sicuramente fatto la prima mossa corretta in questa gara. Dovevo agire con discrezione e poco alla volta, sublimando il mio buon carattere ed eclissando ogni eccesso.

Solo così non sarei più arrivata seconda.

Notte tra
il 22 ed il 23 maggio 2018

MAGGIE

Brividi di freddo mi hanno svegliata di soprassalto. Mi ero addormentata nella vasca. Credo sia notte, mi stropiccio gli occhi e cerco un asciugamano per tamponarmi il viso. È tutto così candido e pulito. Goffamente tento di uscire, rabbrividendo, e con uno scroscio d'acqua che non mi preoccupo di asciugare mi protendo verso l'accappatoio soffice e chiaro. Mi asciugo meglio che posso e bevo un sorso di prosecco per prendere un po' di calore, ma ormai si è disgustosamente riscaldato. Mi butto sul letto e mi copro con il piumone stile norvegese e per un istante mi sembra di aver dimenticato tutto. Cerco di risalire al momento in cui ho scelto la vita che faccio e non riesco a ricordarlo.

Ricordo il nostro viaggio a Copenaghen, prima che tutto iniziasse a sgretolarsi. Ero così felice, con il naso rosso e il vin brûlé nel cartone bollente, pensando che bastasse solo fare del buon sesso per restare incinta. Ci avevano consigliato di staccare un po' per allentare la tensione e credo che sia stata l'ultima volta in cui sono riuscita a farlo davvero. Tra l'altro lo stick ovulatorio in albergo si era rivelato positivo quindi ero più che serena di tornare a casa con una bella sorpresa. Tutto ha la sua fugacità, peccato non rifletterci al momento opportuno.

Ci vedo ancora al parco di Tivoli, mano nella mano, tra le bancarelle colorate a cercare regalini di Natale. *Dai che forse per un po' non potremo più viaggiare*, mi sussurrò con la voce roca ed eccitata all'orecchio, mentre io, brilla di gioia, nascondevo un sorriso gonfio di speranza. Beh, in effetti non abbiamo più viaggiato, ma le cose non sono andate proprio come immaginavamo.

Distrattamente accendo il cellulare e appena riceve la rete iniziano ad arrivare una quantità di messaggi spropositati. Mi allarmo e mi accorgo che la pace ha avuto già fine. Almeno cinquanta telefonate di Tommaso, la scuola, mia madre e altri numeri che non conosco. È quasi l'una del mattino e chiamo Tommaso con il cuore che mi martella in petto.

«Che succede?» Non gli do il tempo neanche di salutarmi. Mi sente allarmata ma è allarmato anche lui.

«Io vorrei sapere dove cazzo sei! Hai lasciato i bambini a scuola, ti rendi conto? Da soli! Senza avvisare, senza parlare, è notte fonda dove sei?»

«Abbassa la voce intanto. Tu dove sei stato negli ultimi... diciamo tre anni? Diciamo tre perché mi sento buona!»

«Questo non c'entra. Hai lasciato in mezzo alla strada i miei figli!»

Sento la rabbia crescere a dismisura, provo a respirare, vado al mini bar dove avevo appoggiato il Berlucchi, prendo un generoso sorso attaccandomi alla bottiglia e inizio a gridare, senza sosta, senza pace, so che siamo a un punto di non ritorno per me, so che è la fine ma non mi spaventa perché la trovo inevitabile. Dolorosa, ma inevitabile.

«Sono i MIEI figli! Dov'eri in questi anni? Mi hai lasciata infagottata nel mio dolore, sola, ad arrangiarmi mentre cosa dovevi fare? Lavorare per *pagare l'inseminazione assistita*», lo mimo con la voce «mentre ti sbattevi chissà chi, altro che lavoro! E sai com'è svegliarsi una mattina e scoprire che tuo marito forse è anche un ASSASSINO? Lo sai com'è?»

Lo sento che respira affannato e tentando di farmi abbassare la voce scandisce meglio le sue parole con quel tono condiscendente e fastidioso che usa ogni tanto con Carlo: «Maggie, io non sono un assassino, io non lo so chi fosse quella ragazza, sono innocente».

«Innocente. Okay, tu dici innocente ma sai le numerose sfumature che può avere questa parola? Ecco, riflettici perché non so quante di queste possano essere tue. E sai che c'è? Che secondo me chi sbaglia è anche il caso che ogni tanto paghi».

«Cosa dovrei pagare se non ho fatto nulla?»

«Pensa con chi stai parlando. Che ho fatto io invece per meritare questo inferno?»

«Mi pare che te la sei scelta, questa vita. Che c'è, non vuoi più i tuoi figli?»

Certo adesso sono miei. Mi impongo di respirare con calma. Come al corso preparto. Dentro, fuori. Ma tanto come è stato inutile là, lo è adesso.

«Tu non mi farai sentire in colpa per ciò che *non* ho fatto. Io amo i miei figli e li ho voluti, a ogni costo. Non ho nulla da rimproverarmi se non l'averti dato troppa fiducia, troppo spazio, fino a soffocarmi con la tua assenza. E tu invece hai la coscienza a posto? Mio padre mi ha insegnato che le persone devono prendersi le proprie responsabilità e basta».

«Ancora con tuo padre? Smettila di metterlo sul solito piedistallo, torna nella realtà», mi risponde spazientito.

«Tommaso ascoltami bene», e ora il mio tono non è affatto controllato «nomina ancora mio padre e ci vedremo da un avvocato, ma per il divorzio! Adesso ti arrangi, te la cavi da solo perché sai la novità? Tu sei s-o-l-o!»

Scandisco bene ogni virgola per essere certa di essere capita, per essere sicura che la mia rabbia penetri ogni angolo di ogni suo pensiero e mi sento respirare affannosamente, non oso pensare se me lo trovassi davanti cosa potrei dire. O fare.

«Dovresti stare più calma, capisco che la situazione non è facilissima ma i bambini non c'entrano niente, lo sai questo? Cosa posso dire? Mi dispiace».

Anche lui sembra scandire con cura le parole, ma a questo punto ho un lampo e domando: «Ma non è andata mia sorella dai bambini?»

«Tua sorella?», sembra sorpreso «Ovviamente no».

«Okay, adesso la chiamo. Basta, fammi attaccare».

«A quest'ora?»

Eh già. A quest'ora.

MAGGIE

Estate 1966

GIUDITTA

Mi sveglio di soprassalto, Remo sta urlando con la vicina. Dovrebbe essere al lavoro invece è ancora in casa, sicuramente con i postumi di una sbornia. Di ogni sbornia; non riesce più a smaltire l'alcool quindi è sempre ubriaco e ha un odore nauseabondo. Le scarpe in modo particolare, se ci si passa vicino vengono i conati di vomito. Mi risale un senso di acido dallo stomaco che sembra squarciarmi l'esofago. È diventato un essere ributtante. Da piccolo era arrogante ma nessuno avrebbe ipotizzato un tale declino. Eppure la mamma sembra quasi orgogliosa di tale tracotanza. Quando capita una mattinata come questa è importante svignarsela senza dare nell'occhio.

Rifletto che potrei portare le stoffe al cinema e lavorare là. Ho una consegna da fare. È ancora presto e posso organizzarmi la giornata. La mamma è sicuramente nei campi. Non ci potrà lavorare per molto altro tempo, inizia a sentire il peso degli anni e il lavoro è molto faticoso. Io metto quasi tutto ciò che guadagno in casa, mi rimane molto poco per me. È probabile che riusciremo a trasferirci in una casa più grande, siamo in lista per delle case popolari che saranno distribuite a breve ma non mi interessa più, vorrei solo avere una casa mia con Emilio, che vedo sempre meno perché ora lavora a tempo pieno nella bottega. Per evitare un netto rifiuto evito accuratamente l'argomento del matrimonio quando ci incontriamo, penso solo ad annebbiare la mente grazie al contatto della nostra pelle. È un calore che riesce a sciogliere tutte le perplessità, ma è solo fittizio, perché poi tornano affollate appena resto sola.

Mi sono svegliata con una strana sensazione allo stomaco. Come se fosse aggrovigliato, *inturcinato*, avrebbe detto papà Minichino. Lo accetto, sono un'anima tormentata, e la vita non mi sorride da un po'. Faccio quasi fatica a respirare e per farlo prendo tanta aria per riempire i polmoni ma, anziché aiutarmi a stare meglio, mi accorcia il fiato e mi costringe a sedermi.

È bella l'aria del primo mattino. Accarezza i capelli, è pregna di promesse. In genere sono contenta la mattina, ma questa mattina no. Inspiro ed espiro come se all'interno del mio torace si innervassero dei fili che non riescono a collegarsi tra loro. Decido di uscire senza prendere neanche il caffè per non farmi vedere, e mentre preparo il mio fagottello le grida di Remo e della vicina mi sovrastavano. Impossibile non notarlo.

La vicina, Lidia, un tempo mi voleva bene ma ultimamente mi saluta a malapena. Un giorno Linda mi disse che non deve essere stato facile per lei veder crescere le figlie e paragonarle alla mia bellezza, che mia sorella definì voluttuosa e ingombrante. L'invidia deve averla straziata lentamente, e ogni brandello di sentimento che provava verso di me è stato consumato giorno dopo giorno. Un vero peccato.

Ora ha solo occhi violacei e labbra sottili che si piegano anziché sorridere. E quando parla delle sue figlie, così sgraziate e goffe, batte un solo occhio ripetutamente. Come un tic che non riesce a controllare. E lo stesso tic divampa quando si parla di me.

Provo a prendere la stradina laterale ma Lidia mi vede e inizia a strillare per chiedermi se ho sentito la grande novità del momento. Remo sulla sedia sembra non riuscire a contenere il sarcasmo misto alla gioia.

«Buongiorno cara Lidia, cosa vi rende tanto felice così di buon mattino?» Avrei voluto fuggire, ma la mia buona educazione non può che avere la meglio.

Lidia mi guarda e batte l'occhio ritmicamente, rispondendo che le notizie volano veloci, soprattutto quelle belle. Ho iniziato a pensare che una delle sue figlie, così tanto sproporzionate, avessero trovato un pretendente, ma Lidia sembra captare il pensiero e volermi punire con tutta l'irritazione di cui è capace. Guardandomi fissa negli occhi mi dice: «Ma che bella Giuditta, così alta, vigorosa, imponente e che bella carnagione di porcellana che dà risalto ai grandi occhi castani, pitturati all'insù, con delle schegge... ocra? che ti rendono ancora più luminosa e sfacciata».

Non capisco, sembrano parole belle ma il tono è sprezzante e sdegnoso. E continua a fissarmi. Poi lentamente aggiunge al suo sproloquio: «Il caro Emilio pare si sia fidanzato. Lo sapevi?»

Remo esplode in una risata che sembra incontenibile, è talmente alterato, o alticcio, che per trattenere gli spasmi inizia a battere le mani e a tratti anche i piedi; Lidia ha gli occhi piccoli ridotti a misere fessure alternativamente instabili; io resto impassibile, sbranata dal terrore. Ma la risata di mio fratello sovrasta ogni rumore, soprattutto quelli a cui bisogna fare più attenzione. In un attimo vedo il mio mondo, così misero, fatto di persone che non sono mai riuscite ad amarmi, che hanno visto nella mia bellezza e nel mio talento un nemico da combattere, da deridere, perché l'approvazione della comunità è rassicurante. Ma se si esce dal seminato, anche di pochi millimetri, si diventa facilmente attaccabili. Non essere simili a tutti gli altri non può essere una giustificazione per ricevere atteggiamenti tanto vessatori, reiterati negli anni, e soprattutto tanto condivisi. È un branco dal quale voglio solo correre via, il più lontano possibile.

L'unica scelta che ho, invece, è mostrare uno sguardo vacuo, sollevare le spalle e augurare a tutti una buona giornata. Remo però non è soddisfatto e inizia a tirarmi dei sassi incastrati sotto la sedia. Vuole nutrirsi della mia disperazione, fino al prossimo goccio di alcool. Non può farsi sfuggire un'occasione così ghiotta mentre io non devo permettergli di scalfirmi ancora. Umiliare gli altri esseri viventi lo fa sentire potente.

«Giuditta, ma lo sai che si dice di te?»

Mi blocco.

Prova ad alzarsi barcollando e si poggia alla sedia per darsi un tono e inclinando la testa dice ad alta voce: «La bella Giuditta adesso se la fa con quelli con i soldi, e che fa se sono sposati, tanto lei può fare tutto perché è superiore a tutti noi vero? Pensa se papà ti vedesse adesso, che vergogna. Ma non ti vergogni?»

Questa immeritata e meschina voce di paese, senza fondamento alcuno, mi travolge, ne percepisco lo sporco, il lurido, il costruito, perché nulla di ciò che è stato detto è vero. Mi domando, pietrificata, se Remo ha inventato tutto o se questa è la motivazione dell'atteggiamento di Emilio, sempre più scostante e arido.

Nel frattempo Remo riceve sguardi di approvazione. Tracotante di irreale verità si sente possente, quasi invincibile. Se la gode proprio la vita lui, altroché se se la gode.

GIUDITTA

22 maggio 2018

LUEN

Mi avvio verso la *sMartina.* Sento un impeto di rabbia crescere dentro di me e scaravento la borsa contro la portiera dell'auto. Tutto quello che si riversa a terra diviene vittima della mia furia, mentre sento le lacrime bruciarmi la gola e attraversarmi il viso. Mi accuccio per terra. Mi sono resa conto solo adesso di essere arrabbiata. Mi sentivo sotto shock, disperata, ferita, ma non arrabbiata. Mentre provo a respirare come mi hanno insegnato al corso di meditazione, dal quale sono scappata dopo due sedute perché mi annoiavo a morte, mi accorgo che sembro una donna con le doglie, che prova a controllare il dolore con profondi respiri. In quel momento compare Langhirano. Ha lo sguardo serio, e sospira. Poi si accuccia con me.

«Vuoi una sigaretta?»

«No, ho smesso, ogni tanto svapo, ma penso di aver rotto pure quella nell'urto della borsa».

«Ti spiace se fumo?»

«Ma figurati. Vorrei un Cosmopolitan, in onore di *Sex and the City*».

«Per quello ci dobbiamo organizzare».

Mi metto più comoda sulla portiera della macchina e faccio segno al maresciallo di farmi fare un tiro. Mentre aspiro il fumo penso a tutte le cose che non sono andate bene fino ad ora. Mi hanno sempre detto che dovevo trasformare gli eventi negativi in occasioni, e non sono certa di averlo mai fatto. Dalla perdita di mia madre alla ricerca affannante di un lavoro come dicevo io, mi sono sempre sentita sopraffatta e sconfitta. Ho incontrato persone orribili, che mi hanno attaccata senza motivo, che mi hanno usata, che hanno provato a farmi sentire inutile. Non voglio che questa cosa decada come gli altri eventi a cui non ho saputo far fronte. La perdita di Eva me la voglio vivere, e voglio trovare il modo per aiutarla, ovunque lei sia. Voglio sentire ancora la musica, e vorrei che la sentisse anche lei.

«Vuoi sapere i risultati dell'esame autoptico?»

«Ti direi di no, ma credo di doverlo sapere. Spara».

«Tre pugnalate, lama affilata, una ha trapassato il polmone. Le ha tolto l'aria ed è morta annaspando, ma in tempi veloci. Non è stata violentata, non hanno rubato nulla. Al contrario, hanno lasciato accanto al corpo, accanto a Eva, quello che ti ho detto. Non aveva avuto rapporti sessuali e aveva mangiato pochissimo. Era gracile, penso che già il secondo colpo le sia stato fatale. Per questo potrebbe anche essere stata una donna. L'assassino sarà all'incirca un metro e settanta, centimetro più o centimetro meno».

È dura da digerire e penso sempre con più insistenza a un Cosmopolitan. A questo punto gli faccio segno di accendermi una sigaretta e ne aspiro il fumo, cercando di riflettere.

«Adesso come funziona, è come in Agatha Christie, tu radunerai tutti in una stanza farai domande incomprensibili e poi svelerai il colpevole?»

«Sai, temo che non sia così facile. Nella vita reale è tutto più complicato, e c'è una parte burocratica che è molto dura da digerire», risponde concentrato. «Intanto mi devo occupare di gestire il PM», fa una smorfia «poi c'è il riconoscimento del corpo, è un proforma ma è comunque un obbligo. E poi vediamo. È una strada da sbrogliare. Ho contattato il padre, che si metterà in viaggio domattina».

«Il padre di Eva vive in un paesino di mille anime accanto al borgo di mio padre. Ha sempre vissuto in maniera diciamo un po' dissoluta. Sempre alla ricerca di soldi, come ti dicevo».

«Vorrei vederlo di persona, al telefono sembrava neanche avesse capito bene quello che gli veniva detto. Risulta essere inoccupato», afferma Langhirano.

«Sai che non credo di averlo mai visto? Eva ha sofferto molto a causa sua. Forse è stata la genesi di tutto il suo dolore». Resto in silenzio, a riflettere, mentre spengo la sigaretta e la avvolgo in un fazzoletto di carta.

«Sei sposato?»

«No, non sono sposato», un guizzo nel volto tradisce che l'argomento abbia un peso per lui.

«Ho rotto da un anno una storia che non andava proprio. Ho deciso di dedicarmi al lavoro e ai miei genitori, che da un momento all'altro sono diventati anziani e pieni di problemi. Nulla di grave, ma richiedono impegno. Sono dei genitori meravigliosi. Mia madre in particolare, ha sempre avuto un'attenzione speciale verso di me. Forse a discapito di mia sorella, come non fa che rimarcare sempre», e sorride mentre lo dice. Ma un sorriso che non è di scherno piuttosto di accettazione, e di buoni sentimenti.

«Dunque esistono famiglie così?» Sono sarcastica. «D'altronde, tutte le famiglie felici si somigliano, mentre ogni famiglia infelice è infelice a suo modo».

«*Anna Karenina*?»

«Sì!», mi sollevo evidentemente sorpresa, guardandolo «ho una vera passione per le citazioni letterarie, come lo sai?»

«Mia madre. Era insegnante di lettere e appassionata di tutti i classici. Penso che a sette anni avevo già visto il film». Sorride, e le labbra carnose assumono un'angolazione obliqua e simpatica.

Mi alzo, ho le idee più chiare. «Devo fare delle cose. Ci aggiorniamo, va bene?»

Gabriel mi saluta con affetto, mi sembra di conoscerlo da tempo.

«Non fare guai», mi suggerisce, mentre riordino il mio caos.

«Chi, io? Hai presente zero?» e sfoggio il mio sorriso innocente.

Di solito funziona ma lui invece alza gli occhi al cielo.

Inforco gli occhiali da sole ed entro nella *sMartina.*

Appena sono sola con il viva voce chiamo Lorenzo, che risponde al primo squillo.

«Ehi».

«Ehi... senti ma chi ha detto che tutte le famiglie felici si somigliano, mentre ogni famiglia infelice è infelice a suo modo?»

«Cos'è, una specie di quiz?»

«Rispondimi», lo incalzo.

«Non ne ho idea, Luen».

«Okay. Volevo dirti che vado da mio padre, devo prendere delle cose».

«Adesso? Ma sei impazzita?»

«No, non sono impazzita, ma devo andare da mio padre. E poi non lo vedo da una vita. È facile per te avere la tua famiglia a portata di mano! A me ci pensi mai?»

«Luen, se vuoi andare non c'è problema ma se mi avessi dato il tempo ti avrei accompagnata. Che ne pensi?»

«Non se ne parla, voglio stare tranquilla, un po' con lui. Poi dai, non ti fa impazzire stare con mio padre».

«Non è vero. È solo molto silenzioso e quando parlo mi fissa e io non riesco mai a decriptarlo».

«Non ti fissa, è il suo modo di fare. È un uomo ruspante e lo sai. Non è certo raffinato...»

«Come la mia famiglia vuoi dire?»

«Io non l'ho detto».

«Non serviva».

«Okay. Senti Lorenzo è da un po' che vorrei chiederti una cosa. Perché mi hai sposato? Dico davvero, vorrei sapere il motivo».

«Okay ho capito. È la giornata degli interrogatori. Mi sono innamorato di te e per questo ti ho sposato», risponde sbuffando, come se parlassimo di ovvietà.

«Ho bisogno di un altro tipo di risposta. Pensaci, se ti viene in mente. Va bene? Ora vado, ti whatsappo quando arrivo».

«Va bene. Stai attenta. In generale, dico. Posso solo immaginare gli ingranaggi nella tua testa, sento il rumore da qua».

«Tranquillo. Ora ti saluto».

Riattacco. Ho mille cose per la testa e l'intenzione di non farmene sfuggire nemmeno una.

Sospiro. Che fatica.

1967

LILIANA

Sono due giorni che lavoriamo per accogliere la signora Anna e il marito per un caffè. La mamma è agitatissima, non fa che dirmi che devo comportarmi bene, che è la mia unica occasione e non mi aiuta questo pensiero. Perché lo so da me, non sono sciocca.

Mia sorella, Susanna, mi ha prestato il suo abito e ha cercato di darmi una sistemata per farmi apparire meno sciatta. I capelli acconciati così sembrano meno unti, e mi ha fatto anche mettere dei guantini.

Certo, se penso alla Giuditta mi sento piccola e gretta mentre la immagino camminare dritta come un fusto con la sua bellezza invereconda. Ma io ho altre qualità.

Quando arriva l'Anna siamo tutte agitate e l'accogliamo come se fosse una visita regale. Cosa che lei non può che apprezzare e ritenere assolutamente meritata. È adornata in pompa magna, il rossetto fuori dai bordi e i ricci increspati ma parzialmente coperti da un cappellino adatto a una fanciulla giovane, ma lei non se ne cura. Il padre dell'Emilio invece è noncurante e semplice, sembra che desideri tutto fuorché stare là dove lo hanno portato.

«Signora Anna, che grazia che avete oggi», le dico mentre la faccio accomodare, e lei sbircia il marito quasi a sottolineare come dovrebbe essere trattata una donna come lei.

La mamma serve il caffè mentre fa notare che il dolce è stato fatto da me, che sono un'ottima cuoca, una donnina di casa davvero brava. Susanna mi fissa e so che spera che io tolga finalmente il disturbo. Il brutto anatroccolo forse lascerà il nido, immagino che pensi. Ma le farò vedere io. È solo una sfrontata.

Dopo gli inevitabili convenevoli l'Anna prende la parola guardando la mamma, schiarendosi la voce ispida e passandosi il tovagliolo su una briciola immaginaria ai lati del volto affilato.

«La mia famiglia è d'accordo che ci sia questa unione», esordisce «certo il mio figliolo poteva anche trovare di meglio ma è anche giusto che si accomodi, a questo punto delle cose».

La mamma ascolta con la testa bassa poi guarda l'Anna e dice: «Mia figlia è una grande lavoratrice. Mio marito, pace all'anima sua, ci ha lasciati, ma la panetteria così bene avviata ci garantisce comunque un certo agio e la mì figliola è molto educata. Piuttosto mi aspettavo di vedere questo bel giovanotto stasera».

Mi si accartoccia lo stomaco a sentire la mamma usare tali parole sfrontate e irrispettose e provo a cercarla con lo sguardo ma lei sembra non accorgersi affatto della mia presenza.

«Emilio ha la sua visione delle cose, *signora*», la punta di dispetto si evince chiaramente dalla voce dell'Anna «ma questo non ci impedisce di agire e parlare per suo conto. Inoltre è molto sereno all'idea di ammogliarsi con una ragazza seria, e senza grilli inutili per la testa».

La risposta sembra soddisfare la mamma, che sembra rasserenarsi.

«Se la Vostra figliola gradisce, la luna di miele in America potrebbe anche protrarsi un po'. Abbiamo dei parenti avviati e non sarebbe certo un problema se si volessero trattenere. Così da smorzare un po' le chiacchiere».

La mamma alza gli occhi allarmata: «Ma la mì figliola non ha nulla da nascondere, perché dovrebbe finire forestiera in un paese sconosciuto?»

La signora Anna appare leggermente spazientita e comincia ad ammirarsi da uno specchietto che sembra d'argento. Una volta assicuratasi che il suo aspetto va bene, prosegue dicendo: «Sono tutte occasioni, ma se la figliola vostra non le vuole cogliere certo non saremo noi a obbligarla». Sorridendo, mostrando fieramente le sue imperfezioni, chiaramente non pervenute.

A quel punto una morsa allo stomaco ha iniziato a premere incessante e così sono intervenuta, con lo stupore soprattutto di Susanna, che ha sgranato gli occhi e sorriso maliziosa: «Ma io voglio. Io voglio andare con l'Emilio fino *all'America*».

L'Anna mi ha dato una pacca di incoraggiamento sul ginocchio e si è avvicinata alla porta per il congedo, senza ringraziare mai la mamma. Io l'ho seguita, sembravo un cagnolino che rincorreva un osso.

Dopo il commiato così serioso ed educato, ho tentato di parlarle da sola. Infastidita dalla mia presenza alle spalle si è girata: «Tieni a bada tua madre. Andrà tutto bene. Emilio farà quello che dico io, non mi deludere».

E mi sono sorpresa di me, ma non ho potuto fare a meno di chiedere: «Ma vostro figlio vuole sposarmi?»

È rimasta immobile qualche secondo, mentre il mio cuore perdeva un battito.

«Cara, gli uomini non ragionano come noi. Lui farà ciò che deve ma allontanatevi dalla serpe di Giuditta, almeno per un po'. E così avrai quello che cerchi».

Li ho continuati a osservare mentre si allontanavano. L'Anna con il suo cappellino da festa, leggermente barcollante per la forza eccessiva dei suoi passi sul terreno impervio, mentre il marito, completamente assente, osservava il cielo con le mani in tasca, come se fosse stato solo.

Tutto sommato mi sarebbe andata bene anche così.

Notte tra
il 22 ed il 23 maggio 2018

MAGGIE

Cammino per la stanza, provo a riscaldarmi, tento di riflettere. Perché metterla alle strette mi ha dato un senso di onnipotenza? Non ho mai avuto alcun potere su di lei. Nessun controllo. La ricordo mentre mi butta la spazzola alla quale tenevo tantissimo nel bidone sotto casa. La ricordo quando al liceo andava dal ragazzo che mi piaceva dicendo che ero lesbica. E io l'ho sempre perdonata. La brillante Brigida, sempre presa dalla carriera, sempre avida di apparire. Nella profondità del nulla che mi ha dato ho sempre cercato di compensare con il tutto del mio amore. Come se amare tanto potesse amare per due. Ma non è così. Amare tanto senza essere ricambiate lascia solo un vuoto dentro che negli anni diventa una voragine che non può essere colmata. E quando si decide di pretendere qualcosa, non cambia nulla perché niente arriva. L'amore non è un'assicurazione per avere qualcosa indietro, in nessun caso.

Agitata, cammino nella stanza con il telefono e provo a chiamarla ma ovviamente non risponde. Inizio a farle vocali, inviare WhatsApp e niente. Non sono brava con i social, sono completamente diversa da lei, quindi non posso tentare altre strade. A meno che io non chiami a casa. Nonostante l'ora. Farò prendere un colpo ai miei genitori ma mi rendo conto che non ho alternative.

Forse sono brilla, tutto è filtrato attraverso i sensi annebbiati. Anche i miei sentimenti sono ovattati e anche le mie paure di essere rifiutata diventano soffici. Quindi sembra tutto più semplice, anche il suono del telefono arriva da lontano, come se a chiamare non fossi io.

La voce allarmata di mia madre risponde e mi arriva il brivido del terrore e la voglia di fuggire. Tipico da lei, che è stata sempre con un uomo che non l'ha amata e a lei è andato bene. Perché lei è fatta così. E io sono forse come lei?

«Mamma, passami Brigida».

«Ma che succede? Stai male?»

«Mamma, passami Brigida. Adesso. Devo parlarci ora».

«Ma che è successo? I bambini?»

«Passamela. Devo ripeterlo?»

Sento dei rumori dall'altra parte e la voce di mia sorella che mi fa arrivare il suo fastidio solo aspirando aria prima di parlare.

«Ma sei impazzita? Tu hai dei problemi! Fatti curare! Io ne conosco uno bravo lo sai? Anche più di uno. Ma così stai rovinando la vita a tutti».

«*Io* sto rovinando la vita a tutti? Per quale motivo non hai preso i bambini? Per giocare con il tablet va bene fare la zia e poi per prenderli a scuola no?»

«Ma perché non ti fai... che ne so, tipo una vita?»

«Come te, vero? Dove non ti importa nulla di nessuno, la GRANDE BRIGIDA nella sua onnipotenza più totale, li senti i fuochi d'artificio mentre dico il tuo nome?»

«Oh ma sei drogata?», risponde tra lo sfottò e la provocazione costante.

«No, non sono drogata. Sono molto lucida, e vorrei sapere cosa ti passa per la testa. Tommaso ha sempre detto che non mi dovevo fidare di te mentre io ti ho sempre difesa! Lo sai che vuol dire difenderti per una vita sapendo di sbagliare?»

Scoppia in una risata scrosciante. «Il buon vecchio Tommaso che non ha mai fatto neanche un giorno di gavetta e si trova a capo di un'azienda, che era difettoso e si trova due figli usciti chissà come e parla di fiducia, lui?»

«Come usciti chissà come? Sono usciti da *me*! Ma tu non c'eri durante le doglie, quando pensavo di morire! E comunque siamo difettosi *insieme* ti ricordo».

«Che te sei difettosa questo è sicuro. C'è altro?»

Prendo aria. «Cara Brigida, sua maestà onnipotenza, magnificenza e perfezione assoluta, sì, c'è una cosa che ti volevo dire da tanto tempo. A proposito no, non ho bisogno di uno bravo ma una brava sorella avrebbe aiutato. E comunque *vaffanculo*».

«Capirai, sai che paura». E attacca.

Lei, mi attacca.

1968

GIUDITTA

Le nuvole formano delle figure panciute e gravide. Ho sempre amato osservarle. Gli uccelli nel cielo mi hanno sempre trasmesso un brivido di libertà. Andare lontano, potersi spostare, essere libera. Vorrei solo essere libera. Ma continuo a non esserlo.

Caterina non si è ancora sposata, è l'unica rimasta da sola, come me.

Insieme ci curiamo della mamma che ormai non riesce più a lavorare ed è sempre più stanca e arrabbiata con la vita, mentre Remo è sempre ubriaco fradicio. Ma anche meno pericoloso, visto che ultimamente barcolla così tanto da non riuscire più a colpire nessuno. Non lavora più, inizialmente la cirrosi lo aveva tenuto a letto per un po', ma una volta rialzatosi non è più stato in grado di fare nulla. Ondeggia tutto il giorno, e parla sempre meno.

Poi verso le quattro dice che ha appuntamento con un amico, ma lui non ha amici, tutti annuiscono sapendo che va a bere al bar finché riesce a farlo. Torna a casa prima di mezzanotte e resta sbronzo fino al giorno dopo, e a quello dopo ancora.

Io continuo a lavorare moltissimo, sono le entrate più importanti della famiglia ma ho imparato a rispondere all'ingratitudine e contribuisco con il minimo indispensabile. Certo non pago i vizi di mio fratello.

Una sera, tornando a casa, lentamente, nel bosco, trascinandomi dietro la stanchezza della giornata, ho un sussulto nel riconoscere quel rumore di bicicletta, proprio *quel* rumore, di *quella* bicicletta. Riempio i polmoni d'aria fredda e mi impongo di non voltarmi quando un tonfo mi fa sobbalzare e so già che è Emilio, come istantaneamente temuto.

La sensazione è di rifiuto totale ma una piccola parte di me arde di desideri inesprimibili. Lui come una belva mi avvolge con le mani, con gli occhi, con le dita ma io provo immediatamente a divincolarmi. Conosco bene ciò che può accadere tra noi, prima ancora che accada.

Allora Emilio mi afferra per la gonna e prova a trattenermi con tutte le forze che ha ma lo trafiggo con un solo sguardo e lui si blocca. So che ha sempre temuto i miei occhi, che sono stati capaci di dargli tantissimo, e che lo hanno arricchito ma adesso sono vitrei, immobili.

«Ti prego scappa con me. Vieni via con me, qualcosa inventeremo. Non sono stato forte, non sono riuscito a impormi contro la mia matrigna. Sono un uomo debole ti prego...», e mentre supplica copiose lacrime lo bagnano ma io resto impassibile come una statua. Ho mosso solo la mano sinistra, impercettibilmente, e l'ho toccato, come se scottasse, e staccato con decisione le sue dita dalla mia gonna.

«Sei un misero vigliacco, sposati pure con la tua donnetta da due lire, a me non importa più».

«No! Ti prego, ripensaci. Posso inventare qualcosa, posso creare un mondo per noi, io ti chiedo perdono. So che ho sbagliato, lo so, ma devi perdonarmi!». I suoi occhi sono infuocati, so che non può accettare di perdermi ma non mi importa nulla.

«Hai creduto a ciò che è stato detto di me. Hai dubitato della mia fedeltà mentre io non ti ho mai messo in discussione, nonostante ultimamente fossi così distante».

Riprendo imperterrita a camminare e lui inizia a gridare, senza ritegno, diventando aggressivo. Sembra catturato da una smania famelica e tenta di afferrare i lembi delle mie vesti, temendo però davvero di sfiorarmi.

«Tutti mi hanno massacrato di parole ma non gli ho creduto veramente! Ero confuso, tu non sei mai stata confusa in vita tua?»

Finalmente lo guardo, trasudando disprezzo e astio: «Io non mi confondo. Mai».

Ma non si arrende, continua a inseguirmi e a gridare: «Davvero vuoi che finisca così? Chi pensi che si prenderà cura di te e della tua famiglia di perdenti? Io ti amo e ti posso dare tutto invece tu non vuoi accettare niente! Io presto dovrò sposare Liliana! A porte chiuse, come desidera la mia matrigna ma», passi che somigliavano a falcate lo spingevano sempre più vicino, cercando ferocemente un contatto visivo «se tu accetterai, io non mi sposerò. Andremo via e quando torneremo da sposati tutti si saranno dimenticati. Sali sulla mia bicicletta. Adesso! Per favore!»

Lo osservo, imperturbabile e impenetrabile, continuando a camminare, senza lasciar trapelare l'inferno rovente che mi si sta scatenando dentro. Mi giro glaciale e lo guardo come se non fosse nessuno, come se fosse invisibile, e gli sussurro: «Vi auguro tanta felicità. Non c'è bisogno di sposarvi a porte chiuse, nessuno vi verrà a disturbare».

Impreca, si mette le mani nei capelli, prende a calci il ciarpame sparso nel bosco, tira la bicicletta su un albero e senza guardarmi va via.

So di non avere altra scelta, so anche che non amerò mai più così. Allora piango, piango per la donna che avrei voluto essere, piango per la donna che sono stata e piango per la donna che sicuramente sarei diventata. Piangere per il futuro che si vede sparire lentamente è penoso e lacerante, ma mi prometto anche che mai più avrei pianto così disperatamente per un uomo.

Con il mio solito contegno sistemo le mie cose, stendo per bene le pieghe dell'abito e con il mento che forse tradisce un fremito vado da Linda.

Una volta al sicuro davanti a mia sorella trovo la forza di raccontarle ciò che è appena successo. Lei è perplessa.

La mia ferita non è rimarginabile e so bene che si sarebbe riaperta più volte bramando la pace della cicatrizzazione, che forse non sarebbe arrivata. Sono fiera, orgogliosa, e non accetto in alcun modo il comportamento di Emilio, il suo farmi sentire scartata e sbagliata. Era scontato che non mi sarei mai voltata indietro. Linda invece mi guarda impensierita ma conoscendomi sa che nulla mi farà mai cambiare idea.

Cammino nervosa per il salone di Linda, così ben tenuto, accogliente, con il gorgoglio della macchinetta che preannuncia un ottimo caffè, e non posso evitare di chiedermi come sarebbe stato avere una casa mia, avere un marito. Ma forse ho sempre sentito di non essere adatta a una vita così, perché nel profondo sono troppo indipendente e legata al lavoro.

Linda è diversa, è pacata, è un'anima semplice e ricca. Il suo sorriso trasuda trasparenza, mentre il mio amari enigmi non svelati.

«Sai, cara», sussurra Linda mentre versa il caffè nelle candide tazzine ricevute come dono di nozze «non tutto è come vorremmo. Ad esempio, io non riesco a rimanere incinta. È da un po' che volevo dirtelo ma non volevo turbarti con le mie difficoltà».

Mi sento mancare all'idea di un tale dispiacere per la mia amata sorella, anche se forse non ne colgo tutta l'amarezza. In fondo lei ha un grande amore da vivere, una bella casa. Cosa cambia avere i figli se si ha un amore da vivere alla luce del sole?

Sorseggio il caffè e osservo mia sorella mentre scarta dei biscotti e dai movimenti che fa capisco che non vuole più riprendere il discorso. Va bene anche per me, preferisco chiudere i pensieri in una bolla, anche se la mia fronte so che tradisce l'assenza di serenità.

Pazienza, mi dico, passerà.

23 maggio 2018

LUEN

Sto per dirigermi verso casa di mio padre quando mi risponde su Instagram la collega di Eva, Martina. Le avevo chiesto di fare due chiacchiere. È mercoledì e grazie a un'assemblea scolastica è libera per tutto il giorno, quindi se voglio possiamo incontrarci. Ragiono velocemente nonostante la carenza di sonno e faccio inversione, dandole appuntamento al bar di Harry Potter. Non allungo troppo, volendo è di strada.

È una questione di tempismi e di incastri in questo momento. Inoltre sono proprio curiosa di vedere questa Martina, l'altra amica di Eva. Che detto così mi sento anche in colpa, ma quando parlava di lei un leggero pizzico di gelosia allo stomaco ha sempre fatto la sua timida comparsa.

Arrivo da Harry Potter ma prima di scendere dall'auto cerco di rimettermi un po' in sesto. Sistemo i capelli, anche se i miei lunghi boccoli color miele sono evidentemente spenti; sistemo il gloss e le sopracciglia, poi scendo. Riconoscerò la tipa dalle foto, immagino, a meno che non sia *#multifilter*. Mi guardo intorno ma lei ancora non c'è.

Harry Potter mi osserva da un angolo della sala e mi viene incontro stringendomi in un abbraccio corposo e rassicurante, sussurrandomi all'orecchio che è sempre felice di vedere la sua scrittrice preferita. Senza staccarmi rispondo che credevo fosse la Rowling e lo sento sogghignare, mentre continua a stringermi. Cavolo, questo mi piace proprio. Profuma di ammorbidente e di pulito, sa di università e di aperitivi consumati su un letto sfatto con le lenzuola grigie e il vino, sa di baci alcolici che abbassano le inibizioni e amplificano le risate. Intreccio le mie mani alle sue e guardandolo negli occhi limpidi gli dico che sto aspettando un'amica di Eva. Lui aggrotta la fronte: «non eri l'unica amica di Eva?»

«A quanto pare *no*», scandisco bene assumendo un'aria contrita e ferita «ma senza dubbio ero la migliore», sgranando gli occhi per farlo ridere. Lui mi riavvolge, solo per qualche secondo, poi mi dice che mi prepara da bere.

Con questo tizio o ci vado a letto o mi farà diventare alcolista.

«Sì ma, Harry Potter, ti prego, moderati, devo andare da mio padre».

«Fin laggiù?»

«Mi farò viva, te lo prometto».

«Sì, ma scrivi. Dico in generale. Sai che intendo».

Lo so. Ma adesso la scrittura davvero non mi interessa. Un giorno ci ripenserò.

Mentre sorseggio un calice di Vermentino arriva Martina.

È molto carina, mi ricorda un gatto. Capelli a caschetto, occhi vispi. Alta, proporzionata, attraente. Mi fa subito antipatia, ovvio.

Mi alzo per salutarla e lei mi abbraccia dicendo che le dispiace tanto, che non riesce a crederci, bla bla.

Appena si siede si tampona gli occhi con un fazzoletto di carta pescato da una borsa stile Mary Poppins ed esordisce con *ma insomma che è successo? Dimmi* calcando melodicamente tutte le vocali finali delle parole. Va beh dai, non è tanto male, dieci minuti li posso pure spendere in onore di Eva. Comunque per me questa non sa niente, ragiono istintivamente.

Decido di partire all'attacco perché davvero ho poco tempo.

«Senti, sto raccogliendo qualche testimonianza diretta su Eva e so che ogni tanto vi vedevate».

«Ah aspetta, ma sei l'amica giornalista? Quella del paese?»

«Sì, sono la giornalista e sono di Montesacro, in realtà. Sono la migliore amica di Eva».

«Ho capito chi sei. Quella che non voleva che si fidanzasse col tipo di internet».

Mentre sento ribollire il sangue rumino noccioline. Eva era allergica. Mi tornano in mente dei flash, così, però mi spingono a concentrarmi.

«Com'era Eva al lavoro?»

«Ah, bravissima. Solo che soffriva un po' la situazione del sostegno a causa dei colleghi che non sempre riconoscevano il suo ruolo. Io spesso la facevo intervenire nelle mie lezioni ed era competente e professionale».

«Ma Eva era laureata in lettere», sottolineo «perché la trattavano così?»

«Beh non tutti, però lei era una prof di sostegno e a volte era considerata di serie B. Poi ha preso qualche ora sulla materia ed è andata meglio. Ti ripeto, era molto brava e attenta, e anche benvoluta dai ragazzi, ma era un po' fissata con questa storia del lavoro. Si sentiva un po' insicura. A volte era paranoica, per me».

«Vi vedevate spesso?»

«Non tanto, in realtà, alla fine era una ragazza solitaria. Qualche cena occasionale, ma a parte essersi aperta sul tipo non mi ha mai raccontato molto sulla sua vita personale».

«Cosa ti ha detto di questo ragazzo conosciuto su internet?»

«Beh, le piaceva molto, anzi moltissimo. Era di Milano, aveva un buon lavoro, mi pare fosse architetto, ed era molto carino, ho visto delle foto. Per me era innamorata persa, ma tu non approvavi, giusto?»

Non c'è alcuna nota di rimprovero nella voce, ma non serve. Mi sento già abbastanza a pezzi di mio. Se l'avessi ascoltata meglio forse le cose sarebbero andate diversamente.

«Beh oddio, innamorata persa, addirittura... diciamo che mi sembrava una situazione un po' improbabile, ma non sono mai stata così categorica».

«Eppure», controbatte prontamente «lei ti riteneva molto categorica. Come siete diventate amiche?»

«Che altro ti diceva di me?» Non posso fare a meno di chiedere, ignorando ampiamente la sua domanda.

«Che eri impossibile, una rompiscatole di prima categoria; che amavi un po' troppo le cose firmate e che a volte eri troppo leggera».

«Una tragedia, insomma», blatero sommessamente.

«Beh sai, anche nelle migliori famiglie si è in disaccordo. Diceva che il vostro rapporto era come un matrimonio, una cosa del genere. Ti amava molto».

Un ricordo mi trafigge: una sera, Eva e i suoi occhi immensi scheggiati di verde, che mi dice che il nostro legame ha la potenza di un matrimonio.

Tra un bicchiere di vino e l'altro, vicino San Pietro, ho sorriso un po' sarcastica della sua definizione e forse ho fatto una smorfia.

Ci sono voluti un'altra manciata di anni per capire quello che intendeva. E ora lo capisco, perché niente è più facile da accogliere come la verità. Quindi forse non lo so come siamo diventate amiche ma so perfettamente come eravamo insieme. Indissolubili e forti.

Finisco l'ultimo sorso di vino e dico a *Catwoman* che devo andare e mento dicendo che è stata molto utile. Dopo i soliti convenevoli si decide a salutarmi. Tutto sommato è una persona gradevole, questa volta Eva non è riuscita stupirmi. È abbastanza in linea con lei.

Vado da Harry Potter a pagare ma non accetta soldi. Lo guardo appoggiato al bancone, i capelli scompigliati e gli occhi tristi e lo bacio lentamente. Non è un bacio di gratitudine, ma è dettato dal desiderio di compiere proprio quel gesto. Lui lo capisce e ricambia con altrettanta smania ma appena smetto di cercarlo capisco che ho davvero tante cose da fare. Lui aspetterà, perché adesso ho solo una priorità assoluta e imprescindibile e si chiama Eva.

Come lei, nessuno mai.

16 maggio 1968

LILIANA

È finalmente arrivato il mio momento. Non sono nervosa, ho solo paura che tutto possa svanire all'improvviso. Come da tradizione l'Emilio e io non ci vediamo da due giorni. Mia madre ha passato l'ultimo mese a ricamare il mio corredo e mia sorella mi ha aiutata a imbellettarmi per la festa e devo dire che sicuramente sembro meno trascurata del solito. Ho le guance colorite e i capelli raccolti sotto il velo trasparente a indicare la mia purezza. Al contrario della Giuditta, volevo essere una candida nuvola, senza pizzo, tutta organza, e senza riferimenti sensuali nella maniera più assoluta. E quando mi sono specchiata tutto sommato ho pensato che ero una brava cristiana, sarei stata un'ottima moglie, e che questo sarebbe bastato. Ero comunque attenta a ogni movimento intorno a me perché alla fine l'Emilio disse che non sarebbe servito sposarsi a porte chiuse, che tanto nessuno si sarebbe interessato a noi. Mentre percorro la strada al fianco di zio Alfio inizio a rilassarmi e tanti compaesani si uniscono al corteo ma a un certo punto vedo la Linda che si è appostata in una stradina ricurva, quella che porta alla parrocchia. L'Anna ci segue e dirige tutti i lavori, attenta che ognuno compia il suo dovere.

Sono consapevole che nel mio bianco pomposo e accecante, nonostante il rosso sulle guance, sembro pallida e molto più vecchia della Giuditta, ma non mi importa. Io poi l'età della Giuditta non la so, è sempre stato un segreto, perché lei in paese elude qualsiasi domanda circa l'anno di nascita. A me non importa, io sono quella che sono e non mi vergogno di niente. Mica come lei.

L'Anna, più caricaturale che mai, con il suo rossetto sbavato e gli occhi minuscoli, resi ancora più piccoli dall'atteggiarsi e dal guardare ogni singola persona con competizione e astio ingiustificato, mi segue passo dopo passo. La mamma, sicuramente sentendosi esclusa, prova ad avvicinarsi, ma io la fulmino con lo sguardo. Questo è il mio congedo, io diventerò la moglie dell'Emilio e andrò all'America o dovunque mi porterà. Perché io sarò una moglie e tutti dovranno guardarmi e pensare che sono la sposa dell'Emilio. Che ho vinto io, nonostante il mio pallore e i lineamenti marcati la giustizia è arrivata, sono stata ricompensata. Perché sono una brava cristiana, me lo merito, io. E sarà finché morte non ci separi.

Mio zio, che improvvisamente mi appare gretto e volgare, mi afferra per il braccio e tenta di sorridermi, con i baffi incolti e l'abito liso, e io resto seria. Farò presto a meno anche delle sue cafonerie, delle domeniche pastose e lente, dei suoi discorsi inutili per occupare il posto di papà a capotavola.

Un fremito, nonostante sia maggio, inizia a scuotermi e mi trovo a tremare dal freddo.

Sento la marcia nuziale e vedo tutti in piedi ma l'Emilio non si volta. Perché non si volta?

Allora zio mi rassicura come può, mi dice che non fa freddo, che è la tensione. Io faccio dei respiri più profondi e guardo avanti. Indietro non ci guarderò mai più. Vedo mia sorella che sogghigna, o forse sta solo sorridendo. E la mamma è commossa. Tutti mi guardano.

La sposa pallida avvolta nella meringa, penseranno. Ma è il mio momento e cercando di non inciampare percorro la navata. Sembra tutto silenzioso e ovattato mentre sento i bambini sul fondo della chiesa dire *guarda guarda c'è la sposa.*

E sono proprio io. Questo metterà il punto su tutto.

Arrivo all'altare, invaso da fiori abbinati all'abito dell'Anna perché ci teneva e perché li ha pagati lei, mio zio mi porge all'Emilio che mi guarda. Ci osserviamo entrambi e per un istante la sua assenza di sorriso mi fa sgranare gli occhi per lo stupore. Forse potrebbe fingere, almeno un po'. Invece mi fissa, come se fossi uno scarabocchio, una macchia lattescente e informe che ingombra i colori accecanti del pavimento della Chiesa. Ma non mi farò annebbiare dai suoi malumori e comunque non ha più scampo. Gli porgo la mano costringendolo a compiere il suo dovere. La afferra e come da prassi la bacia, ma come se non appoggiasse davvero le labbra.

Ci accomodiamo e la cerimonia procede. L'Emilio ha lo sguardo perso nel vuoto. Mi estraneo per un istante e penso a ciò che ci aspetterà. Il banchetto, inizialmente semplicissimo ma poi rimpinguato dall'Anna che sennò non sta bene, la prima notte di nozze attesa con ansia e perplessità e poi finalmente il viaggio fino all'America.

E ora Don Giuseppe ci sta chiedendo se vogliamo diventare marito e moglie.

Sì, sussurro. E l'Emilio resta silenzioso per qualche istante di troppo mentre il mio cuore decelera. E poi, con voce incrinata, certamente dall'emozione, risponde *sì*.

Finché morte non ci separi.

La giornata vola tra i rituali soliti e i parenti che ci donano ciò che possono per aiutarci in luna di miele. Ci spingono a fare il nostro primo ballo insieme e tutti applaudono e io mi sento come una dama al centro della sala dell'Anna mentre tutti battono il tempo con le mani e l'Emilio sorride agli amici di piazza Santi.

E quando ci troviamo nella stanza adibita a talamo nuziale, sistemata nella casa dell'Anna, che fino all'ultimo è rimasta a preparare le lenzuola candide e vergini, ho realizzato che ero sposata. Emozionata dall'idea di ciò che sarebbe potuto accadere ho visto che mio marito stava completando la sua routine per andare a dormire.

Nonostante un po' di imbarazzo lo guardo e accenno al fatto che adesso siamo marito e moglie.

Senza voltarsi lo vedo mettersi a letto mentre mi dice *sì, è vero, è tutto il giorno che lo dicono. Sono stanco, buon sonno.*

Osservo la sua schiena, qualche neo tappezza la carne chiara e lattiginosa, mentre io, vestita ancora da sposa, capisco che non avrò altre parole o altri gesti da lui. Così mi appoggio delicatamente sul letto, il velo sul comodino, mi tolgo le scarpe e resto vestita.

Dormirò così, come una sposa, perché io *sarò* la sua sposa, che gli piaccia oppure no.

E sarà finché morte non ci separi.

24 maggio 2018

MAGGIE

Ho scelto di tornare a casa.

È la prima volta che compio una scelta pensando a me, anche se non è corretto dire così. Non sono tornata per i bambini né per Tommaso, ma capire cosa è capitato mi aiuterà a far luce sulla mia famiglia.

Ho riflettuto e credo di riuscire a fare l'accesso con il mini tablet con il quale giocano i miei figli. Non è stato sequestrato perché sembra un giocattolo con la custodia gommosa e colorata.

Ricordo benissimo che mio marito accedeva spesso da là con il wi-fi, la sera. Mentre guardavo *I Soprano* lui stava sempre con quel giocattolino e diceva che sistemava le cartelle dei giochi per i bambini. Sì, come no.

Magari sono fortunata e trovo qualcosa. Devo capire cosa è successo alla mia vita.

Sveva e Carlo sono a scuola e Tommaso è al lavoro. Ho visto dei messaggi sul cellulare che non ho aperto e non voglio aprire.

Purtroppo la mia breve vacanza è finita sul nascere, ma ho deciso che se sopravvivrò a questo inferno mi iscriverò in palestra.

Di soppiatto mi introduco dentro casa mia, come se fossi una ladra. Mi rendo conto che è più in ordine di tante altre volte, quindi deve essersi davvero spaventato, mio marito. Cerco di non fare alcun tipo di rumore: in realtà sono sola, ma mi sento osservata. La brava piccola Maggie fa qualcosa fuori dagli schemi.

Accendo il tablet mentre tamburello con le dita sulla scrivania. È stata una spesa superflua, non hanno mai usato quell'aggeggio per cose utili, e dire che Tommaso diceva che avrebbe aiutato in chissà quale sviluppo psico-pedagogico. Il grande educatore. Si accende e appena vado su facebook mi apre la sua pagina. Non ci sono password, lo sapevo! Le avevamo tolte per facilitare l'accesso a Sveva, ma non pensavo che sarebbe stato così facile. Né che mio marito sarebbe stato così sciocco da accedere da qui, eppure.

Jay Gatsby è il suo nickname e scorro velocemente le foto. In quella del profilo è leggermente ruotato con un calice di vino ma per me è assolutamente riconoscibile. Ho scattato quella foto a Ostia al battesimo di Carlo. In tutte le foto è sempre da solo, ne riconosco diverse fatte da me, mentre non guardava, oppure era di spalle. I bambini non compaiono mai, ovviamente. Accedo su messenger e trovo subito la loro chat.

Mi accorgo che una lacrima mi riga una guancia ma cerco lo stesso di andare avanti. Può avere davvero ucciso questa ragazza? Negli ultimi messaggi che trovo lui le aveva scritto che era finita, solo che poi ricomincia dopo cinque giorni.

Volevo starti lontano perché abitiamo in città diverse e siamo distanti, ma non mi è possibile. È una domenica grigia, sono completamente solo e non faccio che ripensare a noi due e a quello che potremmo diventare. Sono pazzo di te. La tua pelle diafana mi ha stregato e ho bisogno di toccarla e sentire che per noi c'è un futuro. Ci dobbiamo vedere. Ormai è davvero molto tempo che progetto il nostro incontro. Se penso al caso che ti ha fatto entrare nella mia vita capisco che è destino, ne sono certo. Sto pensando a come incontrarci a metà strada perché a Roma non riesco a scendere adesso. Dammi un po' di tempo per pensarci e nel frattempo dimmi che non mi hai dimenticato. Spero tu sia riuscita a trattenermi in qualche parte remota di te perché io non sono riuscito a lasciarti andare. Non riesco a farti scivolare via da me, permettimi di ritrovarti.

Da qui riprendono le conversazioni e Tommaso le scrive sempre programmando questo incontro. Una quindicina di giorni in cui sembra essere addirittura più sicuro della loro storia. Poi a un certo punto iniziano a parlare dei propri genitori, lui è incalzante, vuole sapere tutto di lei. E lei risponde, parla di sua madre, del padre assente. Quando però lei chiede a lui di raccontare alcuni dettagli della sua infanzia, tratteggia delle figure che mi sembra di conoscere bene. Sta parlando dei miei genitori. Come è possibile che non sia stato lui?

Non trovo altra soluzione, sento che ha scritto lui quei messaggi perché narra di dettagli importanti, del lavoro di mio padre all'estero, del loro legame inizialmente osteggiato e dell'attuale malattia di mio padre. Solo lui poteva sapere quelle cose. Perché ha fatto questo?

Eva parla spesso della sua migliore amica, Luen, racconta che è come una sorella per lei anche se lei stenta a capire questa situazione tra loro. Direi che è stata saggia, invece. Anche a me sarebbe servita un'amica così. Osservo Luen nelle foto, così solare, teneramente abbracciata a Eva, e mi chiedo se potrebbe essere lei l'amica che in questo momento non ho. Forse potrebbe aiutarmi a capire. Senza pensarci le scrivo un messaggio da quello stesso profilo, visto che io non ne ho uno mio. *Ho bisogno di parlarti dal vivo. Possiamo incontrarci?*

Appoggio la schiena alla sedia sentendomi esausta e sperando in una sua risposta. Se Eva era effettivamente sua sorella, avrà un bisogno impellente di sapere come sono andate le cose, proprio come me. In questo, senza dubbio, siamo uguali.

1971

GIUDITTA

La brina è scintillante al risveglio. Natale si avvicina, ma non saranno feste semplici.

Io lavoro incessantemente, ma i soldi non bastano mai. Caterina e io siamo rimaste a vivere insieme nel febbraio 1970. Quando il 24 febbraio la mamma è venuta a mancare entrambe sapevamo che l'unica possibilità di sopravvivenza era unire le forze.

In apparenza sembra sia tornata la pace e nel tempo ho smesso di parlare di Emilio. Ma non ho smesso di pensarlo.

Le voci che sono giunte circa la coppia di neo sposi sono di estrema felicità, ma nessun evento procreativo viene annunciato. Questo mi rassicura che il matrimonio sia difettoso, ma non esprimo mai alcun parere, non ne parlo. Mi chiedo come mai non figliassero, visto che Emilio sarebbe stato un padre eccezionale. Il tempo passa e io spero solo di dimenticarlo completamente. Linda è sempre più amareggiata di non riuscire ad avere bambini, e anche io ho questo immenso dolore del quale non riesco a parlare con nessuno.

Le altre sorelle sono sempre più distanti tra loro, ognuna ha la sua vita. Ma io, Caterina e Linda tutto sommato siamo rimaste unite. Caterina lavora nell'unica merceria del paese, dà il cambio alla proprietaria quando ha da fare. Non è molto impegnativo ma le permette di contribuire alla vita domestica. Non ha alcuna aspirazione matrimoniale ed è abituata a vivere nell'ombra di tutti. È stata sempre così anonima.

Devo dire che a volte la vita ci sorprende, però. Sono riuscita a legare con una vicina arrivata da qualche mese in paese, Patrizia. In molti la chiamano *la toscana*, perché l'accento del borgo dal quale proviene, in provincia di Grosseto, è evidente. Ma a me piace moltissimo. È una zitella, come noi, che si è trasferita in una casa ereditata da una vecchia zia, e si vocifera che abbia il potere di sentire gli eventi, di leggere gli stati d'animo. Si sa che sono credenze popolari, io a queste cose non ci credo.

Patrizia è una persona schietta e cristallina, in netta antitesi con questo paese affossato dai pregiudizi e dalle maldicenze. Abbiamo immediatamente legato per quel suo modo di fare, così confortevole e generoso. Quando ci incontriamo mi apostrofa dicendo *suvvia cosa non ti garba oggi*, e il mio broncio si ammorbidisce. Non che io sia solita ad avere bronci ma devo dire che resto una persona seria, selettiva, e sulle mie.

Dopo pranzo abbiamo stabilito la tradizione di prendere insieme il caffè e chiacchieriamo delle voci che circolano, dei vicini, delle sorelle. Patrizia è davvero una buona amica e, nonostante io non fossi interessata all'amicizia, a un certo punto mi sono dovuta arrendere.

Stamattina minaccia neve, con un cielo candido e oscuro. Patrizia anche oggi è passata. Nonostante l'amicizia e le chiacchiere, non si è mai sentita di domandarmi direttamente se le voci che circolano su di me fossero vere. Si imbarazza sicuramente a essere così diretta. Io so quello che dicono di me ma non mi importa. Hanno ricamato sulla mia relazione con Emilio per anni, dicendo che alla fine per colpa mia sono scappati negli Stati Uniti. E poi si sa che tutti mi chiamano *la Lupa*.

Mentre cucio accanto alla finestra, con la fioca luce che illumina il lavoro, Patrizia mi saluta. Le chiavi di giorno sono sempre attaccate alla porta, così che entrambe ci possiamo raggiungere senza troppe cerimonie.

Patrizia è un po' più grande di me – ormai ho quasi 32 anni, mai dichiarati – e durante il giorno ha sempre un grembiule sopra gli abiti. È una cuoca eccezionale, e prepara prodotti da forno a richiesta. Cucina gran parte del tempo, la sua casa odora sempre di vaniglia, e ogni tanto la sera, dopo cena, porta qualche dolcetto a noi sorelle che ce lo gustiamo raccontandoci la giornata.

Ho abbellito il piccolo appartamento con centrini che ricamo ogni sera, sferruzzando con mani veloci e occhi brillanti, cercando di rendere accogliente il più possibile quella che ormai è casa mia.

Ho avuto diverse offerte di matrimonio nel tempo, alcune davvero vantaggiose, ma non mi è mai interessato perché voglio dedicarmi solo a me stessa, alla casa, e al mio lavoro. Sono una sarta affermata, indipendente, e sono chiacchierata perché rifiuto i lavori che non mi convincono.

Ma ormai delle chiacchiere non mi interessa più. Ho il mio carattere, sono ostinata, e questo ha fatto sì che le proposte di fidanzamento diminuissero nel tempo, perché sono tanto bella quanto complicata, ed esistono davvero pochi uomini degni di tale sfida.

Inetti.

23 maggio 2018

LUEN

Una delle cose che ha sempre sconvolto la mia vita è stato immaginare il dopo di ogni cosa.

Quando avevo entrambi i miei genitori, non facevo che pensare come sarebbe stato *dopo*. Non ho mai potuto gustare a piene mani il presente perché un futuro incerto mi ha sempre tormentata. Quando mia madre si è ammalata pensavo sempre al sapone di Marsiglia che non avrei più sentito avvicinandomi a lei. Il profumo della mia infanzia. Lei era davanti a me, che lottava con il cancro e io pensavo al sapone assente nel futuro e ai cugini scortesi che non mi avrebbero salutato al funerale e di come ne sarei – nuovamente – rimasta scioccata. Pensavo a mio padre da solo, in quella casa arroccata nel paese, pensavo a come avrei fatto a sposarmi senza averla al mio fianco. Ma lei era lì. E io non la ricordo, perché io invece non c'ero. Anche adesso che devo andare da mio padre sono proiettata su quello che vedrò: sarà invecchiato, come farò con la casa quando non ci sarà più, come sopravviverò guardando il basilico, *ogni* basilico, il giorno che sarà morto.

È impegnativo vivere come me, per questo ho sempre trovato sollievo e rifugio nei miei libri, nella scrittura, nella lettura, per vivere esistenze parallele e sentirmi viva, come se avessi una via di fuga da una realtà che non mi basta. Mi fisso sempre degli obiettivi che investo di poteri che alla fine non hanno: la possibilità di cambiarmi, di farmi sentire realizzata. La laurea con 110 e lode, il lavoro in redazione, gli articoli, la migliore amica, un lavoro retribuito per davvero, il matrimonio. Pensavo addirittura di avere un bambino, per dare senso ai miei vuoti, ma ora credo che resterò così. Con i vuoti. Alla fine non sono male, ho deciso di accudirli come un piccolo animaletto domestico. Tutto sommato penso sia più fattibile di un travaglio. Penso che mi darò del tempo. Forse anche tutta la vita.

Percorro la strada che mi separa dalla casa della mia infanzia e mi sento come se avessi davvero troppe cose da fare e non avessi il tempo neanche per pensarle.

Se solo osservo questi luoghi sento una morsa che mi attanaglia la carne. Tutto così sicuro, limpido e definito. Viali alberati aromatici di betulle fresche e pini, fiancheggiati da staccionate incolte e paesaggistiche. Le fragranze che invadono ogni molecola d'aria sono la cosa che mi manca di più, soprattutto in primavera, quando esplode il gelsomino e mi ricorda le corse da adolescente per cercare refrigerio in uno spicchio d'ombra sdraiandomi nel terriccio, affossandoci occhi e dita.

Il mio dolore è stratificato: le prime cose che emergono sono quelle da fare, andando in profondità c'è la rabbia, scendendo negli abissi c'è la perdita.

È una perdita diversa rispetto a quella di mia madre, anche

perché arriva con la consapevolezza dei miei 35 anni, e ha il volto di un ladro che ha strappato la vita a una persona che amo. Vorrei che quel mostro prendesse vita, per mettermi in pace, ma credo che anche questo sia un percorso lungo. Un po' mi fa sorridere; quando si dice percorso lungo nella maggior parte dei casi si intende che non avrà mai fine.

Il cielo è plumbeo, le sfumature vanno da un bianco perlaceo al grigio argento. La strada è sgombra, come se il mio passaggio fosse stato facilitato. Non ho praticamente nulla con me, a parte cose indispensabili come il caricabatterie, il tablet e lo spazzolino da denti.

Mi viene in mente un lungo viaggio fatto con Eva, quando venne a mancare una sua zia abbastanza in là con gli anni. A pensarci bene Eva aveva dei parenti piuttosto anziani, per questo d'istinto ho pensato che non ne fosse rimasto in vita nessuno. La madre era grande, l'aveva avuta che era oltre i quarant'anni, ma il padre era abbastanza giovane. Almeno così ricordo e spero di potergli parlare presto.

Quel viaggio è stato catartico perché Eva era terrorizzata dal tornare in paese per vedere persone che l'avevano trattata male. Non le andava di rimettere piede in un luogo che era contenitore di tanti ricordi, ma in onore della memoria materna decise di andare e mi chiese di accompagnarla. E io accettai. Per lei. Ora credo di capire meglio come si sentisse quel giorno.

È stato tutto molto particolare, perché fino al momento del funerale sembrava che stessimo andando in gita. Ovviamente guidavo io perché lei non è mai stata molto portata. La vedo anche ora, con le gambe appoggiate sul cruscotto a guardare fuori dal finestrino un po' aperto, con i capelli mogano, lucenti, che sembravano avere vita propria con il muoversi del vento.

Ricordo che poi ha preso il discorso, dopo mille attimi di silenzi leggeri, con i soliti convenevoli: grazie di esserci, da sola non ce l'avrei fatta, senza di te è tutto impossibile, sei la mia anima gemella... E io ma figurati, conta sempre su di me e cose così, come se ci fosse bisogno di convenevoli tra di noi. Ridicole.

«Sono venuta solo per mia madre, per rendere giustizia alla sua memoria, sai», mi dice «perché le sue sorelle non sempre sono state buone con lei. Ho un pessimo rapporto con la morte, va beh, chi non ce l'ha? Però ho sempre avuto l'impressione che quando mia madre è morta io non avessi dato tutta me stessa con lei. Vivevo nel timore di calpestarla ma non perché lei fosse fragile, non lo era affatto, ma perché ferirla mi feriva. Non so se puoi capirmi. Andavo dal mio fidanzatino del liceo a passare il week end e lei *sei stata bene*? Quasi mi dispiaceva dirle di no. Non volevo dirle che ero stata male allora inventavo storie tipo *insomma, ho avuto l'allergia ma nell'insieme tutto a posto* e già questo la turbava. Pensavo sempre di distruggerla, come se le mie parole potessero scavare in lei un solco insondabile. Il mio unico pensiero era difenderla, anche da me».

Cerco di restare concentrata sulla guida e nel frattempo ripenso al suono che aveva la sua voce mentre raccontava tutto questo. Suadente e leggiadra. Si dice che la prima cosa che si dimentica di una persona quando la si perde sia la voce. Poi l'odore.

«Non devi essere stata un'adolescente poi così complicata», sorrido «avevi molte attenzioni verso tua madre». Se ripenso alla turbolenza dei miei sedici anni, alle porte sbattute e all'anaffettività di mia madre e ai silenzi di mio padre mi sembra di venire da un altro pianeta.

«Mia madre era grande, mi sembrava sempre che fosse un miracolo averla con me. Era sola, doveva cavarsela per due ma le devo riconoscere un carattere e una tempra davvero fuori dal mondo. Vivevo, però, nel costante terrore di perderla. La notte mi alzavo per vedere se respirava. Mi addormentavo solo così», fa spallucce, come se avesse detto un'ovvietà. «Quando è arrivato il momento di perderla ero annichilita. Nulla mi aveva preparata, neanche una sola notte in cui temevo avesse smesso di respirare, neanche la psicoterapia fatta per elaborare l'idea di non averla più accanto a me un giorno, nulla di nulla. Mi sentivo in un vortice di solitudine e di inerzia».

Io continuai a guidare fissando la strada e senza sapere cosa dire.

Ero una persona diversa da lei, decisamente diversa. Non ero così emotiva, o almeno non in maniera così esplicita. Continuavo a pensare al *dopo di tutto.* Come se avessi avuto un conto aperto con la vita. Ero molto pratica, come mio padre. E forse non avevo accesso a tale dolore solo perché non ne avevo la chiave.

I flashback di Eva mitragliano la mia testa e mi fanno sentire ancora più affannata.

Il funerale fu l'epilogo di tutto ciò che mi aveva raccontato durante il viaggio. Parenti lontani che fingevano di non conoscerla, gente che davvero non la conosceva e una strana zia che le si è avvicinata vantandosi dei suoi figli, di quanto fossero bravi, che lavoravano al nord e che *al nord si lavora veramente* ed Eva che tentava di rispondere ma non riusciva, investita da un fiume di parole piene di rancore, odio, ignoranza. Quando ha detto *io sono un'insegnante* questa strana figura ha risposto con saccenteria, come se stesse per rispondere la cosa più imponente del mondo: *io ho un'amica che insegna. Ormai lo fanno tutti.* Avrei voluto colpirla, ero piena di astio, vedevo Eva così piccola davanti a quel fiume di parole infuocate ma lei era calma, serena. Mi ha preso la mano e mi ha fatta allontanare. Poi mi ha sorriso e mi ha detto di non farci caso. C'è stata sempre antipatia nei suoi riguardi, nulla di nuovo insomma. Per questo ero lì. Per dimostrarle che non era sola. Non sembrava colpita dalle bassezze che le ha riservato la vita.

Siamo scappate prima che finisse la funzione, per evitare sguardi impertinenti e i non saluti, e sembravamo due ragazzine che correvano verso la vita. Eva rideva felice, pensando di andare a rimediare una birra da qualche parte. Sembrava una fata, con una gonna vaporosa che le donava luce e la faceva sembrare un piccolo elfo nordico. Girava su se stessa e diceva *hai visto ce l'ho fatta a superare anche questa*, poi mi ha preso le mani e mi ha detto che lo aveva fatto per la madre. I capelli mogano sotto i raggi del sole assumevano un colore dorato incantevole e qualche lentiggine si affacciava sul suo volto perché la primavera si avvicinava, mentre in inverno si notavano appena. Io ero più impettita, era una situazione familiare davvero strana, comunque abbiamo finito la giornata davanti a due immense *Weiss* ridendo degli strani parenti che aveva.

«Ma tuo padre?»

«Figurati, quello non è venuto nemmeno al funerale di mamma!»

«Certo, strano forte eh...», rifletto.

«Strano? È un vero eufemismo. Direi che è un alieno. Ma non ci pensiamo. Sushi?»

Eva era dicotomica, odiava con tutta l'anima alcune cose e altre le amava alla follia. Utilizzava espressioni come pazzesco, incredibile, folle, come se tutto fosse una roboante caricatura.

Capitava che si aprisse completamente, e quando accadeva sembrava una bambina. Aveva occhi immensi che sgranava ogni volta che rivelava qualcosa che per lei sembrava essere sorprendente, e gesticolava rafforzando la sua idea; sembrava scardinarmi l'anima, le sue parole entravano negli occhi, nelle ossa, mi facevano sentire caldo oppure un freddo pungente.

Ecco, lei era una di quelle persone che sanno davvero arrivarti dentro.

Quella giornata febbrile finì a risate, alcool e uramaki. Ed è strano perché nonostante le difficoltà e la drammaticità degli eventi, quel giorno creò una sorta di collante invisibile tra noi. Sapevamo di esserci indispensabili. Però quella finestra sulla sua vita e sul passato si era chiusa con quella giornata. Le piaceva essere solare, leggera, e lo era, quindi probabilmente era una sua scelta non toccare determinati argomenti. Ma era indiscutibile per me che lei mi fosse indispensabile.

Arrivo sul vialetto di casa e parcheggio. È una casa troppo grande per papà, l'ho sempre pensato. È isolata, su una collinetta profumata e ricca di un verdeggiare brillante. È parecchio che non vengo. Ho sempre pensato che fosse un bellissimo posto per scrivere ma non ho mai provato a farlo. Mi sento sempre come se camminassi sui gusci delle uova quando sono con lui. E poi questo paese, splendido, arroccato, dopo un po' mi va stretto.

Sono andata via di casa definitivamente cinque anni fa perché mio padre continuava a darmi ordini come se ne avessi quattro ed era diventato intollerabile. Da quando è morta mia madre nove anni fa è diventato sempre più strano, in un certo senso silenziosamente pesante, e avevo bisogno di avere i miei spazi. Forse anche lui. Devo riconoscergli che vive in questo bellissimo borgo che sembra uscito dalle cartoline in esposizione nelle botteghe tipiche dei villaggi di altri tempi.

Non è un uomo di grandi parole, lui. A volte grugnisce, a volte ti osserva, ma non è un oratore d'eccezione. È un uomo rustico, diciamo. Secondo me Lorenzo lo ha sempre temuto un po', anche se non lo riconoscerà mai. Ho le chiavi del portone ma preferisco suonare. Lo vedo che si affaccia dalla tendina merlettata che ha cucito la mamma almeno venticinque anni fa. Inizia a scendere la prima rampa di scale per parlarmi e senza neanche salutare – tipico da lui – mi urla con il suo forte accento della zona se non ho le chiavi. Faccio cenno di sì e fingo di cercarle, alla fine apre.

Tornare a casa è sempre strano perché la sensazione è quella di non essermi allontanata mai ma nel contempo di essere stata in un'altra galassia per un tempo indecifrabile. Tutto mi parla della mia vita e niente mi parla della mia vita. È un retrogusto amaro che provo ogni volta che perdo il controllo delle cose, delle persone, degli spazi. L'odore di casa mi ricorda quando mi nascondevo sotto il tavolo a leggere e non volevo essere disturbata. Sulla testa mi cadeva il centrino fatto dalla nonna che era impregnato dello stesso odore che invadeva ogni spazio. Quando un luogo ti entra nella carne ha un odore impossibile da descrivere, un po' come annusare i libri.

Sento il suo passo affaticato avvicinarsi a me mentre sistemo le poche cose che ho nella mia vecchia stanza.

«Hai mangiato?»

Sapevo che mi avrebbe fatto questa domanda.

«Sì che ho mangiato». Faccio spallucce e continuo a muovermi.

«Parlavo in generale, secondo me tuo marito non ti fa mangiare un granché».

«Papà, ma che c'entra lui?»

Distoglie lo sguardo, quando non sa cosa rispondere cambia argomento.

«Insomma, sei venuta per la tua amica? Ma se è morta che sei venuta a fare?»

La delicatezza di mio padre riesce sempre a stupirmi.

«Sono venuta a trovarti». Mi fissa, grugnisce leggermente sollevando un solo sopracciglio, e se ne va a fare il caffè.

Saranno giornate dure. Okay, sono pronta.

Settembre 1971

LILIANA

I miei ricordi degli ultimi due anni sono ovattati.

Ricordo tanti insetti operosi e irrequieti che spintonavano sfacciati per avanzare.

Mi sentivo il sudore appiccicato alle ossa e continuavo a pensare che sarei stata ripugnante per l'Emilio. Questo è stato il mio pensiero, questa era la mia unica verità.

Le mani sudate, i vestiti rattrappiti sulle membra stanche, i capelli informi. Il viaggio è stato lungo ma la cosa che ricordo meglio è la sensazione di nausea che ho provato appena toccata terra. Tutto sembrava immenso, e io mi sentivo così infinitamente piccola guardando affannata tutte le donne che avevo intorno, mentre l'Emilio, con la sua innata praticità, cercava di capire cosa fare e come.

Era un inizio, oppure la fine?

I grattacieli sembravano colpirmi dall'alto, aggressivi, imponenti, disorientanti, il freddo raccapricciante. Il mio cappotto logoro non riusciva a mantenermi calda e continuavo strabuzzare gli occhi sia per la sensazione di cascata che mi davano i palazzi, sia per la sensazione di caduta che provavo ogni qualvolta io guardassi l'Emilio. Avevo sempre la sensazione di perderlo in un solo istante. Sempre se mai mi fosse appartenuto, in qualche modo.

Mi sembrava che tutto fosse eccessivo, troppo verde o esageratamente alto, immerso in troppo spazio e che io fossi troppo piccola, con il cappotto sbagliato e le scarpe graffiate e l'Emilio invece così sicuro di sé, con quel sorriso obliquo e determinato e il suo americano arrabattato. Riusciva a comunicare, probabilmente lui si faceva capire a prescindere. Io no.

Quando siamo arrivati, nonostante tutto, pensavo che la nostra vita potesse realmente diventare come volevo. Mi sono lavata, ho messo la camicella bianca del corredo ricamato. Quando, sotto le coperte ruvide e aspre al contatto con la pelle ghiacciata, mi sono avvicinata all'Emilio, lui mi ha dato una pacca sulla spalla e mi ha detto *dormi*. Io non volevo dormire. Allora mi sono girata dall'altro lato, ho iniziato a guardare un punto indefinito dell'armadio, fissandolo ininterrottamente, sperando che mi distraesse. Alla fine, vinta dalle innumerevoli ore di insonnia e dalla stanchezza che grondava ogni molecola del mio corpo, mi sono addormentata continuando a pensare che tutto ciò che volevo era solo che lui mi guardasse.

E mi sono nuovamente interrogata se fosse l'inizio di un'avventura o la fine di ogni progetto al quale mi ero disperatamente aggrappata. E poi di nuovo, la notte seguente e quella dopo ancora, ho osservato le sue spalle morbide e ricoperte di nei e ho capito che qualunque cosa lui volesse sarei stata capace di costruirla. Potrei anche imparare a detestarlo, se è ciò che desidera.

Nel frattempo ci siamo stabiliti a casa di un cugino dell'Emilio che ci ha accolti con esagerata confidenza. La moglie è americana quindi non ci diciamo una parola. Hanno un figlio molto piccolo ed è una sistemazione momentanea.

Non sono qua per fare la balia ai figli degli altri però certo devo mostrarmi riconoscente.

Mio marito ha trovato lavoro, sempre nel suo campo ma in una piccola ditta, dove è ben considerato. Per lui è tutto semplice: esce la mattina, torna la sera e con il cugino bevono birra e ridono, mentre noi donne sistemiamo. A volte provo a cucinare io, qua non lo sanno proprio fare, ma mi scoraggiano, quasi non fosse importante mangiare come si deve.

Le giornate non passano mai. Non ho intenzione di imparare questa lingua, per me è difficile, voglio solo avere una casa mia e pensare a dei figli nostri. Eppure, sera dopo sera, mi sento sempre più affranta e con meno speranze.

Osservo l'Emilio a tavola con i suoi cugini, esplode in una risata contagiosa e azzarda qualche parola americana, le labbra ben definite e carnose mentre racconta giornate che sembrano essere arricchenti e rotonde. Le mie sgonfie, vuote e silenziose.

La cugina americana ci prova a farsi capire, ma fingo di non accorgermene. Aspetto solo la notte seguente, ogni notte, sperando che l'Emilio si degni di mostrarmi uno sguardo, se non un gesto che ci ricordi che siamo maritati.

A tratti penso che quella Giuditta si è infiltrata in ogni tessuto, in ogni molecola d'aria. Mentre altri giorni credo che sia solo il matrimonio a essere così e che forse cambierà.

Anche stanotte osservo la schiena dell'Emilio che si muove ritmica sul flusso dei suoi sogni vividi e stento a chiudere gli occhi.

In fondo c'è sempre tempo per naufragare a picco e per ora preferisco galleggiare placida e pensierosa a filo d'acqua.

In un qualche modo resterò a galla.

24 maggio 2018

LUEN

Mi sveglio con un gran mal di testa. La mia vecchia stanza ora sembra minuscola e precaria. Il letto ha la rete parzialmente rotta che rivela la sua fragilità a ogni movimento e il materasso è troppo morbido. Apro la finestra che affaccia sul cortile e vedo mio padre chino sul suo orticello. Mi intenerisce molto vederlo così ingobbito e vorrei scendere ad aiutarlo ma ora non posso. Devo trovare qualcosa da mettermi e uscire. Scendo con una t-shirt di *Beverly Hills, 90210* che, devo riconoscere, mi sta meglio ora di qualche anno fa, e lo vedo venirmi incontro.

«Ti ho lasciata dormire, ho pensato fossi stanca».

«Grazie papà ma sono le otto del mattino, non è poi molto tardi».

«Sono sveglio dalle cinque. Vuoi il caffè?»

Non ho voglia di combattere con le solite frasi tipo che ti svegli a fare all'alba non devi prendere il treno e mi siedo, aspettando che metta su la macchinetta.

«Vuoi della frutta per colazione?»

«Ehm, non avresti qualcosa tipo un plumcake?»

«Non abbiamo in casa queste schifezze, lo sai».

Parla al plurale nonostante io sia via da molti anni. Questo anche mi intenerisce, ma non posso soffermarmi su questo pensiero ora.

«Va bene della frutta, quella che hai. Senti, devo andare dal padre di Eva, ti ricordi come si arriva?»

«Ma sei impazzita? Da quell'ubriacone? Che ci vai a fare?»

«Devo parlargli, papà, mi puoi aiutare?»

Mi osserva perplesso, rallentando i movimenti, promette però di darmi le indicazioni che mi servono.

«Ha chiamato tuo marito, prima», dice distrattamente mentre io sobbalzo.

«Ha chiamato? E che voleva?»

«Non so, ma tu lo capisci quando parla?»

«Ti prego papà, smettila».

«Dice che avevi il telefono spento e che stava andando in ufficio. Ma vi parlate ogni tanto?»

«Era spento perché dormivo. Ora non ho tempo».

Finisco il caffè e lo bacio sulla guancia. Profuma di canfora e saponetta all'olio d'oliva, la sua preferita. Vorrei restare con lui altro tempo, ma non ne ho. Mentre si lamenta da solo parlando del mio matrimonio, della fretta e del fatto che mangio sempre la frutta piena di conservanti dei supermercati, raccolgo le mie cose e salgo in macchina. Seguo le indicazioni di papà, in realtà non è difficile arrivare in quella casupola arroccata. Una strada semideserta che a prima vista appare arida, nonostante l'estate in arrivo, prima di aprirsi a una distesa boschiva ricca di altissimi cipressi. Adoro il paesaggio della mia zona. Adoro l'accento delle persone, l'accoglienza, il cibo.

Sono certa che il padre di Eva sarà in casa, lo ricordo vagamente come un signore sbandato e senza lavoro da una vita. Mio padre dice che non si fa mai vedere in paese e non fa mai la spesa, quindi non sa come vive. Mentre raggiungo il bivio che mi è stato indicato lo immagino come il nonno di Heidi ma so che questo è frutto della mia fantasia. Non credo che in questo caso ci sarà troppo calore ad attendermi. Parcheggio e scendo dall'auto mentre un cagnolino mi viene incontro, un terrier credo. È sporco e appena mi vede si lancia in un appassionato corteggiamento per farsi coccolare. Mi intenerisce ma non devo farmi distrarre.

Langhirano mi ha detto che il padre di Eva sarebbe partito per Modena a breve. L'appartamento è all'interno di un gruppo di casupole altrettanto degradate e fatiscenti. Prati incolti e cancelletti arrugginiti semiaperti accolgono i visitatori, che immagino siano rari. Un tizio si affaccia dall'appartamento adiacente a torso nudo e mi grida se sto cercando Giordano. Dico di sì, che cerco il padre di Eva.

«Vedi di urlare che sennò non ti sente. Ma non ha figli, Giordano».

«Sì, ha una figlia. L'aveva almeno».

«Ah non lo so, sono cose sue. Senti, sistema quel cane, muore di fame».

Lo fisso negli occhi scuri e immobili, ed è così innocente che mi chiedo come si possa far morire di fame un cucciolo così.

«Io non mi intendo di cani», rispondo «non so nemmeno che mangia».

«Che ne so, qualche avanzo. Comunque strilla forte e vedrai che ti apre».

«Come si chiama? Il cagnolino come si chiama?» Urlo, prima

che il tizio seminudo sparisca dalla mia vista.

«E che ne so io, mica ha un nome. È un... come si dice, anonimo».

Mi abbasso e gli scompiglio la testa, è delizioso. Lo prendo in braccio e inizio a gridare per farmi aprire.

Nessuno risponde. Entro con il cagnolino tra le braccia passando per il cancelletto arrugginito e mi chiedo come sia possibile che non abbia l'amuchina con me.

Nessuno si fa vivo, sbircio dalla porta finestra e lo vedo che sta guardando la televisione buttato sul divano con una birra. Busso, lui sembra non sentirmi, così inizio a gridare e il cagnolino abbaia. Certo, vocetta ne ha il cucciolo.

Alla fine l'uomo sul divano si alza flemmatico e viene ad aprire, più svogliato che mai. Occhi infossati, capelli radi, spettinati e unti, un naso eccessivamente pronunciato. Non vedo nulla della mia amica.

«Cos'è 'sta confusione?», esordisce scocciato.

«Scusi il disturbo, sono un'amica di Eva. In realtà la sua migliore amica, e avevo bisogno di parlare con lei. È suo padre, giusto?»

«Così dicono». Mi fissa. Emana un fetore terribile, indossa una maglietta bianca ingiallita e piena di buchi e dei pantaloncini acetati che sembrano provenire direttamente dagli anni ottanta. Non sembra intenzionato a lasciarmi entrare. E forse è anche meglio.

«Possiamo parlare?». Mostro una certa sicurezza, perché so che se non appaio convinta non mi darà credito, «avrei bisogno di farle qualche domanda».

Esce sul giardino incolto e siede su uno sgabello che ha perso tutta la vernice e mi guarda.

«Devo andare a Modena. Per vedere se quella è Eva. Ma che, non lo sanno già?»

«Credo che sia obbligatorio, che sia la prassi».

«Ah, la prassi», sbuffa guardando il vuoto «capirai, stiamo freschi allora», e inizia a camminare inquieto, toccando con la punta delle dita ogni pianta secca che vede.

Poggio il cane a terra, che mi resta incollato alle caviglie e cerco di capire quest'uomo che ho davanti. Ora barcolla un po', si allontana mentre parla, tutto sembra infetto, soprattutto lui.

Riprovo: «So che non avevate rapporti da molto tempo».

Si accende una sigaretta e aspira molto lentamente il fumo. Sembra distaccato, come se non fosse qui. Continua ad arretrare con dei passi impercettibili per tornare verso il suo sepolcro.

«Non s'inventassero che l'ho ammazzata io, a quella. Erano anni che non la vedevo, chissà che vita faceva».

«Era una bravissima ragazza». Questo essere infimo mi fa barcollare. Tutto sembra asimmetrico e asfissiante.

«Ah, era una bravissima ragazza, allora come mai non aiutava il suo povero padre se era tanto brava?» Stringe la sigaretta forte tra le dita ingiallite e mi accorgo che anche gli occhi sono gialli. «Forse così brava non era».

Vorrei rispondere che forse tu non ti meritavi niente, ma devo controllare la mia rabbia.

«Sa che è stata assassinata?»

«Mica sono stato io. Chi l'ha fatto avrà avuto i suoi motivi. Io non so niente».

Sento la bile risalirmi dentro velenosa ma provo di nuovo a controllarmi. Respiro. Insisto.

«Da quanto tempo non la sentiva?»

«Che ne so, una vita».

«Ma quando era piccola viveva con lei?»

«Abbiamo vissuto insieme fino a che la madre, che secondo

me era della stessa pasta della figlia, mi ha buttato in mezzo alla strada e mi sono dovuto arrangiare. Brava pure quella. Adesso devo andare a Modena, chi mi paga il viaggio, tu lo sai?»

«Non ne ho idea. Mi può dire qualcosa di Eva? Qualsiasi cosa che le viene in mente, per favore».

«Era come la madre. Una menefreghista. Da piccola sembrava chissà che invece hai visto che fine ha fatto».

«Sì, la fine che è stata assassinata. Uccisa, ha capito? Uccisa!», non posso più contenermi, sono piena di rabbia «Ma che mostro è? Stiamo parlando di Eva, una persona incredibilmente speciale! Se la odiava così tanto, chi mi dice che non l'abbia uccisa proprio lei?»

Oh-oh. Forse ci sono dei momenti – che non riconosco mai per tempo – in cui dovrei semplicemente stare zitta.

Giordano si alza e tira un calcio alla sedia, non maschera più nulla, né il risentimento né il fastidio, e mi fissa con due occhi scavati, neri come la pece, apre e chiude la mascella e lancia la sigaretta accesa verso il cagnolino, come se mi volesse avvertire che non ha certo paura di una come me. Grugnisce rancoroso mentre il cucciolo emette guaiti terrorizzati e si incolla alla mia caviglia. Mi chiedo davvero se possa avere ucciso sua figlia, e quegli occhi infuocati mi fanno credere che la persona che ho davanti possa essere veramente capace di tutto.

Si avvicina, sento il fetore del suo alito, degli abiti, l'odio che traspira da ogni poro e pericolosamente si accorcia lo spazio tra di noi; l'aria limpida viene inghiottita mentre scelgo di non arretrare, perché devo capire fino a dove può arrivare un essere così ignobile da non pensare neanche per un istante alla figlia appena uccisa e mi accorgo di non avere paura. Io non ho affatto paura. «Fate la cosa più bella di tutte, levatevi dalle palle», e ci fissiamo, immobili.

Capisco immediatamente che il plurale è riferito al cagnolino ma non lo avrei lasciato neanche se me lo avesse chiesto. Lo prendo in braccio senza smettere di guardarlo mentre l'atmosfera inclemente, indocile, si appesantisce intorno a noi.

Mi allontano arretrando ed esco da quella casa degli orrori, così sporca e non solo esternamente, provo a fissare tutti i dettagli nel caso in cui qualcosa mi fosse utile: tutto appare putrido, desolato, decomposto. In un tempo che sembra infinito arrivo alla mia auto, entro dentro acquistando una velocità improvvisa e chiudo le sicure. Il piccolo anonimo mi fissa con gli occhi giganteschi e pieni di speranza e mentre giro la chiave per partire mi rendo conto che mi tremano le mani e le gambe e che sono sul punto di collassare, ma prima di cedere a qualunque tipo di emozione devo mettere in salvo il mio piccolo amico, e anche me. Mentre faccio retromarcia sul terreno sdrucciolevole vedo quegli occhi rabbiosi che mi fissano infuocati attraverso la porta finestra, mentre con una mano stringe con prepotenza una lattina di birra che cede arrendevole sotto la pressione.

1977

GIUDITTA

Gli anni passano ma quando mi guardo allo specchio sul mio volto non sembra essere trascorso un solo giorno. Caterina e io siamo meno sole grazie a Patrizia, che trascorre moltissimo tempo con noi, e così le giornate procedono quiete. È tutto semplice e genuino, ho abbellito il piccolo appartamento con centrini ricamati ogni sera, sferruzzando con mani veloci, cercando di rendere il più accogliente possibile la nostra casa. Caterina ormai lavora quasi a tempo pieno presso la merceria. La proprietaria adesso è anziana e grazie ai miei consigli riesce a prendere i filati migliori al prezzo più vantaggioso. Patrizia cucina, la sera porta sempre un dolcetto da dividere con noi. Sembra finalmente che la vita scorra più serena, anche se Caterina ha perso la testa per il nipote della signora della merceria, Mariano. Ma è sposato da tempo, e lei non osa ricambiare gli sguardi furtivi che le vengono rivolti quando lui compare in negozio. Non ne parla facilmente ma io so tutto delle mie sorelle, so osservare bene.

Linda, che non è riuscita ad avere figli, ogni domenica organizza un pranzo luculliano in onore della famiglia d'origine. Il suo affetto lo sento immutato e spesso mi offre dei soldi per farci stare meglio ma ovviamente rifiuto. Non voglio accettare nulla che non provenga dal mio lavoro.

Una mattina, andando alla fontana con Caterina, mi sento osservata con eccessivo cinismo dalle mie compaesane e mi chiedo il perché di questa insistenza negli sguardi generalmente indifferenti. Il motivo è che quel giorno, dopo molto tempo, si rivede in piazza Santi Anna, nuovamente in ghingheri.

Come al solito, appena ha l'occasione di parlare di sé lo fa con quella grinta indisponente che a mio avviso mal cela insicurezze e timori. Cammina imbellettata a festa e narra del proprio prodigioso figlio, che ha così tanto lavoro da non poter pensare a un ritorno.

Vengo intorpidita dal cianciare di Anna e la sento dire a una vicina *perché lui vuole fare davvero il padre, non come certi altri che invece... Si è preso il suo tempo ma adesso avremo il nostro erede. Liliana è incinta.* Vedo che punta gli occhi sporgenti e socchiusi nella mia direzione, ma fingo di non vedere e vado via, mentre Caterina parla di crine e filati.

Non sono più difettosi, quindi.

Liliana è incinta e Emilio diventerà padre. Per un istante il terreno sembra instabile ma si riassesta velocemente. In fondo sapevo che sarebbe accaduto e ho sempre pensato che Emilio fosse tagliato per diventare genitore, cosa che di me non ho mai pensato.

I loro corpi arruffati per concepire, sia pure una volta, due volte, cento volte, mi penetrano come spilli roventi ma riprendo il controllo. Io so bene cosa c'è stato tra noi e lui mi ha accantonata per la sua donnetta sciapa, quindi che ora se la veda da solo, e affoghi pure nei suoi vuoti. Io so.

So anche di aver fatto le mie scelte, che non mi pesano affatto. Patrizia e io abbiamo stabilito un legame profondo e la mia amica non mi trova poi così complessa. È riuscita ad andare oltre l'apparenza e mi considera come una lupa solitaria che può attaccare ferocemente per la propria sopravvivenza ma nello stesso tempo si adatta e sa essere scaltra. Ormai mi conosco bene, sono selettiva, orgogliosa, magari sarò selvatica come dicono, ma sono abituata a nascondere ogni dolore e piuttosto lo vivo con un profondo ululato solitario. Perché è solo mio.

Ma Patrizia riesce a scorgere tutto quello che c'è dietro questo dolore. Per questo mi sono affezionata sinceramente a lei. Non mi importa dell'apparenza, io voglio essere amata per come sono. So che sfiorandomi a volte vede qualcosa del mio futuro, ma ha imparato a tacere perché sa che non apprezzo parlare del domani, né del tempo andato.

Stasera però, mentre ricamo accanto alla stufa, si è fermata a fissarmi. So benissimo che ha avuto una delle sue visioni e lei sa altrettanto bene che non deve farmene parola. Sciocchezze da fattucchiera, una donna così intelligente come lei che a volte cade in questi tranelli delle menti umane più deboli.

Non si arrende, però, e si avvicina cercando il mio sguardo.

«Sai», mi dice sfacciata «ti ho appena *vista*. So che la mia visione è improbabile, ma ti ho vista seduta a sferruzzare come fai sempre».

«Questo è improbabile?», chiedo sinceramente sorpresa.

«No, lo è il fatto che fossi in evidente stato di gravidanza. Sai, magari è il mio desiderio per te, che il tuo cuore possa aprirsi nuovamente all'amore, un amore che vada oltre te stessa».

Un silenzio invadente e inusuale si staglia tra noi, continuo il mio lavoro come se lei non fosse più qui. Dopo pochi minuti si alza e se ne va.

GIUDITTA

24 maggio 2018

MAGGIE

La tizia mi risponde velocemente. Già la immagino, una tipa da Instagram, senza figli e senza marito, in forma perfetta. Purtroppo mi ha dato appuntamento a Montesacro, che per me è come dire Torino, ma non posso perdere la possibilità di parlarle. E anche lei sembra non averne alcuna intenzione. Evidentemente non sono l'unica a voler capire qualcosa di più di tutta questa storia, anche se lei pensa che io sia Tommaso. Ma il fine pare che giustifichi i mezzi. Così dicono.

Arrivo con grande fatica sulla Nomentana, una strada gonfia di traffico e alberata, accosto nel quartiere pieno di locali e parcheggio. Mi guardo nello specchietto e sono un fantasma. E pensare che sono stata sempre una che non guidava se non in strade conosciutissime, ora invece mi trovo a cantare a squarciagola per controllare l'ansia in una strada mai vista, con mio marito che forse è un assassino. Come cambia la vita, rifletto con ironia.

Arrivo al luogo dell'appuntamento, ci sono due caffetterie adiacenti e lei mi ha scritto di vederci alla prima, quella con i tavolini verdi all'aperto.

La riconosco subito. Mi aspettavo una ragazza patinata invece sembra piuttosto alla mano. Bella e magra, ma alla mano. Indossa una maglietta che sembra uscita dagli anni novanta, occhiali da sole enormi e una borsa Prada che non passa inosservata. Ma nell'insieme, con la T-shirt *Beverly Hills, 90210,* i leggings e le converse, è deliziosa. Cavolo, non sembra più piccola di me, eppure io sembro nonna Abelarda. Mi avvicino fissandola, lei con uno spiraglio di sole che le illumina la pelle sembra uscita da una serie tv. Tipo *Elìte*. Ecco, forse la inizio a detestare.

«Ciao, Luen», dico in un sussurro, ma non mi sente, quindi alzo la voce e lei sobbalza.

«E tu chi cavolo sei?» Sembra allarmata, un pizzico infastidita e mi guarda come se fossi un fenomeno da baraccone.

«Ehm, io, ecco, sarei la moglie di Tommaso. Ti devo parlare». Fingo una sicurezza che scema veloce con il procedere delle parole.

«Oh mio dio», un po' scocciata «ma perché sei qui?» Sgrana gli occhi e penso che forse ho esagerato ma io davvero devo parlare con lei.

«Scusa, ma non me ne andrò finché non parleremo. Ho bisogno di parlarti. Ti devo dire delle cose e poi non ho nessuno. Per parlare, intendo. Io non ho nessuno».

Sospira come se si fosse arresa e mi chiede se voglio fare un aperitivo.

Resto imbambolata, dico che forse è un orario strano per l'aperitivo, lei sorride e mi risponde che dopo le dodici ogni orario è perfetto e ordina due Franciacorta. Mi sembra di essere in una caffetteria con una cheerleader mentre io sono l'amica nerd. Peccato che io non capisca nulla di PC e non abbia nemmeno i social.

«Di cosa volevi parlarmi?». Mi fissa dopo aver dato un generoso sorso al suo calice.

Mi devo fare coraggio. Ci penso un attimo, rifletto, valuto.

«Io non lo so se Tommaso ha ucciso la tua amica. D'istinto direi di no, ma ho trovato delle cose che mi fanno dubitare». Ora ho tutta la sua attenzione e mi fa cenno di proseguire. «Sono riuscita ad accedere alla sua pagina facebook e ho trovato le mail che ha mandato a Eva». Mi interrompe subito e mi dice che hanno sequestrato tutti i dispositivi e sembra dubitare di ciò che dico.

«I miei figli hanno qualche difficoltà. Ansia, iperattività. Abbiamo comprato per loro un piccolo tablet al quale si può accedere soltanto con il wi-fi, non ha scheda. Per facilitare le cose abbiamo lasciato la memorizzazione automatica delle password, tanto erano soprattutto siti didattici. Io non uso social, non ho tempo». Mi osserva con attenzione mentre spilucca le patatine arrivate con l'aperitivo.

«Sei così magra pur mangiando patatine? Cioè, tu mangi patatine?» Non posso fare a meno di chiederlo. Aggrotta le sopracciglia e alza le spalle e capisco che veramente pensa che io sia una pazza. «Mi devi scusare, ho qualche problema con il mio corpo, ultimamente», e una lacrima mi scende involontariamente sul volto. La asciugo con il dorso della mano, sentendomi patetica.

«Ascolta, *cosa* di Tommaso», non so nemmeno il tuo nome e non penso mi importi «per me Eva era come una sorella. Io non ho tempo da perdere, non ti posso fare da balia. Quindi ti prego, dimmi esattamente cosa mi vuoi dire e comunque sì, mangio patatine. Soprattutto quelle alla paprika».

La sento così aggressiva e distante, mi chiedo come abbia potuto essere una così grande amica di Eva, tutta cuoricini e anime gemelle. Io vedo una ragazza indisponibile e indisponente. E che si strafoga di patatine.

«Ho letto le loro mail», decido di andare dritta al punto «e okay, facciamo che Tommaso si era infatuato. Ma in quelle missive c'è un particolare. Con l'avvicinarsi del concerto diventano sempre più intimi e Tommaso chiede specificatamente delle notizie sui familiari di Eva. Lei risponde e a sua volta fa delle domande. Tommaso non ha molto da dire sulla sua famiglia, e cosa fa? Racconta della mia. Il fatto è che sono dettagli davvero specifici, cose che soltanto lui può conoscere. Spostamenti dei miei genitori, particolari su mio padre, crisi che hanno avuto. Sembrava volesse farsi compatire. Ma io credo che quei messaggi li abbia spediti lui, purtroppo».

Mi osserva, è riflessiva. Tutto sommato non mi dispiace, nonostante i picchi di antipatia. È diciamo... sarcastica, credo che si dica.

«Tesoro, tutti ormai abbiamo letto le loro *mail*, come le chiami tu. Riconosco al tuo fidanzato un discreto *storytelling*, in effetti».

«Marito, veramente», sottolineo.

«Sì vabbè. Perché sei qui ad accusare tuo *marito*? Per quello che ti ha fatto? Anzi, che non ti ha fatto, perché sappi che lui alla fine con la mia amica non ha fatto proprio niente».

«Non è per quello. È per capire meglio la persona che ho avuto accanto per tanti anni. Vorrei che tu lo vedessi per avere la tua impressione».

«La mia impressione?», sobbalza sprezzante «E chi sarei, la tua confidente? Sai quanto me ne importa dei tuoi problemi di coppia? Hai presente zero?»

«E comunque l'ho visto, Tommaso».

Mentre il mio cuore perde un battito si avvicina un ragazzo allarmato dal tono di voce di Luen e lei, con il flute di prosecco in mano, si alza facendomi segno di aspettare. Li osservo come una scena di un film. Lui è preoccupato, la avvicina afferrandole dolcemente la vita. Una vita che così piccola la avrò avuta più o meno quando avevo sette anni. Le chiede se sono un'altra amica sconosciuta di Eva.

Luen abbassa il tono ma mi arriva tutto della conversazione.

«Macché. Non ci crederai mai. Questa è la tipa del tizio che scriveva a Eva, ma ti rendi conto?»

Davvero di cattivo gusto definirmi così. Lei prosegue sempre più sfacciata e urtata: «Sai quanto me ne frega dei loro problemi di coppia? Adesso mi confiderà che la loro vita sessuale era deprimente e monotona, facciamo al tre, due...»

Lui prova a calmarla e le accarezza i capelli.

«Comunque ti dirò», sostiene con più calma «che è meglio lei di Gatsby. Ha del potenziale, lui no», decreta con un'altissima dose di sicurezza.

«Ma Gatsby sarebbe l'innamorato immaginario?», chiede lui perplesso e curioso.

«Sì», risponde Luen «e mi ha fregata perché ora lei sta qua mentre io pensavo di trovare Tommaso per capire qualcosa in più».

Fa spallucce e torna da me come se finora fossi stata a chilometri di distanza.

«Scusa mi dicevi che hai visto Tommaso?», chiedo con un tono leggermente più alto di ciò che credevo.

«Sì, l'ho visto, al volo, mentre veniva interrogato dal maresciallo».

«È stato interrogato... non so niente di lui», affermo, senza aspettare una risposta.

«Ma quello è il tuo ragazzo?». Indico il tipo del bar.

«Ma chi, Harry Potter? Ma ti pare?»

«Senti, ma Eva ti somigliava, cioè eravate simili in un qualche modo?». Non resisto, devo chiederlo.

«Macché. Era centomila volte meglio di me». Aggrotta le sopracciglia e prosegue: «Se hai finito l'interrogatorio ti dico quello che ti interessa sapere. Sì, ho visto Tommaso. Mi è sembrato un tipo abbastanza anonimo, non so proprio cosa ci abbia trovato la mia amica. Anzi lo so: *niente,* perché non si sono mai visti», e virgoletta con le dita ciò che dice «e mi domando anche cosa ci abbia trovato tu! Devi dimagrire un po', e allora? Devi darti una calmata, sicuramente, ma mi sembri decisamente migliore di lui sotto tutti i punti di vista. Fai shopping. E cambia colore di capelli, questo rossiccio ti sbatte».

Rispondo piccata che è il mio colore naturale e lei mi guarda come se avessi detto un'eresia: «E allora? Cambialo. Senti, *cosa* di Tommaso, adesso vado via, trovati un'amica. Ah, ti lascio le patatine», dice con una smorfia.

Sgranocchiando si alza e se ne va dando un ultimo sorso al suo Franciacorta e ammiccando a Harry Potter.

Io non sono la *cosa di Tommaso.*

Io non sono una *cosa.*

Io non sono *di Tommaso.*

Io sono Maggie.

23 settembre 1981

LILIANA

Ho dato alla luce una bambina nel mese di giugno e l'Emilio ha voluto tanto che la chiamassimo Margherita, per sottolinearne la bellezza e il candore della carnagione. La verità è che quando mi è stata poggiata sul grembo, dopo ore di travaglio, io la vedevo solo oscura e imperfetta. Non c'era traccia di luce. Ma forse sono stata poco lucida e ho accettato il nome.

Ricordo che ha starnutito. Quando lo ha fatto ho pensato che da un rapporto così incompleto tutto sommato avesse preso vita qualcosa che poteva completarsi da sé. Poteva starnutire, poteva piangere, aveva una sua autonomia. Era diversa da sua sorella, ero preparata al travaglio ma non lo ero ai suoi occhi puliti e incontaminati.

Margherita, in fondo, le si addiceva.

Certamente le avrei spiegato, nel tempo, che ci sono tanti modi per raggiungere i propri obiettivi e non sempre questi includono un uomo, non nel modo che speriamo. Ho lavorato molto sull'Emilio, credo che alla fine si sia semplicemente arreso. La mia fermezza lo ha sicuramente messo in difficoltà. Pensava che avrei mollato, ma no, io non mollo mai. La mia costanza nel non cedere alla fine lo ha fatto desistere. Lui non aveva scelta, capirlo ha aiutato tutti noi. Ricordo ancora la notte in cui è stata concepita la nostra primogenita. Aveva bevuto, sembrava cedevole e fragile. Mi sono avvicinata e gli ho detto che potevamo avere molto di più. Bastava saperlo afferrare. Mi ha guardata, valutata. Non sarò stata attraente ai suoi occhi ma di sicuro ero una donna che era lì per lui. Ricordo che si è voltato lentamente, ha soppesato le parole aggrottando leggermente le sopracciglia. Con gli occhi più verdi che mai, brillanti e lucenti, mi ha detto:

«Ti andrebbe bene anche così?»

«Mi andrebbe bene anche così», ho risposto placida.

Le persone deboli come lui alla fine cedono. Io sono forte e non ho voluto mollare. Ora so che l'amore romantico non esiste e lo insegnerò alle mie figlie. Ma sto bene, tutto sommato sarebbe stato troppo laborioso. Amare tanto è impegnativo, è sgretolante, ci stratifica in tanti livelli che diventano inaccessibili persino a noi stessi.

Rispetto all'altra figlia Margherita è sempre vestita con cura, l'Emilio ne sembra profondamente innamorato, e la piccola ha dimostrato subito di avere un'indole diversa rispetto alla sorella. È dolce e piange poco, quasi tema di disturbare.

L'alba è il momento che preferisco, quando il cielo assume un colore fiabesco e avvolge il silenzio sottile e sfuggente. Mi siedo con la tazzina di caffè e aspetto che tutti si sveglino, mi sembra di essere in pace con me stessa. So perfettamente che sono arrivata, a fatica, dove volevo, ma sono anche consapevole dei luoghi dove non potrò arrivare mai, per esempio nel cuore di mio marito. Non mi sono mai piaciute le donnette che si struggono d'amore, visto che è una cosa tanto passeggera. Inizialmente l'Emilio mi aveva ammaliata ma con gli anni non sento più alcun trasporto, se non quello della sicurezza economica e della stabilità familiare.

Vivere in America adesso non mi dispiace ma continuo a preferire il mio paese, dove posso parlare con facilità senza rischiare di non essere capita e passeggiare in un clima più mite e gradevole. Inoltre gli americani hanno cambiato i nostri nomi, e mentre l'Emilio si è adattato, anzi lo trova divertente, a me non va affatto bene. Liliana è un nome che mi piace molto e vederlo modificato non mi rende felice, è come se mi strappassero dalle mie origini, dalle radici con il mio mondo.

Margherita cresce ed è una bambina solare e pacifica mentre la sorella, che ormai ha cinque anni, si dimostra sempre più intrattabile e selvaggia.

L'altro giorno, dopo aver messo nel lettino la più piccola, ho sorpreso la più grande che, credendo di non essere vista, provava a soffocare la sorellina chiudendole il naso con le dita e mettendole un pupazzo nella bocca. L'ho giustificata come banale gelosia tra sorelle e non gli ho dato troppa importanza, eppure ne sono intimamente rimasta scossa e ho deciso di sorvegliare meglio le bambine. Certo non ne parlerò con nessuno perché non sta bene, ma starò più attenta.

Tornando a casa con le piccole dopo una passeggiata trovo l'Emilio, già rientrato. Mi piace la mia casa adesso, è solo mia, e ho un piccolo giardino dove coltivare aromi da utilizzare in cucina. Devo sempre inventare qualcosa perché la grande non mangia nulla. Il tetto spiovente e il mio orto sono le cose che amo di più. Per la prima volta non sorride vedendo le sue figlie, ed è in anticipo sull'orario del rientro.

«È morto il mì babbo, devo tornare».

È stato un colpo per me. Non mi piace che mio marito torni da solo, ma come faccio con Margherita, così piccola? Un viaggio simile non lo può affrontare. Ma non posso pensare che torni a casa senza di noi, senza dare sfoggio della sua famiglia, alla mercé della Giuditta.

Ma non credo di avere altra scelta.

Mi guarda con gli occhi liquidi e lattiginosi, come se volesse essere consolato.

Il solito egoista, qua l'unica da consolare sono io.

LILIANA

24 maggio 2018

LUEN

Torno guidando per le stradine incerte appena fuori dal paese. Sono tante le cose sulle quali riflettere.

Innanzitutto l'incontro con la *cosa* di Tommaso mi ha urtata un po'. Non per lei, però tutta quella lagna non è per me. E poi mi ha ingannata, anche se tutto sommato la capisco. Si è trovata catapultata in una situazione assurda, è vero, ma le responsabilità sono anche sue, anche se c'è qualcosa in lei che non mi dispiace affatto. Un feeling che fatico ad accettare, credo. Certo, a causa sua ho perso tantissimo tempo con Anonimo, mi preoccupa averlo lasciato con mio padre. Chissà che avranno combinato quei due, non ci posso neanche pensare.

Accelero giusto un po', per sbrigarmi a tornare a casa, e cerco di contenere l'ansia.

Mi rendo conto di essere sconvolta e provo ad assorbire tutta l'aria che posso. Dentro, fuori, sotto stress dovrebbe calmarsi il mio respiro. Invece ancora non si calma. Poi rifletto sull'incontro precedente: c'è davvero molto che non mi quadra del padre di Eva. Ma come è possibile che non fosse affatto sconvolto? È una persona riprovevole. Nulla che ricordi la mia amica.

Arrivo sgommando davanti casa di papà e come una saetta entro, lo trovo che sta sistemando un quadro mentre Anonimo sonnecchia su un plaid. Follia, sistema un quadro come se niente fosse, e lui dorme! Io grido che non ho tempo, deve dirmi del veterinario con urgenza, devo capire quanti mesi ha il cucciolo e cosa devo fare. Anonimo si risveglia dal suo torpore e inizia a correre come un forsennato mentre papà mi fissa e dice molto serio: «Non sono sicuro che tu sia in grado di tenerlo e comunque gli hanno messo una cosa chiamata microchip, adesso è nostro proprio».

«Ma che cos'è? Gli ha fatto male?». Cerco di capire sorvolando sul *nostro*.

Posa gli attrezzi da lavoro e prende questo fagotto tra le braccia che nel frattempo si è calmato. Si osservano per un istante, secondo me il cagnolino sa che da questo sguardo dipende il suo destino nella famiglia. Timidamente muove la lingua puntando i baffi di mio padre che lo tiene tra le braccia come se fosse una bomba pronta a esplodere da un momento all'altro. Riflette, entrambi sembrano riflettere. Anonimo muove leggermente la coda, un accenno, giusto per dare una leggera spinta per la sua causa, ma senza esagerare. È davvero intelligente. Sento già che ha preso da me.

«Ma quale male, mica è un cagnolino pauroso. Comunque pare che abbia sei mesi e sia un terrier ma non so altro perché il nome era difficile. E comunque puzza».

Non riesco a trattenere un sospiro di sollievo nel sentire notizie più precise di Anonimo, lascio tutti gli aggeggi acquistati per strada per lui, do un bacio sulla pelle ispida a mio padre e gli prometto che tornerò per cena, intanto ci sono varie pappe da dargli. Gli spiego cosa mi hanno detto al negozio di animali ma lui non sembra convinto di volergli dare roba piena di schifezze e conservanti.

Si ferma a guardarmi. «Tu non sei in grado». Io faccio spallucce.

Rifletto improvvisamente sul fatto che casa mia è tutta bianca e non sono certa che Lorenzo approvi questa storia del cagnolino senza discuterne ma ormai è fatta, è arrivato. Quando sono sulla porta mi accorgo che ciò che voglio fare non ha riferimenti.

«Papà, ti ricordi Stefano? Dove abita, è in paese?»

«Stefano di Patrizia? Sì, viene in paese piuttosto spesso, perché la moglie è ricoverata alla casa di cura che si trova sulla destra, al primo bivio prima di entrare in paese. Quella con lo spiazzo grande davanti, durante la sagra delle castagne tutti ci parcheggiano le automobili anche se non lo potrebbero fare. Di solito Stefano arriva il sabato e riparte il mercoledì, ma prima o poi resterà qua definitivamente. Non è più un ragazzino, anche se non lo riconosce».

«Ma il cognome... lo ricordi?» domando timidamente. Me lo urla mentre si allontana con il cucciolo tra le braccia. Mio padre è meglio dell'FBI, sta rintanato tutto il giorno dentro l'orto ma sa tutto di tutti anche se fa sempre finta di non sapere nulla.

Riparto più convinta che mai, anche se quando sto per imboccare il famoso bivio mi prendono alcuni dubbi. E se la mia presenza desse fastidio? Se fossero ammessi solo parenti? Comunque se voglio scoprire qualcosa in più su Eva, questa è l'unica strada che mi viene in mente. Non è una grande strada considerando la malattia di Patrizia, ma forse Stefano qualcosa saprà. Poi penso che dovrei mettermi a leggere tutte quelle pagine scannerizzate, e mi viene il dubbio se non ci sia un originale da qualche parte. E il foglietto lasciato accanto al suo corpo... non ricordo neanche bene cosa diceva, devo pensarci. Avrà un senso che mi sfugge. Infine pensavo di andare a trovare Gatsby, potrei fare la vaga e fargli qualche domanda. Però dovrei tornare a Roma e ora ho da fare qua. Non sarebbe un problema, ma dovrei affrontare Lorenzo che nel frattempo mi ha scritto cinquanta messaggi e a quanto pare ha anche parlato con mio padre. Troppe cose, mi manca l'aria. Ricapitolo: Patrizia e Stefano. Studiare il diario. Parlare con Gatsby. Queste sono le urgenze. Okay, mi sento leggermente più serena. Magari domani chiamo Gabriel. Potrei provare a capire se lui ha scoperto qualcosa. Suona male, ma il senso mi rassicura.

Guardo il casolare bianco privo di calore che mi attende, raccolgo tutte le mie cose e scendo dalla macchina, però stavolta non c'è la sagra della castagna a riempirmi i sensi di musica e colori. C'è solo un casermone bianco, spento, scialbo.

Entro nella struttura e un odore di disinfettante mi afferra i sensi, mi gira la testa. Provo a respirare il meno possibile, come se potessi trattenere dentro di me molecole di aria più pulita, senza essere contaminata. Al bancone c'è una ragazza vestita da infermiera, che sono convinta in realtà non lo sia, e le chiedo di poter vedere Patrizia. Lei sorride felice, dice che è bellissimo che gli ospiti ricevano visite, e che Patrizia si trova nella sala da gioco con il marito.

Vengo accompagnata per un corridoio e poi mi viene fatto il segno per proseguire da sola. Ma io dico, cosa mi sarà venuto in mente?

La sala del gioco sembra un asilo nido, dove invece di bambini ci sono persone anziane. Alcune di loro hanno lo sguardo spento, altre no. Una ragnatela reticolare si spande su volti, mani, ai lati degli occhi lattiginosi, a testimonianza della vita, di tanta vita che c'è stata. Vorrei sapere tutto di loro e vorrei sedermi per giocare con loro. Ma solo pochi giocano davvero, la maggior parte hanno davanti puzzle impossibili per loro da ricomporre, o carte con le quali è impossibile giocare. Mi faccio indicare da un'altra signorina dov'è Patrizia e me la indica; mi avvicino, molto a disagio. Stefano mi guarda, strizza gli occhi. Ricordo le poche foto che ho visto di loro a casa di Eva, sono esseri trasformati dal dolore, deformati da una vita che non è stata all'altezza di ciò che meritavano. Mentre mi avvicino osservo Patrizia, una donna di una bellezza potente e ora ritrovo un esserino su una sedia a rotelle che fissa il nulla con occhi languidi e vitrei.

«Stefano, mi deve perdonare se disturbo in un momento così intimo. Sono venuta per Eva».

«L'ho saputo, non si preoccupi. Sono molto addolorato, per noi era una nipote». Il suo sguardo è triste, mi fa cenno di accomodarmi su una sedia là vicino. Mi siedo e lo guardo negli occhi:

«È stata assassinata. Non so davvero con chi parlarne, mi sono accorta che ci sono molte cose che di lei non conosco».

«La polizia non sta lavorando?»

«Sì, ma preferisco capire qualcosa per conto mio. So che eravate molto legati. Che la madre di Eva era la migliore amica di Patrizia, che ha visto crescere Eva».

«Sì, è vero, ma adesso può esserci davvero di poco aiuto... articola le frasi in modo a volte incomprensibile e non sempre è lucida. Comunque poteva andare peggio, poteva progredire più velocemente».

Patrizia mi sorride.

«Patrizia, sono l'amica di Eva», tento, ma lei per risposta dice che Eva è bella, è vero che Eva è bella? Chi dice che non è bella?

Stefano mi sorride, un sorriso a metà.

«Sono stata a parlare con il padre di Eva», proseguo guardando Stefano, che mi ascolta con attenzione, quando Patrizia inaspettatamente si intromette e dice: «quale padre?»

Sgrano gli occhi, guardo Stefano che è diventato improvvisamente molto serio mi dice: «Forse è meglio spostarci e parlare con più calma».

11 ottobre 1981

GIUDITTA

Emilio è tornato.

La morte del padre lo ha richiamato in paese e tutti ne parlano. Ora è papà di due bambine ed è un marito. Le voci corrono, scorrono, inondano.

Provo a passare il meno possibile per Piazza Santi perché alla fine della stradina la sua bottega è ben visibile. Linda, con il solito tatto che la contraddistingue, mi ha detto che ha ripreso a lavorare duramente dopo il lutto e che forse non se la sente di abbandonare la bottega per tornare in America. Caterina invece ha sentito dire da Lidia che Emilio adora Margherita, così dolce, così piccola, che non riesce a distogliere il pensiero dalla meraviglia alla quale ha dato vita. Quando ascolto queste dicerie mi si accartoccia lo stomaco e tutto si aggroviglia, e non so neanche io spiegarmi cosa sento. Vorrei solo scappare via.

Così, per dissipare i cattivi pensieri, ho preso l'abitudine di inoltrarmi nel solito bosco. Gli attribuisco una forza salvifica, riesco a controllare meglio le mie riflessioni, lo stomaco si rilassa, i suoni mi rassicurano e gli odori mi avvolgono. Mentre passeggio, mi ritrovo nel luogo in cui incontravo Emilio. Forse voglio solo vedere cosa potrei provare, o forse voglio solo risentire tra le labbra morbide il sapore dei ricordi, vedere se ancora riescono ad attanagliarmi le viscere come un tempo. Purtroppo, appena vedo il lago, la vegetazione, il verde smeraldo, vengo catturata da un trasporto inconsolabile, una nostalgia vorace che sembra stia per inghiottirmi con ferocia. Nonostante sia già ottobre il clima è mite. Osservo gli alberi che sono stati tagliati, quelli che sono cresciuti rigogliosi e sfacciati, e i sassolini, alcuni allineati e altri sparpagliati. Sono seduta sul bordo di una radice quando un rumore mi fa sussultare. Muovo appena gli occhi, mentre provo a convincermi che lo sto immaginando, o sperando, invece lo vedo. L'immagine si staglia violenta e dispotica allo sguardo e capisco immediatamente di non avere via d'uscita.

Mi immobilizzo.

Emilio.

Ha passato i quarant'anni ma sembra più giovane. La sfumatura degli occhi è diventata più brillante con il passare del tempo e l'accenno del bianco sulla poca barbetta che tiene lo fa sembrare un piccolo adulto. Sa di essere attraente, lo ha sempre saputo.

Rimaniamo a fissarci per molto tempo.

Ci guardiamo ancora, e ancora.

Nessuno parla, nessuno sembra neanche respirare. Dopo un tempo dilatato nell'infinito Emilio si siede, cercando il contatto visivo che gli nego più che posso, e si mette a strisciare, non avendo neanche il coraggio di alzarsi, e spinge il suo corpo al mio cospetto.

A quel punto non riesco a evitare di porgergli la mano in segno di aiuto, così lui si alza.

Quel minimo impatto epidermico provoca una scossa elettrica che sembra invadere entrambi e senza adagiarci in convenevoli rassicuranti cerchiamo l'uno la bocca dell'altra, con avidità e ingordigia.

In un attimo diventiamo occhi, mani, pelle, calore, contatto, e senza trovare altro modo per unirci iniziamo una danza, cercando qualunque appiglio la natura ci possa offrire. Io trovo un appoggio su uno scomodo e nodoso tronco ed Emilio trova il suo equilibrio su un masso che accoglie le sue braccia affinché entrambi possiamo spingere l'uno dentro l'altra tanti anni di separazione, tante scelte che alla luce della maturità sembrano improvvisamente rivalutabili. Non stiamo pensando, nessuno dei due pensa. È un annebbiamento totale e sublime di ogni senso, e non c'è la possibilità che tale desiderio bruciante possa essere sopito se non spingendo ancora di più, con prepotenza e furia in un obnubilamento totalitario, un'eclissi imperante.

È quasi una sfida guardarci negli occhi per capire che non è stata trovata una soluzione, un'alternativa realmente valida, nulla che possa addomesticare la furia del nostro desiderio. Non parliamo. Non respiriamo. Ma quando tutto si placa, Emilio sussulta, e su una gota brilla una lacrima bruciante. Io con la saliva la sfioro, e finalmente il mio corpo e la mia mente si arrendono all'inevitabile.

Lo amo perdutamente, ma l'amore non è sufficiente.

L'amore non basta mai.

24 maggio 2018

MAGGIE

Sono devastata. Aver guidato tanto mi ha lasciato un senso di nausea. Ho chiesto ai miei se possono tenere i bambini, per questa volta. Di solito non li faccio dormire dai nonni, anche perché mio padre non sta molto bene, anzi, di recente non sembra neanche lucidissimo, e mia sorella è gelosa dei suoi spazi. Questa volta la mia emergenza matrimoniale li ha mossi a compassione e hanno deciso di accontentarmi. Mia madre li ha presi entrambi a scuola e se li è portati a casa. Poi mi ha chiamata e mi ha detto che comunque nel matrimonio bisogna essere flessibili, che non si manda all'aria tutto per una piccola debolezza. Le volevo chiedere se tra le piccole debolezze è compreso l'omicidio, ma ho deciso di lasciarla stare. Anche perché non ho tempo da perdere per discutere con lei. Ha una visione della vita di coppia che non ho mai condiviso. O forse sì, mi domando a questo punto. So che lei è passata sopra a molte cose per amore di mio padre e viaggiavano per ricominciare. Solo che ricominciavano molto di frequente. Mio padre era bellissimo da ragazzo mentre mia madre... beh, non molto. Ho preso da lui solo il colore degli occhi, e di quelli non mi posso lamentare, ma la corporatura e i lineamenti anonimi sono proprio di mia madre. Quando ero più piccola mi chiedevo come mai io avessi un papà così bello e una mamma così poco attraente. La vedevo grassissima, ma si sa che i bambini danno un senso e un'esagerazione alle cose che è tutta loro.

Sono finalmente a casa, quella che paghiamo ogni mese con un mutuo astronomico ma non voglio toccare niente. Voglio essere sicura di non contaminare nulla. Entro nella doccia bollente e provo a lavare via quel senso di intorpidimento che mi ha lasciato il prosecco. Mi accarezzo le forme morbide sotto l'acqua scrosciante, strizzo i capelli sfibrati, sfioro i capezzoli cupi. Forse potrei ancora pensare a me stessa, potrei ricominciare. Ma come? Da dove? Indosso la veste da casa più decente che ho e mi siedo sul divano morbido con un bicchiere di vino e la luce soffusa. Sono anni che lo volevo fare ma non è mai stato possibile perché non ricordavo neanche il mio nome. Rifletto, mi accarezzo i capelli.

Quella Luen, così fastidiosa. Ma anche magnetica, con questa ossessione della sua amica. Che si desse una calmata, non è l'unica ad aver perso qualcosa. O forse sì, in quel modo sì. Quell'amore così radicato, che ti spinge a fare di tutto, anche incontrare un potenziale assassino, e l'unica motivazione è che ami disperatamente una persona e non accetti di perderla.

Penso che vorrei mandarle un messaggio. È l'unica persona che tutto sommato mi ha trattata come un essere vivente normale, non come un'appestata informe da tenere buona, come hanno sempre fatto mia sorella o Tommaso.

18:44. A breve rientrerà dall'ufficio. Non so bene di cosa si occupi nel dettaglio perché non parliamo credo da almeno tre anni del suo lavoro nello specifico. Resto così, in attesa. È stato avvisato da mamma che dei bambini non si deve preoccupare ed è probabile che tardi ancora di più.

19:25. Ho appena finito il secondo calice di vino, vado silenziosa verso la camera dei miei figli, prendo il tabletto che è rimasto dove lo avevo lasciato e lo apro per scrivere a Luen.

Ciao, possiamo rivederci? Sono Maggie.

Ma esattamente che problemi hai?!

Ne ho diversi. Mi dai il tuo numero?

No, fatti una pagina tua.

Non potrò sempre usare questo account, me lo chiuderanno. Ho bisogno di confrontarmi con te. Non so con chi parlare.

Non saprei. Tipo tuo marito?

Non mi fido.

Senti ti lascio il mio numero ma non ti accollare. Io ti vedo che ti accolli.

Trattengo il respiro per un po' e alla fine arriva il suo cellulare, che copio avidamente sul telefono e su un post-it e per sicurezza gli faccio anche la foto. Continuo a bere vino.

20:18. Sento il rumore della chiave che gira nella serratura. Entra, tira la borsa da lavoro sulla solita cassapanca e si blocca. *Ta-dan.* Sorpresa. Non pensava certo di trovarmi qua.

Si muove lentamente, guardingo. Mi osserva, vede il vino e la bottiglia vuota per metà e aspetta.

«Perché sei qui come se fossi una ladra?»

«Forse perché è così che mi sento. Una ladra in casa mia. Bello eh. Con tutto quello che ci è costata».

«Beh, a te non è costata poi molto».

«Scherzi spero!», inizio a innervosirmi e mi alzo in piedi, rovesciando il vino sul tappeto «Mi è costato QUESTO! E questo, poi questo e questo e dimenticavo pure questo!». Urlo come un'ossessa indicando il mio ventre, i miei fianchi, il mio seno, tutto ciò che non riesco più a guardare o a sfiorare. «Ho fatto di tutto per renderti felice! Volevo lavorare e invece no! Non volevo fare l'ennesima inseminazione e niente! Mi spettavano i soldi di papà e nemmeno quel diritto sei riuscito a rispettare! E sai che c'è? Che a guardarti non sei nemmeno figo come ti ricordavo!»

Tommaso mi osserva come se stesse guardando una povera pazza.

«Pensi che per me sia stato facile?»

«Ma illuminami, di grazia, con le tue immense difficoltà!»

«Beh, sì, ti illumino, perché è stata una merda! Tu eri intrattabile, chiusa nei tuoi silenzi e nei tuoi problemi che *tanto tu non puoi capire*», e mi imita con le braccia e con la voce «ogni volta che ti proponevo qualcosa dicevi che i bambini erano stanchi o problematici o stavano per avere l'influenza e che cosa volevi da me? Dimmelo, cosa!»

Mi alzo in piedi e mi avvicino di più al suo volto perché mi rendo conto che non ho più paura di lui. Ma temo sia l'anestesia alcolica.

«Per esempio non volevo che mio marito fosse un assassino».

«Non l'ho uccisa io».

«Sì che lo hai fatto».

«Ho detto di no», grida «e non tollero che mia moglie possa solo pensarlo per un secondo!»

«Non sono più tua moglie».

«E da quando?»

«Da quando ho iniziato a pensare che tu sia un sociopatico

assassino».

Ha gli occhi iniettati di sangue. Sembra che mi voglia distruggere.

«Eri innamorato di lei?»

«No».

«Sei andato a letto con lei?»

«Assolutamente no».

«L'hai uccisa?»

«Non l'ho uccisa io, ho detto», scandisce le parole, lente, muovendo le labbra e sillabando la frase «Ora per favore levati dalle palle».

«Eh no, ti ci levi tu dalle palle. Non mi muovo da questa casa. Vado a dormire e tu arrangiati, dormi in camera di Sveva ma non ti avvicinare. Domani te ne vai».

«Sei ubriaca, ne riparliamo».

«Non sono ubriaca. Sei andato a letto con lei?»

«Ho detto di no».

«Eri innamorato di lei?»

«Non credo, no», con un moto di stizza lancia un calcio alla casa delle bambole, quella che ho tentato di ricostruire senza riuscirci «ma pensi che cambiando l'ordine delle domande io cambi risposte?»

Lo fisso negli occhi.

«Può darsi. E comunque di una sola cosa mi importa davvero. Se l'hai uccisa tu».

«Ho detto di no!». La risposta esce con un rantolo doloroso mentre scalcia contro tutto ciò che trova. Ma sono impassibile.

«Eri innamorato di lei? Sì o no?»

«Scusa se fossi stato innamorato di lei perché avrei dovuto ucciderla? Ma RAGIONI?», e si picchietta la testa con le mani «In quel caso avrei dovuto uccidere te, no?»

Io resto immobile. Cerco di capire se si è reso conto di ciò che ha detto e forse non mi interessa.

«Sei andato a letto con lei?»

«No! Ma non è possibile, vuoi mandarmi ai pazzi? N-O. Sai che vuol dire NO? Avevo chiuso».

«Perché? Non eri più innamorato di lei?»

Mi guarda perplesso e improvvisamente sconsolato sussurra: «Scusa ma da che parte stai?»

«Sai che non lo so più? Credo da quella della verità, e tu non me la stai dicendo. Non sembri neanche così contrito che la *tua ragazza* sia morta. Insomma sei un innamorato atipico. Cosa rappresentava per te?»

Forse lo prenderò sulla stanchezza.

«Una metafora».

«Scusa?», ora sono davvero basita «E questa dove l'hai sentita? Su *Dawson's creek*?»

Cammina avanti e indietro per la stanza. Sembra un leone in gabbia, sono certa che mi sta per attaccare. Io arretro leggermente ma continuo a fissarlo. Non ho paura di lui.

«Lei era la metafora, una specie di trasposizione di tutte le donne che non ho potuto avere. Di tutti i rifiuti, di tutte le volte in cui mi sono dovuto accontentare, di ogni ragazza desiderata e alla quale ho rinunciato».

«Ti sei accontentato di me?» La voce esce flebile, l'alcool sta scendendo, la stanchezza inizia ad annebbiarmi i pensieri.

«Non volevo dirti quelle cose, prima. Ma forse sì, ero innamorato di lei».

«Tanto lo sapevo. Ma non mi importa. Su tre domande era solo un sì che mi interessava davvero. Le altre erano per folklore. O per distrarti. Sono infinitamente stanca di te. Ah, una cosa volevo dirti, dispiace molto anche a me».

Mi osserva con un lampo di stupore nello sguardo. «Di cosa?», domanda curioso.

«Di averti sopravvalutato».

Salgo sfinita verso la mansarda, in camera da letto, e mi assicuro che la porta sia chiusa bene. Mi butto sul materasso morbido e sui cuscini colorati, decisa più che mai a dormire. Domani chiamerò un avvocato per il divorzio. Questo pensiero mi culla e chiudo gli occhi, consapevole che non sarà facile passare una notte come questa.

02:16. Credo di essermi appisolata, a tratti. Ora mi sento lucida, gli occhi spalancati e tremo. Ero abituata a tremare per il freddo quando assumevo ormoni, oppure a divenire improvvisamente madida di sudore nonostante fosse pieno inverno. Mi sento di nuovo così, vulnerabile, non più padrona dei miei sensi. Improvvisamente sento un fruscio. Non so spiegarlo, ma ho come la sensazione che ci sia qualcuno davanti alla porta della stanza. Il soppalco della camera da letto è diviso da pochi gradini dal resto dall'appartamento. Lo abbiamo fatto per cedere l'unica vera stanza da letto ai bambini, l'idea del soppalco è scomoda non poco. Affaccia sullo spazio dei bimbi, e di fronte c'è la cucina. Avevo pensato a ogni dettaglio per fare stare bene tutti. Tranne me. Tommaso si trova sul lettino di Sveva e rifletto che sicuramente i rumori sono frutto della mia fantasia. Starà dormendo. Provo a rilassarmi.

3:35. Sono certa di aver sentito un rumore. Il cuore mi martella nel petto, non riesco ad assorbire sufficiente aria per farlo decelerare. Sono terrorizzata, mi accorgo di stringere forte il bordo delle lenzuola. Non posso ignorare i passi e i rumori quindi decido di scendere.

Apro la porta e vengo invasa da una luce calda e artificiale e vedo immediatamente Tommaso seduto a terra, ancora vestito.

«Ma che succede?». La mia voce è flebile, nonostante volessi mascherare la mia fragilità improvvisa.

«Non lo so, dimmelo tu. Cos'è?». Mi indica il tablet dei bambini, e io rispondo che è quello che vede, cercando di apparire sicura.

«Perché lo hai fatto? Perché lo hai usato? Come puoi farmi questo?»

Mi avvicino lentamente, sento la sua furia ma non riesco a evitare il contatto con i suoi occhi, li sento ipnotici, sembra uno squalo, e stavolta mi attaccherà.

«L'ho trovato per caso e volevo sapere. So che hai scritto tu quei messaggi, li ho letti tutti».

«Okay, hai letto i messaggi, ci sta. Ma perché hai scritto a quella psicopatica dell'amica del cuore di Eva? Ma che ti ha detto il cervello? Quella mi tampinerà! È invasata, ma l'hai anche vista? Mi hai rovinato», e quest'ultima frase esce come il grugnito di una bestia in gabbia. Con uno scatto lancia il computerino sul tappeto e mi incolla alla parete, attaccandomi al muro con entrambe le mani, spingendo con foga sulla mia gola. Gli occhi sembrano più grandi, più lucidi, la sua saliva mi arriva al viso mentre prova a trattenere la sua evidente voglia di farmi fuori. Mi chiede perché lo voglio rovinare. Perché.

Io provo a respirare con il naso ma mi gira la testa.

Le mie dita scorrono fino al suo fianco è l'unico appiglio che trovo e inizio a stringere e stringo più che posso i lembi di pelle che ho afferrato e non mollerò io non mollerò finché lui non lo farà fosse l'ultima cosa che farò nella mia vita stringere più forte che posso la sua pancia i suoi fianchi non lo lascerò lo giuro io stavolta non mollerò sento le dita intorpidite infuocate ma non mollerò e lui lo sa lo ha capito che stavolta non cederò nonostante la vista annebbiata i sensi quasi sopiti e arresi la sensibilità svanita stringo e non mollo.

Io non mollo più.

Con un grido sovrumano si lancia via da me mentre precipito a terra, gli occhi iniettati di sangue e di terrore e di odio e di così tante cose che mi domando come è stato possibile farmi andare bene un uomo simile, che ora non riesco a decifrare e che mi terrorizza. D'istinto le mie dita scorrono sul mio collo, lo toccano, l'apnea non mi fa sentire lucida, inizio ad accarezzarmi la gola, cerco di sentire se l'aria scorre tra le corde vocali, se arriva al diaframma, se le molecole d'aria mi possono aiutare a sopravvivere. Mi accorgo di tremare e inizio a tossire, forte, sempre più forte e senza rendermene conto vomito sul tappeto.

Rigetto fuori da me tutto quello che ho accumulato, e continuo a vomitare e a prendere aria, e vomito, bile, vino, rabbia, rancore, paure, fivet, sondini, contrazioni, parole sbagliate e assenti, vomito tutta la mia vita ed esausta provo a prendere fiato, ma ogni volta che ispiro la nausea mi assale e allora mi arrendo e mi stendo sul tappeto, nei miei stessi fluidi.

Tommaso si accascia senza forze a terra, senza guardarmi, ripetendo non sono stato io.

Non sono stato io.

Non sono stato io.

Non sono stato io.

Non sono stato io.

Questa litania mi culla flemmatica, sento il corpo pesante, le ossa doloranti, la schiena spezzata, la gola in fiamme, le dita cocenti, le labbra arse, la vista appannata.

Mi trascino lentamente su per le scale. Tocco il letto quando lo raggiungo, come per sentire se davvero ancora esisto, se ci sono riuscita, se sono viva. Mi sdraio come se fossi in una bara, immobile, trapassata da tutti i miei pensieri e chiudo gli occhi.

05:10. Sgrano gli occhi, i rumori sono inequivocabili ma sono sollevata dal fatto che il mattino è ormai arrivato. Non ho mai atteso così tanto la luce del sole come in questa notte senza fine. Ora mi sento lucida, mi precipito di sotto come una furia e appena scendo i pochi gradini che mi separano dal piano terra devo strizzare gli occhi per mettere a fuoco. La casa è un disastro, sembra sia stata distrutta. Una vecchia fotografia, un tempo incorniciata a giorno, è infranta sul pavimento ora pieno di schegge e la foto sembra rovinata, come se qualcuno ci fosse passato sopra con violenza. Mi accorgo che altri album di foto sono stati sabotati, anche quelli più vecchi. Alcune foto non ci sono più. Perché Tommaso sarebbe arrivato a tanto? Muovo la testa da un lato, poi dall'altro, per focalizzare meglio. Non capisco se è stato lui o sono entrati i ladri. Ma per rubare cosa?

I miei passi sono incerti, il pavimento sembra friabile. Il tabletto colorato non c'è più, non tento neanche di cercarlo. So che non c'è più. E so che un'altra cosa è sicuramente sparita dalla mia vita e non mi sforzo neanche di guardare, perché lo so, percepisco l'ineluttabile.

Tommaso è andato via.

MAGGIE

24 maggio 2018

LUEN

Siamo scesi nella caffetteria. Stefano è un signore distinto, giovanile. Si avvicina molto quando parla, quasi temesse di non essere ascoltato. Fa delle pause, sorride, ricorda, pensa; è un groviglio di concetti che per la maggior parte del tempo rimangono inespressi. Mi trasmette l'idea di una bravissima persona con la quale la vita è stata inclemente. Ruota leggermente il capo quando si concentra, e nessuna parola è lasciata al caso.

«Eva era come una nipote per me, una ragazza splendida. Patrizia la adorava, ma da quando è venuta a mancare sua madre ci siamo frequentati meno. La loro amicizia era davvero speciale. Non so come spiegartelo ma Patrizia riusciva a vedere l'animo delle persone» e sorride, parlando di lei al passato.

Bevo un sorso di caffè lungo cercando di non interromperlo.

«Aveva una dote, sai. Non era una fattucchiera o roba del genere, era piuttosto un animo delicato. Sin da piccola aveva delle sensazioni quando osservava le persone. Quando ci siamo incontrati è stato facile perché lei mi leggeva dentro. Eravamo alla sagra del paese, e lei era bellissima. Accanto c'era la madre di Eva con sua sorella, una tipa insulsa che si portavano sempre dietro. Patrizia pensava che fosse troppo vecchia per l'amore. Che assurdità».

«Che anno era?»

«Era il 1981. Una vita insieme. Aveva 46 anni ma ne dimostrava molti meno. Si è avvicinata e mi ha detto che pensava non sapessi ballare ma che avrebbe potuto chiudere un occhio. Ero imbarazzato e ammaliato, non avevo mai avuto molto a che fare con le donne. Ero un vero impiastro!» Ride di cuore per la prima volta. «Eppure averla accanto mi faceva sentire vivo. Mi sono innamorato immediatamente ma lei aveva le sue abitudini, viveva in una casetta in paese, lo chiamava il covo della lupa, diceva che la madre di Eva non aveva bisogno neanche di parlare per comandare tutti a bacchetta. Un bel caratterino. Ma si era affezionata, erano come sorelle. Non voleva staccarsi da loro, erano diventate una famiglia. Il mio corteggiamento è stato lunghissimo, e solo dopo diversi anni Patrizia si è arresa e ha accettato di sposarmi».

«È davvero una bella storia d'amore», lo interrompo dolcemente «ma sa, la frase che ha detto prima sua moglie... non posso smettere di pensarci».

«Eh, lo so... era un segreto, di quelli da non rivelare mai e poi mai. Sarà l'Alzheimer, non saprei, fatto sta che l'ha detto. La madre di Eva ha sposato quell'uomo spinta dalle sue sorelle, ma pare che fosse già incinta della tua amica quando ha accettato. I tempi erano diversi, non era facile crescere una figlia da sola. E io non dovrei neanche parlarne perché ho sempre giurato che non ne avrei fatto parola con nessuno in vita mia, ma come hai potuto vedere, involontariamente oppure no, è stata Patrizia a farlo. Comunque la cara lupa si è fatta rispettare. Solo, non voleva proprio che Eva venisse additata come la ragazza senza padre».

«Stefano, avrei così tante domande da farle. Sa, credo di capire l'amicizia di cui lei parla, quella tra sua moglie e la madre di Eva. Era la stessa che provavo verso la mia amica. Non mi do pace per quello che è capitato».

Mi afferra la mano e sussurra: «Si dia pace, a volte le cose vanno in un modo tale che non è possibile averne il controllo».

«Mi sento sola da quando lei non c'è più. Anche Eva era l'unica persona che riusciva ad andare oltre l'apparenza. Posso prendere il suo contatto, per richiamarla e parlare ancora di ciò che è successo?» Annuisce e scrive il suo recapito su un foglietto della caffetteria. Avevo preso il cellulare per segnarlo ma mi accorgo che siamo di una generazione troppo diversa. Gli farò una foto per essere certa di non perderlo.

«Solo due cose. Ho visto il padre non biologico di Eva e mi è sembrato un pazzo. Pensa che sarebbe capace di ucciderla?»

Allarga le braccia e prende aria prima di rispondere. «Quell'uomo è capace di tutto per motivi economici. Bisognerebbe vedere se ce ne stavano. È una persona pericolosa ma nello stesso tempo un codardo. Non saprei rispondere. L' altra domanda?»

«Sì, giusto, l'altra domanda riguarda il padre biologico di Eva. Conosce il suo nome?»

«Purtroppo no. È una cosa che neanche trent'anni di matrimonio sono riusciti a far venire alla luce. Non me lo ha mai detto e credo non lo abbia mai confessato a nessuno. Non lo so, mi dispiace tanto cara. E mi dispiace per tutto. Non dovevano andare così le cose».

Sospiro, osservo la tazza vuota davanti a me.

Raccolgo le mie cose e guardo Stefano. Lo abbraccio. Lo faccio d'istinto, senza pensare.

«Eva voleva molto bene a entrambi. Parlava sempre di voi».

Mentre mi avvio alla porta e lo vedo accasciato sulla sedia, come un piccolo guscio d'uomo svuotato dalla vita, mi accorgo di non ricordare una cosa e gli domando: «Mi perdoni, Stefano, qual era il nome di battesimo della madre di Eva?»

«Ah, è vero, credo di non averla mai nominata. Mia moglie la chiamava la lupa. Comunque, Giuditta. La madre di Eva si chiamava Giuditta».

11 settembre 1985

LILIANA

Siamo tornati a casa da tre giorni. Ho desiderato tanto che il rientro fosse in pompa magna, così come merito. Eppure, stranamente, mi sono sentita spaesata. Sono abituata a passare molto tempo da sola, ormai, e le chiacchiere di Anna mi hanno travolta appena tornata. Non fa che cercare somiglianze tra le bambine e l'Emilio, sembra quasi che la madre non sia io. Tra l'altro Margherita ha evidentemente la mia corporatura, e poiché questo non lo può negare evidenzia il fatto che con la crescita si affusolerà e prenderà le caratteristiche del padre, disprezzandomi senza tentare di celarlo. Il fuso orario non è stato un problema per me, mi sono abituata subito. Non mi rassegno all'idea di essere tornata nel campo della Giuditta, però. È il suo territorio e io sono mancata molti anni, e l'Emilio è tornato da solo qualche tempo fa. Non ho piacere a pensare di vivere tutta la mia vita qua. Sembra che dalla mia partenza si sia tutto ristretto, il fornaio è sempre saturo e il pane ha lo stesso sapore ogni giorno. Mentre vado in piazza Santi a mostrare le creature, mi fermo a parlare con la Lidia. Mi ha chiamata da lontano, sembrava particolarmente eccitata all'idea di vedermi e di fare pettegolezzi. Ovviamente ha ammirato le bambine, soffermandosi però sulla grande. Ha guardato invece la piccola e ha detto che crescendo si cambia. Poi mi ha aggiornata sulla situazione della Giuditta. Pare si sia sposata perché incinta, tra l'altro di un uomo alquanto sgradevole, ma che non sembrano una vera coppia. Lei continua a fare la sua vita come se lui non esistesse. È una vera lupa, mi ha raccontato. Vive arrampicata sulla solita casupola ed esce molto poco. In compenso Caterina sta sempre in giro a fare chiacchiere, e sembra sempre più strana.

Mentre continuiamo le nostre chiacchiere e io mi tranquillizzo, corre incerta verso di noi una bimba. Si fionda sulla Lidia dimostrando di conoscerla ma la Lidia resta un po' fredda. Poi si dirige verso le mie figlie e guarda la mia Margherita e le fa una carezza. Margherita risponde con un gran sorriso e io sono felice, magari potremo fare nuove amicizie. Osservando meglio la bambina noto il pizzo macramè della gonna e mi chiedo come possa una bambina essere così ben vestita. La Lidia nota il mio stupore e mi dice: «hai capito chi è la piccola?»

Io arretro qualche passo a protezione delle mie figlie mentre la bambina salta di felicità salutando tutte le persone che incontra. Poi mi guarda.

I suoi occhi mi attraversano. Sono un verde intenso, che richiama il bosco d'estate, con delle pagliuzze intarsiate d'ocra. Sono grandi, intensi, sono gli occhi più belli che abbia mai visto. Anzi, temo per un istante di averli già visti. Poche efelidi sparse sul naso e un sorriso che si apre al mondo senza paura.

«È la figlia della Giuditta», affermo, perché ne sono certa.

Lidia annuisce e aggiunge: «Non è una lupa come la madre. È solare e sempre sorridente, un po' selvaggia, questo sì. Ah, ecco Caterina che la viene a prendere».

La fisso, il fuoco mi sale dallo stomaco, cerco di calcolare bene i tempi, avrà circa tre anni. E l'Emilio è tornato circa quattro anni fa.

Non è possibile. Le mani mi iniziano a tremare, ma devo restare calma perché sono le mie solite fissazioni. Voglio parlare con mio marito, non mi farò rintanare in questo paese passando gli anni a controllare la Giuditta, che immagino sarà sempre bellissima mentre io sempre meno desiderabile. Il tempo non gioca a suo sfavore.

Raccolgo le cose delle bambine, saluto la Lidia prima che arrivi la Caterina e mi dirigo verso casa, valutando velocemente se parlare con mio marito e cosa dire. I pensieri si affollano. Non devo fare pensieri assurdi. Devo restare calma. Ma voglio anche andare via. Viaggiare ci aiuterà. Aiuta sempre. La nostra condizione economica è nettamente migliorata, la bottega non ci offrirà nulla di più di ciò che abbiamo già, anzi dovrebbe essere venduta.

Mentre ragiono arrivo a casa di mia suocera che per fortuna è uscita. Trovo l'Emilio che ripara una finestra e le bambine gli corrono incontro.

«Sai Emilio, questa casa ormai cade a pezzi. Non credo che riuscirai a sistemare tutto e non penso neanche che potremo vivere qua con le nostre figlie».

Lui mi guarda, senza sapere che dire. Forse non ha neanche fatto così tante valutazioni. Tipico da lui.

«Ho visto la bambina della Giuditta. Davvero singolare».

«Ah sì? E quindi?»

«Nulla, dicevo, una bambina che si fa notare».

«Ora non parleremo ancora di Giuditta, spero! È sposata e ha una figlia!»

«Non voglio rimanere in questo buco di paese a far crescere le mie figlie così. La bottega non vale più niente e tu hai imparato benissimo il mestiere, possiamo anche andare».

«E Anna?»

«Intanto ti ricordo che non è tua madre e non le devi nulla. E poi quando sarà più anziana potremo portarla con noi. Ma adesso non è il caso di restare».

«Perché no?» Sembra curioso, ma anche spaventato. O forse io leggo male i segnali.

«Perché no», controbatto secca.

«Non avevo valutato l'idea di spostarci subito, comunque ho vari collegamenti a Roma, ed è vicina. Potremmo tentare là. Anche se non mi va di fuggire via come un ladro».

Certo che è arrendevole stavolta, devo dargliene atto. Aspettavo una lite furibonda e invece pare che sia facile. Troppo facile. Ma non mi interrogherò su questo.

Abbiamo trovato uno strano equilibrio in cui lui sembra vivere su un altro mondo e io penso alle nostre figlie. Non è un padre assente con loro, ma la divisione dei ruoli è piuttosto definita, nonostante la piccola sia morbosamente legata a lui.

Non saremo la famiglia perfetta, ma siamo una famiglia. E ho visto decisamente di peggio.

Comunque l'unica cosa che conta è che anche stavolta io terrò al riparo ciò che ho costruito, in un modo o nell'altro.

Emilio riprende i suoi lavori come non fossi più nella stanza, poi si blocca e dice: «Andremo a Roma. Fammi organizzare».

Magari non sono l'unica a temere di restare in questo luogo asfissiante e ridotto, magari non sono l'unica che ha solo voglia di volare via. Per una volta forse abbiamo un obiettivo comune.

LILIANA

24 maggio 2018

LUEN

Niente panico. Il mio telefono suona ininterrottamente ma non posso dare retta a tutti. Devo recuperare quello che ho salvato dal pc di Eva, parlare con Langhirano e dalla redazione mi chiedono quando invierò l'articolo sull'assassinio di Eva perché vogliono inserire il richiamo dalla prima pagina e penso che a mio padre ho lasciato il cane e che dovrei parlare con Lorenzo, che mi ha scritto circa trenta volte.

Mi metto in macchina e con il viva voce chiamo Gabriel, mentre mi dirigo verso casa. Dopo neanche due squilli mi risponde.

«Ciao Gabriel, sono Luen, ti devo parlare».

«Anche io devo parlarti», incalza «il padre di Eva arriverà domani a Modena. Vorrei capire perché mi ha chiamato dicendo che questa mattina lo hai importunato». Non è un tono proprio arrabbiato, diciamo che è un misto tra l'ironico e il guardingo.

«Stai scherzando?», mi altero subito «Io sono andata a conoscerlo e onestamente sembra uno psicopatico! Penso che un uomo così ignobile possa fare di tutto».

«Non giungere così velocemente alle tue conclusioni. È un uomo che vive al margine della società».

«Ascolta», continuo come se non avesse parlato «ho incontrato la moglie di Tommaso, anche lei non mi sembra in gran forma».

Sospira e mi risponde come se parlasse a una bambina di sei anni. «È una donna distrutta! Il marito l'ha devastata, cosa ti aspetti?»

«Sì ma ascolta», so che per lui è un'informazione ghiotta «lei è entrata tramite il tabletto dei figli sulla posta di Tommaso ed è convinta sia stato lui. Dice che le mail le ha scritte lui!»

«Può essere che lo abbia detto per una vendetta inconscia, sei troppo impulsiva nei giudizi».

Sbuffo e proseguo: «Avete letto i messaggi?»

«Sì, uno per uno. È vero che quel pc è stato utilizzato per mandare messaggi ma ci sono altri indirizzi IP che sono stati usati. Il fatto è che il datore di lavoro di Tommaso conferma gli spostamenti. Certo, è una pista che posso considerare ancora aperta, ma dovrei capire come. Aspettiamo il riconoscimento del corpo, poi potrai pensare al funerale, tanto so che è una domanda che mi volevi fare».

«Va bene, devo chiederti un'ultima cosa. Possibile che non avesse altri parenti, Eva? Una prozia, una zia che non sentiva da anni, che ne so».

«Allora, la madre di Eva aveva diverse sorelle e un fratello, in vita ne è rimasta una sola. Ha circa 75 anni. Gli altri sono deceduti. È una signora che vive arrangiandosi, in un capanno, che poi è la stessa costruzione dove viveva la madre di Eva, Giuditta. Madre e figlia vennero a vivere a Roma dopo qualche anno dalla nascita di Eva e la sorella non si volle spostare, solo che non riusciva a mantenere le spese della casa e alla fine si trasferì in questo capanno. Però pare che non sia una persona con la quale è facile parlare».

«Scusa, Gabriel, ma diversi anni fa accompagnai Eva a un funerale di una zia, c'erano un paio di parenti che non le rivolsero praticamente la parola. Lo sai perché?»

«Io? Ma no, come faccio a saperlo! Era una famiglia particolare, avevano varie difficoltà. Inizialmente erano poverissimi. Il fratello era un alcolista violento, solo che all'epoca sembrava quasi accettabile, purtroppo. Delle sorelle so molto poco. E ti prego di non andare a impicciarti perché il padre di Eva ha fatto già il pazzo, non voglio essere costretto a contattare il PM perché ti metti a fare da ostacolo alle indagini. Sono stato chiaro? Per favore».

«Ma certo», dico con un tono neutro e candido «non ho alcuna intenzione di impicciarmi. Il tuo lavoro lo sai fare, cosa c'entro io in fondo? Io poi non so niente. A proposito hai parlato con il padre quindi? Quello è il padre, giusto?»

«Luen, ma che domande, certo che è il padre. Era molto scocciato, voleva denunciarti per violazione della proprietà privata!»

«Ma non esiste! Io dovrei denunciarlo per maltrattamento agli animali, ma lo sai che è terribile quell'uomo!»

«Ah sì, dice che gli hai rubato il cane. Ma non gli ho dato peso».

«Quale cane? Non c'era nessun cane».

«E di quale maltrattamento parlavi?»

«Beh, parlavo di come lui parlava degli animali», mi arrabatto presa per un attimo dal panico «imprecava contro tutto, anche contro tutti i cani del quartiere».

«Okay, mi sembrava strana questa storia del cane. Comunque sei particolare, eh».

«Ma chi, io?»

«Eh, tu. Va beh, aggiornami e non fare guai. E non andare a scavare chissà dove, perché la soluzione del caso è sicuramente sotto i nostri occhi ma non la vediamo ancora. Fidati della mia esperienza».

Certo, la sua esperienza, nemmeno ha scoperto che il padre non è il padre. Continuo a pensare che devo muovermi per fatti miei, e mi sento piuttosto gelosa delle mie piccole scoperte. So che Eva sarebbe molto orgogliosa di me.

Torno a casa e mi butto immediatamente sul portatile dove ho trasferito tutti i dati, salutando papà di corsa e tentando di ignorare Anonimo. Provo a concentrarmi mentre sento mio padre dal piano di sotto lamentarsi che faccio la vita di una scappata di casa.

Dunque sembra essere un diario. Parte dal marzo 1947 ed è una scrittura elegante e rotonda che racconta i pensieri di una ragazzina. A questo punto capisco quanto sia importante quello che ho tra le mani, spengo il cellulare e mi immergo nella lettura.

Leggere quelle vecchie pagine è coinvolgente, sono scritte molto bene, nonostante l'autrice pare fosse molto giovane. Mi chiedo se Eva lo abbia mai letto davvero, se trovandolo non avesse capito cosa fosse, o se ne conoscesse a memoria ogni singolo passaggio. È stato scansionato, quindi l'originale chissà che fine ha fatto. È la storia di una ragazza che ha lottato moltissimo per uscire dalla grande povertà nella quale si trovava. È stata a servizio, ha migliorato le sue capacità innate di sarta, ha visto morire un'amica. Come me.

È una giovane attraente, che si poteva permettere di scartare ogni ragazzo se non corrispondeva perfettamente a ciò che desiderava. Una donna forte, tenace, che ha combattuto tanto per emergere in un tempo in cui per le donne non era facile. Non lo è adesso, rifletto, figuriamoci negli anni cinquanta.

Eppure c'è un velo di tristezza che si impiglia tra la sua ambizione e il desiderio di rivalsa. Un senso di solitudine che emerge. Una madre anaffettiva e varie sorelle egoiste. Un fratello violento. Sono pagine che raccontano di perdite ma anche di conquiste.

Deve essere stata una donna incredibile, la madre di Eva. Purtroppo non posso leggere oltre il 1959, anche se sono proprio quelli gli anni più teneri e delicati, destinati alla formazione.

Sia Eva sia Giuditta sono donne che hanno dovuto combattere in un mondo che non era loro destinato. Non le meritava.

E quelle ferite, inferte quando siamo più vulnerabili, magari da chi proprio non ce l'aspettiamo, non evaporano, rimangono incastrate nell'anima, invisibili. Sedimentano, e non ci abbandonano.

25 maggio 2018

MAGGIE

06:10. Silenzio. Disastro. Il frastuono della notte è stato spazzato via.

Assenza di rumori e tumulto interiore che convivono. D'istinto mi tocco la gola e mi ricordo tutto. Forse dovrei coprire i segni con del fondotinta altrimenti tutti mi chiederanno cosa è successo. Non so neanche se ce l'ho, forse dei campioncini. Mi siedo a terra. Da dove comincio? Luen. Devo chiamare Luen. Adesso. Anche se è l'alba.

Ho scritto il numero ovunque e non è difficile ritrovarlo. Il telefono suona, io mi arrotolo su me stessa mentre intorno a me il caos deflagra e non riesco a catalogarlo.

«Ma sai che ore sono?». Risponde stridula ma assonnata e io mi chiedo perché ho chiamato proprio lei, prima di Langhirano o di chiunque altro.

«Scusami...», prendo tempo ma la voce si incrina. I lividi sul collo pulsano, la mia casa è distrutta, il mio matrimonio è definitivamente chiuso. Il ticchettio dell'orologio appeso in cucina sembra scandire un tempo che mi sfugge. La luce fuori dalla finestra innaffia le pareti e tremola sul pavimento. Mi accorgo ora di una lampadina svitata da un lampadario, ma io non so rimetterla. Accovacciata con il telefono a terra, in vivavoce, resto in silenzio mentre Luen richiama la mia attenzione. Ma non riesco a mettere in fila le parole, non so da dove iniziare.

In maggio, in genere, raccolgo papaveri nel parco vicino casa, mi danno allegria. Mi fanno pensare a quando andavo a scuola da piccola e trovarli sul ciglio della strada riempiva i miei pensieri. Ora nulla riesce a colmare il nulla.

«Credo siano entrati dei ladri. Non capisco nulla». La mia voce è ovattata, lontana, come se non fossi io a parlare. Chi è che sta parlando? Io? A chi poi. Alla migliore amica della ragazza della quale mio marito si è innamorato e che forse ha ucciso. Che roba.

La luce si apre inquieta ma ritmata sul parquet.

«Stai bene?»

La sua voce è familiare, reprime una punta di preoccupazione. Strano, quando qualcuno mostra un interesse là dove non è previsto. Bello, consolante, avvolgente. Una lacrima scende. Due, tre, piango a dirotto asciugandomi il viso con il braccio e affondandomici dentro. Ho imparato a consolarmi da sola, sono brava. Ma ora voglio esserlo meno.

«Non lo so. Tutto è distrutto, anche il mio matrimonio. Scusa...»

«Di cosa ti scusi?».

«Di tutto. Mi dispiace per Eva, mi dispiace da morire», ed esplodo in un pianto incontrollabile «ma sai, Tommaso era innamorato di lei, me lo ha detto, alla fine».

«Maggie, tutti si innamorano, poi passa. Basta trovare il giusto antidoto. Non ascoltarlo più, fammi il favore. Mi dici che è successo?»

«Credo che abbia provato a uccidermi».

«Maggie, ora chiami Langhirano, io sono anche lontana, come ti aiuto ora? Sono da mio padre».

Sobbalzo. «No, non voglio che Langhirano lo sappia, è stata solo una brutta lite. Ti prego!», supplico «Dirò dei ladri. Okay?»

«Okay. Come ti senti?»

«Avrei bisogno di un Berlucchi».

«Veramente non sarebbero neanche le sei del mattino, dammi almeno qualche ora», risponde con il suo solito tono ironico e stranamente familiare.

Allora inizio a ridere.

Dio mio non sono lucida, perché inizio a ridere a crepapelle e mentre rido penso che ho creduto che non avrei più potuto farlo.

Invece sono viva e non ho mollato, per una volta sono riuscita a non mollare e sento prepotente l'urgenza di prendere aria e scoppiare a ridere, in modo incontrollabile, senza coprirmi il viso, senza nascondermi. Come se guardassi un pendio nel quale non sono sprofondata e volessi ballarci intorno, voglio ridere, voglio cantare a squarciagola e non voglio mollare.

Non sono ancora morta.

«Luen, perché mi ascolti? Non ti fa strano?»

«Oddio Maggie, non ho neanche preso il caffè. Chiamiamo Langhirano. Lo faccio io?»

E io riprendo a ridere.

«Luen, sono viva. Potresti», la voce mi si incrina a tradimento «potresti tipo, non so, restare nella mia vita? In un qualche modo che puoi decidere tu?»

Resta in silenzio.

«Sei viva, e vedi di restarci. Possiamo riparlarne quando tutto sarà finito?»

«No!» Esce un suono gracchiante e scomposto.

«Adesso telefono per te. E per la tua domanda ci penso».

Attacco il vivavoce.

La luce schietta deflora violentemente tutto ciò che trova e, felpata, feconda il giorno. Abisso, sangue rattrappito, lividi palpitanti, scopate aride, sorrisi stampati, tavole scintillanti, partite la domenica, risvegli bruschi, piattume della mente, desideri sopiti ma affamati.

Non sono ancora morta.

Lei sì.

Ma io, no.

25 maggio 2018

LUEN

Sento un ronzio lontano disturbare i miei sogni inquieti. Ho dormito per la prima volta senza svegliarmi ma ho la sensazione di aver sognato ininterrottamente. Personaggi del passato sono insorti, procurandomi incubi e sudorazione, e faccio molta fatica a spalancare gli occhi su un nuovo giorno. È come se la mia testa non si fosse fermata mai, neanche durante il riposo. Non sono neanche le sei del mattino ed è un numero che non conosco.

Scatto immediatamente e dopo qualche istante di silenzio capisco che è Maggie. Molto provata, una telefonata surreale. Mi sembra essere inconsapevolmente in pericolo e nonostante io provi a farla ragionare decido di agire e chiamare Langhirano. Quella ragazza mi farà impazzire, sembra così controllata e poi diventa incomprensibile. Inoltre sono davvero in pena, pare che Tommaso abbia provato a ucciderla.

Prima di agire in qualunque modo mi stendo di nuovo sul letto e stropiccio gli occhi. Le tempie iniziano a pulsarmi, non riesco a fermare i pensieri. Mi chiedo cosa penserebbe Eva di questo strano avvicinamento con Maggie. La immagino, ci provo. Sorriderebbe gelosa, farebbe spallucce, ma non mi ostacolerebbe. Nonostante Maggie sia l'altra. Ma esiste un'altra ormai? Rispetto a chi? Siamo tutte un'altra rispetto a qualcuno.

Riprendo fiato e chiamo Gabriel. L'orario non mi impedisce di chiamare più volte, finché non risponde.

«Buongiorno Gabriel, scusa per l'ora ma volevo aggiornarti su alcune cose. Stanotte pare abbiano fatto incursione in casa di Maggie, ma non so dirti di più. So che lei si è svegliata e ha trovato casa a soqquadro. Inoltre pare abbia avuto una brutta lite col marito, mi ha fatto una telefonata piuttosto confusionaria. Le ho detto che ti avrei chiamato io».

«Luen, hai fatto benissimo a chiamarmi, vado subito. Come mai ha chiamato te?» La sua voce non sembra affatto assonnata e lui non sembra scocciato dell'orario. Dormirà questo strano uomo-procione?

«Ah boh, me lo sto chiedendo anche io. Mi ricorderesti, per favore, quello che è stato trovato accanto a Eva per favore? Ho un ricordo vago di un biglietto».

«Sì, allora», riprende dopo un attimo di silenzio «sulla prima pagina c'è scritto vv. 49/51. Ti dice qualcosa?»

«Onestamente no, me ne ero anche dimenticata. Ci ho ripensato da poco, quando ho trovato quel diario».

«Scusa, quale diario?»

Resto in silenzio. Già, quale diario, quello che ho preso dal suo computer e ho infilato nella pennetta usb di nascosto.

«C'era un diario, una volta, sul computer di Eva. Ma non ricordo molto bene». Mi mordo le labbra.

«I dispositivi sono tutti dai tecnici ma qualunque cosa ci fosse verrà fuori. Ne hai ancora una copia, eventualmente?»

«Devo controllare ma se la trovo ti avviso».

Ci salutiamo velocemente. Mi sento in colpa, avrei dovuto parlare subito del diario. Sento grattare la porta e sobbalzo. Poi sento la voce di mio padre che urla che il cane deve uscire. Il cane! E dove dovrebbe andare alle sei del mattino? Apro lentamente la porta e all'improvviso entra Anonimo, sembra trasformato. È pulitissimo e profumato, in pochi secondi mi travolge e inizia a leccarmi. È talmente felice che salta ovunque, è incredibilmente contagioso con la sua allegria. Lo prendo in braccio e lo guardo negli occhioni grandi e scuri.

«Buongiorno, Anonimo. Che ne pensi di un altro nome? Per esempio Salinger? Che ne pensi?»

Mi lecca tutta la faccia. Ok, gli piace.

Scendo con questa palla di pelo in braccio e mio padre ha una strana espressione.

«Tu non sei in grado di occuparti del cane. Non sei all'altezza».

«Si chiama Salinger, smettila di chiamarlo cane».

«Allora Salinger», ma che nome strano, borbotta «ieri ha fatto il vaccino e gli ho fatto anche il bagno perché puzzava. Il pediatra dice che ha circa cinque o sei mesi, sarà stato abbandonato o si sarà perso. Gli ho dato il petto di pollo del contadino all'angolo, non mi piacciono quelle scatolette che hai portato, puzzano pure loro».

«Papà, io credo che si dica veterinario». Mi fissa e stringe gli occhi e mi sento di aggiungere: «Comunque puoi chiamarlo come ti pare. Grazie, anzi. Ma può mangiare il petto di pollo del contadino?»

«In questa casa mangia quello che dico io».

«Mi pare giusto. Pensi che io possa avere un po' di caffè?»

«Quando avrai portato fuori il cane, sicuramente».

Mi arrendo, metto una felpa leggera sul pigiama e vado a passeggiare con Salinger che nel frattempo annusa il mondo e tira come un pazzo. Mi brontola lo stomaco e vorrei un cornetto, un plumcake, qualunque cosa non provenga da un orto. Capace che mio padre prepari zucchine lesse per colazione.

Squilla di nuovo il telefono, è Lorenzo. Non posso continuare a evitarlo.

«Ciao, straniera». La sua voce mi riporta a casa, e nello stesso tempo mi allontana da casa. Tutte le nostre abitudini sembrano essersi sparpagliate, come pezzetti di puzzle difficili da ricomporre per ricreare lo stesso mosaico.

«Ehi, non sono sparita, sto da papà».

«Lo so, al telefono mi grugnisce, ma almeno so che mangi verdure».

«Sì, a colazione», sghignazzo «tu come stai?»

«Non lo so, vorrei che tornassi a casa».

«Non è che non vorrei tornare sì forse da un lato tornerei ma qua sento che c'è tanto da fare e poi Eva... è tutto difficile e... non ho messo virgole», prendo fiato.

«Le ho messe io per te. Ti metto tutte le virgole che vuoi».

È un pugno allo stomaco. Mi toglie l'aria.

Vorrei che fosse tutto più semplice e dovrei pensare ai pezzettini di noi sparpagliati ma non riesco. Questa storia mi sta annebbiando la mente, sono ossessionata. Devo capire cosa è successo.

«Lorenzo, ho preso un cane».

«Un cane?»

Sento la voce instabile... forse non si adatta perfettamente alla cucina così candida? Quindi incalzo. «Sì, un cane. Si chiama Salinger».

«Okay, un cane. Ma che tipo di cane? Cioè, a cosa assomiglia?»

«A un cane, a che deve somigliare! A un cucciolo, è piccolo. È un piccolo cane. E si sbaglia e fa la pipì in giro, mangia pollo biologico, lecca ovunque e tira come un forsennato», alzo la voce per fermarlo visto che tira come un forsennato.

«Okay, avremo questo piccolo cane che mangia pollo biologico. Mi manchi».

«Mi manchi anche tu... davvero. Ma c'è un problema». Non dice nulla ma lo sento allarmato, «Secondo me dovremo litigare Salinger con mio padre». Lo sento sorridere, e sorrido anche io.

Attacco e mando un messaggio a Maggie chiedendo se ci vogliamo incontrare. Mi dispiace che abbia subito questo furto, me la immagino spaventata e sola, e ha un qualcosa di familiare. Mi sembra di conoscerla già. A volte capita, si dice. Nonostante l'antipatia nei confronti del marito, lei mi piace. Forse potrei portarla dal mio parrucchiere. Torno con Salinger verso casa e trovo mio padre che ha sbucciato la frutta e l'ha sistemata su un piattino.

«Papà», dico prendendo un pezzetto di mela e liberando Salinger, che inizia a saltargli addosso «ti ricordi le sorelle della mamma di Eva?»

«Sì, me le ricordo certo. Vivo qua da una vita. Non è che sia stata una famiglia fortunata, quella della tua amica».

«Che mi sai dire di Giuditta?»

«Ah, è vero, si chiamava Giuditta. Bella donna, la chiamavano la lupa. Una tosta. Aveva un fratello terribile, morto di cirrosi mi pare, un ubriacone che alzava le mani in giro e pare anche a casa. Altre sorelle, ma ricordo poco. Una sicuramente è morta di cancro, una ragazza stupenda, non ricordo quale. Credo sia sopravvissuta Caterina».

«Papà, ma tu sai veramente tutto».

«Cara mia, io vivo qua da una vita. Non mi sono mai voluto spostare».

«Senti, ma del padre cosa sai?»

«Mah, un tipo strano, uno che non si è mai adattato alla vita. Ma sono stati sposati poco, il tempo di avere questa figlia e poi si sono lasciati, in un tempo in cui lasciarsi non era molto comune. Ma la Signora Lupa non faceva passare niente a nessuno».

«Cosa ha fatto il padre di Eva per farsi lasciare?», domando incuriosita.

«Può aver fatto tutto e niente, comunque la lupa non aveva un carattere facile».

«Sì, ma pare che pure lui non è che fosse tanto normale. Senti dove sta la casa della lupa?»

«Ti vuoi impicciare pure là? Fa come ti pare. Si trova molto dopo casa nostra, imbocca la salita grande che porta al bosco e gira alla terza stradina a destra. Vicino c'è il bosco con il laghetto, hai presente?»

«Il laghetto lo ricordo. Ma è una parallela?»

«Sì, dalla tana della lupa non si vede. Comunque so che la casa non c'è più, è rimasto il capanno e pare che la sorella viva là. E che non ci stia tanto con la testa».

«Va bene papà, ora vado. Puoi tenere Salinger?» Fa un gesto con la mano come per dirmi levati dalle scatole, poi chiama il cucciolo e gli fa cenno di seguirlo nell'orto. Lui felicissimo saltella addosso a mio padre, che per un istante mi sembra abbia piegato le labbra in un modo molto simile a un sorriso accennato. Quanto tempo è passato prima che facesse di nuovo una cosa del genere?

Mi vesto velocemente e scrivo a Maggie per incontrarci al

solito bar, ma da brava lumaca quale è, so già che ci metterà almeno un'ora. Mi sistemo velocemente, ma con un po' più di cura e indosso l'altra t-shirt pulita a disposizione in questa casa, quella di Buffy. Sembro un revival degli anni novanta. Con la borsa di Prada, però.

Esco e, passando per l'orto, guardo un secondo mio padre che strappa le erbacce mentre Salinger pensa che sia un gioco e saltella felice. Sono bellissimi e scatto loro una foto con il cellulare. Voglio ricordarli così. A volte tendiamo a dimenticare quanto abbiamo amato alcune persone in alcuni piccoli istanti. E tutti quei dettagli che nel tempo nella memoria incespicano, si affannano, diventano nostalgia. Meno riusciamo a richiamarli alla mente e più la nostalgia diventa struggente. Mi è venuto in mente l'inizio dell'VIII canto del Purgatorio di Dante, che diceva:

Era già l'ora che volge il disio
ai navicanti e 'ntenerisce il core
lo dì c' han detto ai dolci amici addio

Li fisso per un attimo, quasi a volerli catturare, e poi vado.

13 marzo 1987

GIUDITTA

Emilio lo scorso anno si è trasferito a Roma.

Sapevo che sarebbe accaduto, anche se ormai sono abituata alla sua assenza. Non sarebbe neanche degno dei miei pensieri distratti, che tuttavia a volte irrompono prepotenti facendomi trasalire. Ma so controllarli. Lui e la sua famiglia sono ormai qualcosa che non può essere disgiunto, un agglomerato informe ma accatastato. Tanti pezzetti adagiati l'uno sull'altro e sui quali nessuno ha potere. Neanche Eva. E mi va bene così, perché lei è solo mia. A volte mi guarda e mi ricorda suo padre ma riesco ad accettarlo. L'ho amato così tanto che mi sembra giusto che una parte di lui sopravviva a tutto, anche a me.

Mio marito è davvero appassionato del mio corpo, mi osserva ogni notte con una brama indescrivibile ma la frustrazione di non essere ricambiato come desidera lo incattivisce sempre di più. Ma io so bene cosa significa il desiderio, quello ancestrale, la smania di fusione che va oltre i piaceri carnali. Al confronto, ogni cosa è misera e inetta.

Eva è tremenda ma affascinante, proprio come la prima donna sulla terra. Ho scelto questo nome in onore di tutte le donne che ho amato. Gote lucenti e ricche di sorrisi, capelli mogano e qualche efelide che magari Giordano penserà abbia preso da parte mia.

Viviamo tutti nella *tana della lupa*, come sparlano in paese della mia abitazione, Caterina è una specie di governante della famiglia, il suo carattere è sempre più smorzato e devo riconoscerle di prodigarsi quasi eccessivamente per la nipote, me e Patrizia. Ogni tanto sembra perdere di lucidità, ma se la cava se la si tiene impegnata.

Le mie sorelle non hanno preso bene la mia gravidanza. Hanno sempre vissuto la mia bellezza con astio, e vedermi rifiorire a quarantadue anni con la pienezza della maternità ha solo rafforzato i loro risentimenti. A parte Linda, che continua ad amarmi con tenerezza, nonostante la vita non sia stata facile per lei. A tratti allontana Eva, come se non riuscisse ad amarla come vorrebbe, ma poi la sua bontà d'animo riesce ad avere la meglio su tutto. Ormai vado a trovare la famiglia sempre meno, e quando sono davvero costretta, tanto non fanno che sottolineare quanto Eva non abbia preso da nessuno di loro. È un piccolo essere che considerano esterno, un'aliena che non si sa venuta da dove, con quelle lentiggini fastidiose e quella verve indisponente.

Io, seduta alla solita sedia, cucio, ricamo, lavoro. Ed Eva sempre accanto a me, inizialmente nella culla e poi adagiata su morbidi cuscini, dove può sfogare tutta la sua innata creatività. A tre anni aveva già degli amici immaginari, Billà, Mallise e Malloca, e parlava con loro per tutto il giorno. Detestavo ogni volta che mi veniva fatto notare, rispondevo scortese che i bambini devono essere liberi di immaginare ogni mondo possibile e che mia figlia sarebbe stata una fantastica creatrice di storie. Ora che è un po' più grande ha perso i suoi amici immaginari ma non la voglia di inventare, e io la guardo con immenso orgoglio. Sembra una fata dei boschi, un piccolo elfo.

La freddezza che riservo a Giordano è talmente evidente che l'altro giorno mi ha chiesto *ma perché mi hai sposato?* E io ho candidamente risposto che non me lo ricordavo. Credo che per un periodo gli sia stato comodo vivere in una casa accogliente, fare a suo modo il padre e non ammazzarsi di lavoro, perché in fondo ho sempre guadagnato a sufficienza. Ma dopo un po' il silenzio e la freddezza probabilmente hanno iniziato ad attanagliare anche un'anima arida come la sua, e so che ha iniziato a frequentare donne più alla sua portata. A me non è mai importato. Gli do i soldi che chiede, e so anche dove li spende. Mi basta solo che non sollevi questioni.

Anche stasera sono presa da un lavoro da terminare quando mi accorgo che Giordano è appena tornato ubriaco e Caterina lo sta sorreggendo per evitare che si schianti al suolo. Patrizia sobbalza e tutte lo fissiamo mentre va verso la bambina per prenderla in braccio, ma inciampa e la fa piangere così tanto che nessuna di noi riesce a calmarla. Infuriata, vado a prendere un sacco dove metto all'interno qualche straccio dei suoi e gli dico di tornarsene da una delle sue puttane perché la mia è una casa rispettabile. Lui mi fissa e da ubriaco quale è dice: «Tu parli di rispettabilità?»

Non ci vedo più dalla rabbia, gli occhi iniettati di sangue, mi avvicinò lentamente al suo brutto muso e dico: «Ti farò l'onore di permetterti di vedere ancora tua figlia, ma sempre in mia presenza e mai in questo stato. Abbi la compiacenza di sparire dalla mia vista e forse, sottolineo forse, ti farò l'elemosina di aiutarti ancora».

«Cosa ti rende così arida?»

«Tu. Sei tu a inaridirmi. Hai tre minuti per salutare Eva».

Ha capito che non poteva ottenere altro dalla mia famiglia, ma non sembrava deluso. Forse era una vita che non gli piaceva neanche tanto, ha sempre avuto altri interessi, tipo bere come un disperato. Un po' lo controllavo, soprattutto all'inizio. Non che mi importasse di lui, ma pretendevo un minimo di decenza. Se ne è andato senza fare storie. Immagino che, nel tempo, non si interesserà più di Eva. Ma dei soldi, quelli sì.

Le sorelle stranamente non mi hanno giudicata in maniera particolarmente severa, tanto sanno bene che io faccio ciò che voglio a dispetto di tutti, e di tutto. Il matrimonio non è durato molto. Io sono sempre più presa da Eva che cresce più bella che mai.

Non come me però, ne sono consapevole. Perché Eva è tutta suo padre.

GIUDITTA

25 maggio 2018

MAGGIE

Ho contattato Langhirano e sono passata in centrale per la denuncia. Mi sentivo sperduta e ho perso più tempo di quanto credessi. Sono svuotata. La mia vita sembra essersi trasformata in un vortice dal quale non posso prendere pause. Mi rendo conto che ho ibernato parti di me che ora stanno lentamente riaffiorando. Ho lasciato i bambini ancora dai miei e non ho voglia di passare del tempo con loro adesso. Mi sarei uccisa pur di non pensare una cosa simile fino a pochi giorni fa, invece ora non tollero obiezioni a riguardo, neanche da me stessa. Ho bisogno di capire e per farlo ho bisogno di Luen. La migliore amica della mia rivale in amore, un paradosso. È l'unica con la quale mi posso confrontare in questo momento e che riesca ad avere una visione d'insieme, nonostante tutto e nonostante me. Tommaso non mi ha mai scritto nemmeno un biglietto per il compleanno, figuriamoci tutte quelle parole appassionate. Leggendolo avevo capito da me che aveva perso la testa per quella ragazza, non avevo bisogno di conferme. Siamo ormai oltre le apparenze e la verità diventa migliore di una bugia raccontata male. Fermo restando che del suo innamoramento me ne importa il giusto, non capisco perché allontanarla per poi riavvicinarla addirittura con un appuntamento.

Mi sono smarrita più volte nel tentativo di tornare al bistrot di Harry Potter, come lo chiama lei. Che poi cosa c'è tra loro io mica l'ho capito. Quando arrivo mi accorgo che è già ora di pranzo. Vedo Luen al solito tavolino, stavolta con una maglietta di Buffy, leggins, tacco alto e un rossetto rosso brillante. È davvero una tipa strana. Le faccio un cenno con la mano e lei sorride per metà. Ha quel sorriso enigmatico di chi è parzialmente sradicato dal reale. Sta sorseggiando un prosecco mentre spilucca schifezze. Al solito.

Mi siedo e mi fissa negli occhi, aggrotta leggermente la fronte e sembra sinceramente interessata: «Mio Dio, il tuo aspetto è peggiore del solito». Grazie eh, sempre carina.

La fisso con aria di rimprovero e scosto il foulard intorno al collo per farle vedere i segni verdastri sulla pelle color latte.

Ora ho davvero tutta la sua attenzione. «Maggie, non ci posso credere, ma lo hai denunciato?»

Io per risposta sorseggio il suo prosecco. Già, la migliore amica della mia antagonista. Ma a questo punto delle cose chi è rivale di chi non è dato sapere.

«Ma no, ho tanti altri pensieri adesso, e poi non penso che volesse fare chissà cosa. Ha perso il controllo, te non lo perdi mai?»

«Io? Ci vivo, senza controllo, ma di certo non provo ad ammazzare la gente. Pensaci bene, Maggie. Non è un gesto da sottovalutare».

«Comunque non so nemmeno io come siamo arrivati a questa situazione», inizio a raccontare mentre sistemo la borsa su una sedia e lei ordina due prosecchi, visto che il suo me lo sono scolato io «ieri sono andata a casa, volevo vedere Tommaso, e comunque non sapevo dove andare. Ma non so spiegartelo, è stato tutto inquietante, ho avuto davvero paura. Già non lo riconoscevo in quei messaggi ma dopo averlo visto così, con quello sguardo da folle, non so cosa pensare. Per la prima volta non so davvero chi ho sposato», do un lungo sorso al prosecco e prendo una patatina «anche quelle chat, così piene di... eros, è la parola giusta? Lui che è sempre stanco, boh. Non so davvero spiegarmelo. La tua amica deve averlo incantato».

Ops, forse era meglio non dirlo. Infatti mi fissa con gli occhi ridotti a fessure e la testa inclinata. Ma torna velocemente in sé.

«Okay, smettila di pensarci, quelli non sono nulla. La fantasia fa volare, sì, ma le ali si sgretolano presto perché sono immaginarie. Sono evasioni. Dimmi piuttosto dei ladri, cosa hanno preso».

«Delle vecchie foto e il tablet. Ora dico, ma perché?»

«Ascoltami e pensaci bene», mi fissa negli occhi e mi sfiora la mano «credi che sia stato Tommaso?»

«Non so cosa rispondere. Per me no, però allora perché è scappato così? Ha il telefono spento. Luen, è finita, me lo sento».

«Puoi avere di meglio».

Che tipa strana, a volte mi detesta e poi è incredibilmente gentile. Sarà bipolare?

«Maggie, io non posso restare adesso, devo parlare con una persona. Ho così tante cose da organizzare che non ne hai idea. Vorrei anche tornare a Roma al più presto, la situazione con mio marito è... diciamo in fase revisionale».

«Sei sposata?» Sono sorpresa.

«Beh, sì, lo sono», risponde perplessa «perché lo domandi così?»

«Ah... beh, non sembri sposata».

«Non ti sembravo neanche una che mangiava patatine, se non sbaglio. Diciamo che a volte non sembro tante cose», mi risponde con un sorriso. Non è piccata, sembra non incupirsi mai, mentre io rimugino per giorni e giorni su quello che la gente mi dice. Perché me lo ha chiesto? Cosa voleva dire in realtà?

Si alza e dice che deve andare, ma mi offro di accompagnarla. L'unico motivo per cui voglio farlo è che non ho altro posto dove andare.

Sembra perplessa ma acconsente. Mi fa segno di aspettare e la vedo saltellare verso Harry Potter. Che tipa. Paga gli aperitivi, lui protesta e lei lo abbraccia. Cioè, si spalma letteralmente su di lui, che le cinge la vita con un braccio mentre con l'altro le accarezza i capelli. Restano qualche istante così, lei gli strofina il viso addosso come se lo annusasse, come se volesse mangiarlo. Lui la costringe a guardarlo e le dice qualcosa che non capisco e poi la bacia lentamente sulle labbra morbide. Si lasciano mantenendo il contatto delle mani finché possono e poi torna da me. Come se nulla fosse.

La sua auto è un caos di pupazzi, bottiglie d'acqua vuote e cd buttati ovunque senza custodia. Tommaso non potrebbe neanche entrarci in una macchina così.

Luen dice che ci vorrà un po' di tempo per arrivare e le chiedo dove stiamo andando. È spedita alla guida, nonostante i tacchi. Prendiamo la tangenziale e già a questo punto non so più dove siamo. Siamo opposte, o complementari?

Mi risponde dopo qualche minuto dicendo che deve fare visita a una persona che potrebbe sapere qualcosa di Eva.

«Hai degli orari da rispettare?»

«No... in questo momento direi che fare qualsiasi cosa a parte tornare a casa andrà benissimo».

Iniziamo ad addentrarci per strade meno trafficate, ricche di arbusti agli angoli. So che per un breve periodo sono stata anche io in un paese ma non so quale, i miei non parlano facilmente del loro passato. So che hanno viaggiato sempre molto. Al liceo mi sono impuntata, non volevo più spostarmi da Roma. Mi ero finalmente ambientata, avevo delle amiche, avevo ottimi voti. Deve essere bello crescere in un piccolo borgo invece di una grande città.

«Luen, com'è stato crescere in un paese?»

«Uno schifo».

Ecco, appunto.

«C'erano quattro ragazzi in croce e se flirtavi con uno lo sapeva tutto il paese, e probabilmente aveva già flirtato con tutte le altre disponibili perché non c'era materia prima. Me ne sono andata appena ho potuto».

«Scusa, ma Eva l'hai conosciuta là?», chiedo con una certa timidezza.

«Sì, ma siamo diventate amiche dopo, a Roma».

«Così amiche in così pochi anni?»

«Eravamo anime gemelle. Difficile da spiegare. Davvero, lascia stare».

«Vuoi provare?»

«Non credo. E poi non capiresti».

«Chi era la tua migliore amica prima di lei?»

«Nessuna. Io non credevo nell'amicizia. Avevo delle amiche, ma per comodità, per copiare i compiti o per scambiare i vestiti alle feste. Erano accessori per passare del tempo, ma certo non credevo nell'amicizia. Mi sembrava un'altra favola, tipo l'amore e *vissero per sempre felici e contenti*».

«E poi che è successo?»

«Poi è arrivata lei».

Resto in silenzio mentre guardo fuori dal finestrino. I cipressi alti che vanno incontro al cielo ombrato, le stradine scomode e sdrucciolose, il terreno incerto e tanto verde. Dopo un tempo infinito giungiamo a destinazione. È un luogo davvero pittoresco, sembra uscito da un sogno non terminato, un'antitesi di fascino e decadenza. Ci sono due strutture, una più piccola, una specie di capanno degli attrezzi, e un'altra che sembra una casetta delle fiabe di un tempo andato. Luen parcheggia dove è possibile e scendiamo.

Domando chi stiamo cercando e mi risponde che è una lunga storia, di starle dietro e non preoccuparmi.

Luen ha una strana sicurezza in sé stessa, al limite dell'incoscienza. Inizia a urlare a gran voce se qualcuno è in casa ma tutto tace. Allora si avvicina alla casetta più piccola, mentre sotto i suoi passi scricchiolano rametti che si spezzano a ogni movimento. Il capanno ha delle bellissime tendine ricamate alle finestre, ma per il resto è nel declino più totale. Luen continua a gridare e si sente come risposta una flebile voce provenire dall'interno.

Una signora è sprofondata in una poltrona gigantesca, il tessuto in parte strappato e in parte rattoppato. Ha occhi liquidi e lattiginosi a causa delle cataratte e sembra essere davvero molto anziana. Ci osserva come se provasse a metterci a fuoco e poi ci fa cenno di entrare.

Luen si avvicina e si siede a terra.

«Ciao Caterina, sono una grande amica di Giuditta, te la ricordi Giuditta?»

«Giuditta...», sembra riflettere, poi con il tono assente e gli occhi accesi risponde «*soreta, che dichi,* me la ricordo sì». Ha un accento strano, come se fosse lo strascico di un dialetto particolare.

«Scusa se ti disturbo, so che non stai tanto bene ma volevo domandarti qualcosa di Giuditta».

«Bella Giuditta, la lupa, la comandante. Lo sai che per lei io ho rinunciato a tutto? Potevo sposarmi, io, ero corteggiata. Invece sono venuta a stare nel tugurio con lei perché lei comandava tutti», e lancia una tazza sul pavimento. Faccio un salto indietro ma Luen resta impassibile.

«So che è stato tutto difficile per te. Ho bisogno di parlarti. Sei d'accordo? Sistemo io la tazza, tanto era vecchia, stai tranquilla. Caterina, che mi puoi dire di Giuditta, ti ricordi che hai una nipote chiamata Eva?»

La vecchina sembra riflettere. Sembra la creatura più dolce del mondo ma gli occhi sono animati da una luce di follia. È intermittente, non è facile da cogliere, ma so che c'è. Risentimento, odio, o pazzia allo stato puro.

Tento di uscire da quel luogo angusto e improvvisamente soffocante facendo dei passi indietro ma senza accorgermene urto un mobiletto, che traballa insieme alle tazze da tè impilate in equilibrio precario, e in quel momento la vecchina si accorge di me per la prima volta. Con la voce severa e profonda dice: «Io non capisco perché se vuoi parlare di Giuditta mi hai portato quella lì. Non ce la voglio a casa mia».

Parla con me? Guardo Luen come per dirle che è pazza, ma lei invece si alza leggermente per arrivare al viso della vecchina e le domanda calma: «Chi ti ho portato? Di chi stai parlando, cara?»

Con gli occhi infuocati risponde: «Liliana. Tu mi hai portato Liliana».

25 maggio 2018

LUEN

Mi giro di scatto verso Maggie mentre tutto vacilla. Riesco solo a chiederle: «Ma tu chi sei esattamente?»

Sono passati pochi istanti ma sembra che il tempo sia rarefatto. Ma chi è questa ragazza? Provo a osservarla e sono in difficoltà. L'ho fatta entrare nella mia vita, ma cosa vuole esattamente non lo so.

Ho sempre sbagliato a giudicare le persone, Eva me lo ha sempre detto. Sento le mani che iniziano a tremare mentre Maggie arretra silenziosa e con gli occhi sgranati. Mi domando chi mi ha ricordato e perché mi sono fidata e ora capisco.

Maggie mi ricorda Eva. Ha gli stessi capelli, le stesse efelidi sbiadite e lo stesso sguardo. Quello sguardo che mi fregava sempre. E che mi ha fregata ancora.

Non sono abbastanza lucida per pensare, provo a riordinare i pensieri. Dunque, Maggie è la moglie di Tommaso, il tizio inutile che stalkerava la mia amica. Il computerino era a casa loro.

Lui ha un alibi per la notte dell'omicidio mentre lei non mi pare ce l'abbia. Chi può pensare a una povera moglie tradita che a malapena sa guidare e badare a sé stessa? Invece ecco un potenziale movente. Il matrimonio. Eliminare l'ostacolo, la pseudo amante. Le cose sparite da casa sua? C'è solo la sua parola. Tracce e foto. Quale ladro rompe delle fotografie?

Però una cosa non mi è chiara: Liliana è il suo vero nome? Ha un'altra identità? Chi è Liliana? Ci fissiamo silenziose e atterrite. Maggie si schiarisce la voce e porge le mani in avanti, in segno di resa, o protezione.

«Io non sono Liliana. Te lo giuro. Non so a chi si riferisce la signora, l'unica cosa che mi viene in mente è che mia madre si chiama Lilly, ma il suo nome all'anagrafe è Liliana. Nessuno la chiama mai così, però».

Mi viene in mente il foglietto trovato accanto al corpo di Eva. Erano dei versetti, che in un primo momento mi hanno ricordato la Bibbia. Cosa dicevano? Erano 49/51... inizio a scalpitare. Qualcosa che sfugge ma che potrei recuperare nei meandri della mente. È tutto immobile, la testa pensa frenetica ma mi sono distratta perché quando mi concentro di nuovo sul qui e ora Maggie non c'è più.

Mi giro verso Caterina e le dico con tutta la calma che riesco a ritrovare: «Chi è Liliana?»

«È la moglie di Emilio. Io lo dicevo che finiva male, eh. Lo *dicesse,* io, ma non tenevano cervello *bono*. Nessuno mi ascoltava ma io ero tanto bella, invece sempre la lupa, la lupa, la lupa».

«Certo Caterina, lo capisco, cara mia, ma prova a spiegarmi meglio. Quella ragazza era giovane come fa a essere Liliana?»

«Ma che ne *sape*». Si mangia le parole e sbiascica un dialetto ai limiti del comprensibile. Ripenso agli stralci di diario che ho trovato.

«È Liliana, quella. L'hai mandata via?»

«Sì, è andata via. Mi spieghi, cara?» Mi siedo a gambe incrociate davanti a lei e provo a conquistare la sua fiducia. I suoi occhi sono marci quanto la casa in cui vive e le danno un aspetto inquietante.

«Ti aiuta qualcuno a casa?» Lo domando premurosa, ma lei assume un'espressione contrariata. «Una mia sorella certe volte viene ma si è sempre fregata di tutti. La parrocchia mi aiuta. Eva non viene più, prima veniva. Certo lei è giovane», ha un'espressione improvvisamente lucida e vispa «ha le sue cose, non è che può pensare a una povera vecchia come me».

«Eva ti vuole molto bene, parla sempre di te. Ascolta, ma ti ricordi del padre di Eva?»

Rimane in silenzio. Finge di non avermi capita ma so che lo ha fatto.

«Ascoltami, è importante» e le metto le mani sulle ginocchia, provo a catturare il suo sguardo.

È ruvida, come una bambola di porcellana increspata. Ripeto la domanda.

«*Nu lo so* perché Giuditta non vuole che si sa niente».

«Giuditta ha detto che me lo puoi dire», provo a rassicurarla «è stata tanto chiara, ha detto vai a dire a Caterina che può dirmi tutto».

Riflette.

«Giuditta era una che piaceva agli uomini. Pure io, ma ero più casta. Allora si è sposata perché aveva fatto un guaio col marito di Liliana. Tutti lo sapevano. Il *mi babbo* non ci stava più, e la *mi mamma* nemmeno. Allora l'ho aiutata io, sennò come faceva».

«Che mi dici di Emilio?»

«L'Emilio era *l'innamorato* di Giuditta ma prima è scappato in America, poi tornò e quelli facevano l'amore al bosco, tutti *u sapivano*. Giuditta poi ha sposato quell'altro perché era incinta e voleva *mittere* sotto la sabbia».

«Va bene, sei stata bravissima. Voglio portarti un regalo. Cosa vorresti?»

«Io vorrei i biscotti. Lo dici a Giuditta se me li porta?»

«Certo Caterina, glielo dico». La guardo, mi alzo e la bacio sulla fronte.

Esco da quel luogo asfissiante e respiro l'aria pulita. Guardo la tana della lupa e mi prometto che tornerò a portare a Caterina i biscotti. Ora devo trovare Maggie. Non può essere andata lontano.

Mi ha mandata fuori strada di proposito quando è venuta per dirmi che pensava fosse stato Tommaso? È stata davvero lei? Una tenaglia stringe all'improvviso il mio ventre. Mi viene da vomitare.

Quando smetterò di credere a tutto quello che la gente mi dice? Quando?

Mi appoggio a un albero e respiro. Sono arrivata fin qua. Per Eva. Può aiutarmi? Chiedo se può ascoltarmi, se può darmi una mano e sbrogliare questa situazione. Sto giocando con il fuoco. Ho probabilmente a che fare con un'*assassina,* ho mai riflettuto davvero su questo aspetto? Oppure semplicemente credevo fosse un modo per occupare la mia mente stravolta dal dolore? Cosa mi resterà se smetterò di prendermi cura di Eva? Cosa farò quando non avrò più nemmeno questo?

L'avrò persa davvero?

Smetterò di amarla?

Inizio a camminare, alla mia sinistra la vecchia casa della lupa, più grande rispetto allo sgabuzzino dove è confinata

Caterina. È sinistra, mi trasmette tutto il passato che c'è stato, nonostante le intemperie l'abbiano ridotta solo a uno scheletro nodoso, a un rudere uscito da un passato senza tempo. Tutto sembra essere immutabile.

La mente torna a mio padre, che in questo momento si sta prendendo cura di Salinger, e a ciò che ho pensato quando sono uscita di casa. Mi blocco.

Dante. Mi sono venuti in mente dei versetti di Dante. E se fossero versi di Dante?

Pensa, Luen, torna in te.

Mi siedo a terra con la testa tra le mani. Sfilo il cellulare dalla borsa e ovviamente in questo posto sperduto non c'è campo.

Dante parla di tre animali feroci che gli appaiono nella selva oscura. La lonza, il leone e la terza belva è *la lupa*!

Ed una lupa,
che di tutte brame
sembiava carca ne la sua magrezza
e molte genti fé già viver grame.

Giuditta, ma quanta gente hai fatto incazzare?

Quindi quei versi sono legati alla brama, al desiderio, alla smania. Eva che ruolo ha in questa storia?

È sua figlia.

Eva è la figlia della lupa.

Mi rialzo, il cuore è martellante. Ora so che la mia migliore amica è stata uccisa per dei motivi che forse non la riguardavano affatto, ma so per certo che era lei che volevano assassinare. Mentre mi rialzo un urlo disumano sgorga dalla parte più ancestrale di me stessa, quel grido di dolore che mi bruciava dentro da tempo e che soffocavo e inizio a singhiozzare e a girare su me stessa mentre tutto ruota intorno a me. La casa, il capanno, il verde, i cipressi, tutto ciò che è stato contaminato da un odio feroce che ha spezzato una vita profondamente intrecciata alla mia. Ormai ci sono. Perché Maggie lo avrebbe fatto? Eva non le ha mai fatto nulla, non si sono mai conosciute. Oppure sì?

Devo trovarla, dovessi ispezionare ogni centimetro di questo sventurato bosco.

Mi strofino il volto, mi lego i capelli e inizio a camminare. Questa collina non sarà infinita e quella sciocca è andata via a piedi perché ho le chiavi dell'auto ancora in tasca.

Cammino a passo sempre più veloce.

Sembro fuggire, perché l'ansia mi attanaglia e il mio passo si sveltisce, il respiro si intensifica, il caldo mi logora.

Inizio a correre, per sfogare il terrore che sta iniziando a farsi strada nella mia mente.

Corro, scostando i rami che mi vengono incontro al volto, provando a non ferirmi il viso.

Corro, cercando di non restare impigliata in me stessa.

Corro via da un passato che soffoca e investe il presente con tutta la sua voracità.

Corro andando incontro all'indicibile.

Mi fermo, la milza dolorante, appoggio le braccia sulle ginocchia, provo a respirare per calmare gli spasmi che mi scuotono perché ora so che non posso più fuggire.

Per le persone che ho amato e che ho perso, non mi fermerò. Non mi appellerò più chiedendo di essere aiutata, perché adesso nessuno può farlo.

Ci sono io in questa *selva oscura,* in questo luogo pregno di un passato malsano e quindi corro, sperando che per un istante tutto quello che ho cristallizzato in me, tutto il dolore, possa infrangersi sulla strada, possa sciogliersi, possa sbrinarsi; corro perché i miei sorrisi ostentati non bastano più a trattenere lo sconforto.

E mentre scappo via dall'incubo, consapevole che sto andando incontro a un altro demone, si impiglia la borsa in un ramo e tiro più forte, le lacrime sono incontrollabili, scendono sulle labbra, sul collo, sono mischiate al sudore e al rimmel. Poi mi blocco. Il petto mi fa male.

La vedo.

È seduta davanti a un laghetto e fissa il vuoto.

Quanto possiamo lasciarci ingannare? Quanto riusciamo a vedere delle persone che abbiamo davanti, quanto *vogliamo* vedere? Quanto ci lasciamo sedurre dalle apparenze per adattarle alla realtà che ci conviene? Ora la vedo.

Avanzo ancora qualche passo.

Sono sola, senza telefono. Vulnerabile e indifesa.

Ma lo è anche lei.

Lo siamo entrambe.

25 maggio 2018

MAGGIE

Sento i passi di Luen ma non ho il coraggio di voltarmi. È stata una delle poche persone ad avermi dato fiducia e lei ora vuole delle risposte che non sono certa di poter dare.

Sono frantumata.

Mi sono seduta guardando un delizioso laghetto che si schiude davanti ai miei occhi, ma la sua quiete non placa i miei tormenti. Luen è alle mie spalle. Si è fidata di me. La sento avvicinarsi, rabbrividisco mentre il suo sguardo trafigge la mia nuca. Quanto può odiarmi?

Mi volto lentamente e la vedo. Ha gli occhi lucidi, il volto sporco di mascara grumoso, respira affannosamente. È devastata.

«Dimmi chi sei». La sua voce è un sussurro, ma è sufficiente a trasmettermi la ripugnanza che prova. A volte non c'è bisogno di gridare.

Incrocio le gambe, mi sistemo i capelli in una coda arruffata e prendo fiato prima di parlare.

«Io mi chiamo Margherita, ma negli States mi hanno sempre chiamata Maggie. È un nome al quale sono affezionata e una volta tornata in Italia l'ho continuato a usare. E sono la figlia di Liliana. Lilly è mia madre»

«E come si chiama tuo padre?»

«Si chiama Jack».

«Voglio il nome italiano, smettila di prendermi in giro».

È furiosa e so come si sente.

«Mio padre si chiama Emilio». Non riesco a guardarla.

«Sai che vuol dire? Che sei la sorella di Eva».

«Ne sei sicura?» So che ha molte certezze che io ancora non ho assimilato.

«Ti ho detto di piantarla di prendermi in giro. Raccontami tutta la storia».

«Lo farò se prometti di credermi. Perché dovrei mentire proprio a te? Sei stata l'unica ad avermi fatto pensare che potessi avere ancora un'amica!» Aspetto un suo cenno di incoraggiamento che non arriva e capisco che posso solo *sperare* di essere creduta. Non posso perdere anche lei.

«Io ho iniziato a incastrare i pezzi solo poco fa, come te. Sono cresciuta in America, ho avuto un'infanzia terribile perché i miei genitori non facevano che litigare per *La Lupa,* ma io davvero non sapevo chi fosse e nemmeno capivo se parlassero di una persona oppure no. C'era questo *mostro terribile*», e virgoletto con le dita come fa lei «che aveva sedotto mio padre da ragazzo e mia madre glielo ha rinfacciato per anni».

«Quanta pena, che infanzia difficile, volevo ricordarti che la mia migliore amica è stata uccisa. Sei stata tu?»

«No!», mi alzo di scatto e inizio a piangere disperatamente «Io non farei male a una mosca! Non avrei mai ucciso la tua amica! E poi ero con i bambini».

«Se sei capace di uccidere sei anche capace di lasciarli soli per una notte».

«E arrivare a Modena? Non so neanche arrivare a Montesacro da Prati! Spero tu stia scherzando! Io non ho ucciso Eva».

Si avvicina minacciosa e mi fissa: «Non la nominare mai più, sono stata chiara?»

«Ok», rispondo cauta «ma devo spiegarti! Io non sapevo che la tua amica fosse la figlia della lupa! E non sapevo che fosse figlia di mio padre! Io so solo che la lupa ha rovinato la vita dei miei genitori e abbiamo iniziato a vivere in fuga per starle lontano. Quando ho capito che la signora era la sorella della lupa, e che parlava con così tanto odio di mia madre, ho ipotizzato che la tua amica fosse sua figlia, ma non che mio padre fosse anche il suo! Io te lo giuro. Sono scappata perché ero sicura che tu avessi tratto delle conclusioni sbagliate».

Singhiozzo disperatamente, Luen è glaciale.

«Secondo te avrei tentato di stringere amicizia proprio con la migliore amica della figlia della lupa? Ma come lo puoi pensare?»

Non riesco a frenare il mio pianto, sembra un incubo dal quale non potrò svegliarmi mai più, mi copro il viso per la vergogna. «Io ho perso tutto, lo capisci? Tutto! Mio marito, la mia vita, sto perdendo anche te e ora vuoi accusarmi di un assassinio? E poi perché l'avrei fatto? Perché era la mia rivale in amore? Ma per cortesia!»

Lei replica senza scomporsi: «Punto primo, tu non mi hai mai avuta. Punto secondo, tu hai avuto solo una rivale in tutta questa storia, e non è mai stata Eva. Sei tu, tu sei la tua unica rivale. Portami da vostro padre. Adesso».

«No, ti prego, che c'entra lui? È una bravissima persona!

Non ha fatto niente», provo a supplicarla ma il suo sguardo è irremovibile.

«Da tuo padre. Adesso».

Mi alzo e mi incammino. Non ho scelta, se siamo fortunate lo troveremo solo. Altrimenti ci sarà mia madre e allora sì che ci saranno problemi veri.

MAGGIE

25 maggio 2018

LUEN

Sono furibonda. Guido veloce e in silenzio mentre Maggie riprende a piangere ma non mi intenerisce affatto. Sono certa che l'omicidio abbia a che fare con la madre di Eva ma non riesco a unire i tasselli. Per questo devo parlare con Emilio.

In poco più di un'ora siamo a Roma, i genitori di Maggie vivono in un condominio a Piazza dei Quiriti. Case perfettamente imbiancate, balconi simmetrici e rotondi e cortili curati alla perfezione. Maggie fa strada, è agitatissima e ogni tanto protesta dicendo che il padre non ha niente da aggiungere. La ignoro.

Mi chiedo se avrei dovuto avvertire Gabriel ma alla fine penso che lui stia facendo il suo percorso e io il mio. Se siamo fortunati arriveremo allo stesso finale affrontando strade diverse. Altrimenti, vedremo.

Maggie apre il portone con la chiave. Le tremano le mani, e ripete di nuovo che forse la madre non è in casa perché occupandosi dei bambini sarà in piscina. La teme, lo sento.

Apre la porta di casa. «Papà, ci sei?»

Si sente una voce flebile in un'altra stanza e la seguo.

È un appartamento ricco di libri e foto, mi trasmette l'idea di un grande benessere economico ma è priva di calore. È eccessivamente ordinata, piena di gingilli inutili, argento ostentato e fotografie incastrate in massicce cornici.

Emilio è su una poltrona e con fatica si alza per baciare Maggie, solo dopo qualche istante si accorge che ci sono anche io.

Maggie si informa della salute del padre, ha avuto svariati problemi cardiaci, da quello che posso capire, chiede com'è la pressione, le pulsazioni e lui la tranquillizza con la voce ma il suo sguardo non appare convinto. Informa la figlia che la madre è con i bambini in piscina, come previsto.

«Papà, devo presentarti questa ragazza», ed Emilio fa un inchino con la testa. Trasmette eleganza e galanteria, ha occhi splendidi, con sfumature brillanti di verde. Mi ricordano molto quelli di Eva. Ora capisco davvero da chi ha preso. È un uomo che non ha perso fascino, nonostante dimostri più degli anni che presumo abbia. Un ammaliatore.

«E chi sarebbe questa dolce creatura?» Mi fa quasi arrossire.

«Questa è la migliore amica di Eva. Voleva farti qualche domanda, ma se non ti va ritorna un'altra volta», ed emerge il suo disappunto.

«Ho capito, Maggie», lo sguardo di Emilio diviene cupo e pensieroso «lasciaci soli», afferma fissandomi intensamente.

Maggie protesta ma in tre minuti l'ha messa alla porta e le ha anche chiesto di farsi un bel giro e tornare dopo almeno un'ora. Lei, contrariata, se ne va.

Emilio mi fa segno di accomodarmi e io mi siedo su una splendida poltrona di velluto verde petrolio.

«Me lo sentivo che qualcuno mi avrebbe cercato, lo sa? Prima o poi sarebbe successo. Sono disposto a parlare *apertis verbis*».

Prendo la parola chiedendo di darmi del tu e lui accetta a costo che io faccia lo stesso. È un uomo squisito, un'eleganza di altri tempi. Gli chiedo se posso registrare, come se fosse un'intervista, e lui accetta. Inizia il suo racconto con voce flautata e sensuale, se non lo guardassi penserei che è un uomo poco più grande di me.

«Dunque mia cara, so già che ho perso una figlia. Sai perché? Perché sono un codardo. Hai capito?», si fa avanti enfatizzando le sue parole «Ma prima voglio parlarti della madre, la *mia* Giuditta».

Ho paura di interrompere il suo flusso di pensieri ma domando: «Mi diresti perché veniva chiamata la lupa?»

Riflette qualche secondo e dice: «Giuditta era una donna forte. Una donna potente. Bellissima e sicura di sé. I tempi non erano gli stessi di oggi, purtroppo. E lei è stata una giovane di talento, che si è ribellata a un sistema che la voleva schiacciare. Non si è mai fatta sottomettere, nemmeno dal fratello, e non ha mai accettato di sposarsi per convenienza o per altri motivi che non fossero un grande amore».

«Sì, ma è stata sposata, giusto?»

«Ah, sì, Giordano. Una sanguisuga. Si è sposata perché aspettava la mia piccola Eva e sua sorella, Linda, le ha fatto diverse pressioni. Linda era una donna meravigliosa ma tradizionalista, inoltre non stava bene di salute e Giuditta la adorava. Purtroppo è venuta a mancare qualche tempo dopo la nascita di Eva, ma non stento a credere che la mia Giuditta abbia voluto esaudire un suo desiderio. Su alcune cose devo incastrare le mie certezze con le mie intuizioni».

«Ma la lupa... viene sempre detto con un certo disprezzo, anche dalla sorella. Perché?»

«Perché tanta forza spaventa», e mi guarda con occhi guizzanti e improvvisamente giovani «Era troppo forte per un mondo che la voleva ingabbiare. Era bellissima, talentuosa e creativa. Era sensuale, laddove sensualità sta per un richiamo dei sensi per chiunque la guardasse anche solo per sbaglio. Era casta, cristallina, onesta. Il mondo non era pronto a una donna come lei. Era una lupa, sì, ma non nel senso che intendi tu. Il paese era piccolo e la gente ignorante e invidiosa».

Faccio decantare per qualche instante ciò che ha detto e poi domando: «Perché non l'hai sposata tu?»

Sorride mestamente e prosegue: «Ero un vigliacco, pilotato dalla mia matrigna. Avevo avuto un'infanzia dura e non me la sono sentita di ribellarmi. Ero un ragazzino stolto. Poi, quando è rimasta incinta, io ero già sposato e non era comune il divorzio. Non ho saputo prendermi le mie responsabilità».

«Giuditta però ha divorziato», affermo interessatissima a questa storia dal sapore dolciastro dei tempi andati.

«Beh, certo, lei era una lupa e io un agnello», mi sorride per la prima volta, mostrando tutto sé stesso. Mi chiede un po' di acqua e io gliela vado a prendere.

Torno e faccio la domanda che già da un po' volevo fare: «Non hai mai cercato Eva in tutto questo tempo?»

«Non l'ho mai cercata ma l'ho sempre seguita a distanza. Mia moglie mi ha tormentato per anni, pur non avendo la sicurezza della paternità. Al contrario, sosteneva potesse essere figlia di chiunque», aggiunge «ma con l'avanzare dell'età ho iniziato a pentirmi di ciò che avevo fatto. O che non avevo fatto. Quando ho saputo che la mia Giuditta», gli si incrina la voce «è venuta a mancare, non potevo pensare che la mia piccola fosse sola al mondo. Allora ho fatto una proposta a mia moglie. Volevo mi permettesse di fare un lascito a suo nome. Volevo che non avesse problemi economici. La vita era stata tanto dura per lei. Ma Anna non voleva sentire ragioni. Poi una sera abbiamo avuto una lite furiosa. Ho detto chiaramente che la mia vita stava volgendo al termine e io non avevo due figlie ma tre e avrei fatto qualunque cosa pur di fare giustizia. Mi lacerava il cuore sapere che la mia codardia potesse aver fatto così tanti danni, e mi sono finalmente impuntato. Il nostro non è mai stato un matrimonio felice, ma se non si parlava di Giuditta si riusciva a sopravvivere. Quella sera abbiamo litigato come non è mai accaduto, io ero deciso a lasciarle la metà esatta dei miei averi, anche in maniera anonima. Il resto lo avrebbero diviso. Ma non avevo fatto i conti con un altro fattore. Tesoro mio, purtroppo durante quell'alterco non eravamo soli. Mia figlia era rientrata e si era rintanata nella sua stanza, come fanno i giovani. Lei è sempre vissuta un po' ovunque ma questa continua a essere tutt'ora la sua base».

«Io sapevo che Maggie non diceva la verità… mi dispiace dirtelo ma di tua figlia non mi dovevo fidare».

«Maggie?», alza il tono della voce improvvisamente preoccupato «Non Maggie. Io parlo dell'altra mia figlia, Brigida».

Resto in silenzio.

Non lo riesco a guardare.

«Maggie è una ragazza dolcissima, che ha subito le scelte di tutti. Sai che da piccola neanche piangeva per non dare fastidio? Posso chiederti se siete amiche?»

Mi imbarazza questa domanda. Siamo amiche?

«Ci stiamo conoscendo, ma la mia migliore amica è Eva. *Era* Eva».

«Sei giovane, non chiudere il tuo cuore. Avrà bisogno di te, puoi starle vicino?»

«Credo di poterlo fare».

Di nuovo un silenzio gravido di parole in fase di espulsione.

«Brigida ha fatto studi umanistici?» Le domande ormai vengono da sole.

«Si è laureata con lode in lettere. Con una splendida tesi su Dante Alighieri e l'*Inferno*. Ha sempre avuto una passione morbosa per i peccati capitali, la letteratura, e il latino».

Di nuovo una lunga pausa, poi domando senza alcuna inflessione nella voce.

«Ricordo una telefonata per rintracciare Eva da parte di una pseudo impiegata dell'INPS tramite Stefano e Patrizia. Sarà stato il 2015. In che anno avete iniziato a discutere di questo lascito per Eva?»

Sembra riflettere, ma solo per un istante.

«La lite è stata nel 2015. Conoscevi già la risposta, mia cara, sei molto intelligente. Ma non si è mai placata, perché ormai avevo preso la mia decisione, e questi ultimi anni sono stati difficili. Sei venuta qua per rendere giustizia alla tua amica?»

Sospiro. «Era la mia anima gemella».

«Ah, ti capisco, mia cara. Sei un'anima nobile, si vede dagli occhi. Sai qual è la cosa più straordinaria? Che come aspetto e come testa Eva è stata la figlia che mi somigliava di più. E ora l'ho persa, e lei non ha mai saputo di me». Gli occhi sono gonfi di lacrime, profonde e infossate.

«Eva era davvero bellissima. Non lo dico perché si dice sempre di chi non c'è più. Lei era bella dentro e fuori, e io la amavo».

Si allunga per stringermi la mano e sussurra: «Anche io, tesoro, anche io».

Di nuovo silenzio, non il silenzio di chi non ha nulla da dire ma di chi teme che una parola di troppo possa far perdere l'equilibrio precario raggiunto.

«Che mi dici di Brigida?»

«Che devo dire... ho sempre saputo com'era. Ha reso la vita impossibile a Maggie e anche a me. È molto attaccata ai beni materiali, anche se non le ho mai fatto mancare nulla. Ha sempre avuto questa brama di denaro, a proposito di peccati capitali. Ha sempre sommerso di cattiverie Maggie, ma la storia dell'infertilità degli ultimi anni l'ha rinchiusa in una bolla. Brigida, essendo più grande, ha sofferto molto sia le liti in famiglia sia la storia di Giuditta. Lilly non ha fatto nulla per placarla, anzi. Ha avuto molto tempo per covare il suo risentimento».

E ora la domanda più importante.

Ci penso, rifletto.

Un momento.

Un altro.

«Che devo fare, Emilio?»

Silenzio. Gioca con le pinces dei suoi pantaloni di velluto, ragiona.

«Forse per una volta qualcuno potrebbe fare la cosa giusta. La faresti per me?»

«Certo, Emilio. Ci penso io. Stai tranquillo».

«Ah mia cara, volevo dirti che nello studio di là c'è il tablet. Quello dei figli di Maggie. Vedi tu cosa fare. Brigida ha sempre detestato Tommaso e non ci ha messo molto a metterlo in contatto con la mia Eva, che era una vera bellezza. Poi sai, io non mi intendo bene di questa cosa, come si dice... *social network*. Io, d'altronde, ho fatto solo errori. Sono stato sempre diviso tra ciò che credevo e ciò che provavo. Quindi ne devo rispondere in qualche modo. Lo devo a tante persone, soprattutto a me stesso».

Sommessamente lo osservo piangere e il mio cuore si spezza in due. Mi alzo, gli poso delicatamente un bacio sulla fronte ed esco per chiamare Gabriel. Lui saprà cosa fare.

25 maggio 2018

LILIANA

Rientro con i bambini e il silenzio pervade tutta la casa.

Neanche le risate dei miei nipoti riescono a contaminarlo.

Strano, rifletto, neanche un rumore di sottofondo, la radio, niente.

Chiedo a Sveva di aiutare il fratello a sistemare le cose quando arriva un suono offuscato dai rumori delle macchine. Un pianto sommesso. Che noia, ora chissà cosa avrà in mente.

Entro nello studio quasi di soppiatto e lo vedo rannicchiato sulla solita poltrona, pieno dei suoi libri, delle sue parole. Un mondo al quale non ho mai avuto libertà di accesso, perché sempre solo suo. E ora che lo guardo annichilito e misero tutto sommato non riesco a ricordare il motivo per il quale io mi sia incaponita tanto a volerlo per me, un uomo così.

Mi sono mantenuta meglio, me la sono saputa cavare. Lui no, perché vittima di quella maledizione chiamate *amore*, una di quelle che ti restano appiccicate addosso. Anche se provi a lavartele via per una vita, la colla rimane, attecchisce, tu gratti e gratti ma niente, resta la patina.

La maledizione della lupa.

Illusa nel folgore dei miei vent'anni credevo che fossero dicerie, che se due persone si appartengono davvero non devono essere mai divise. Alla luce dei trenta ho cercato di dimenticarlo. E con il passare degli anni ho pensato che non contasse niente, perché la verità è che l'amore non basta. Sono una donna lucida e razionale, queste storielle non fanno per me, ma evidentemente per qualcun altro sì.

È anche facile raccontarsele, no? Diventano una gabbia, una giustificazione a non vivere la propria vita. E io l'ho saputa vivere, la vita. Senza quella bussola, senza aspettative fantastiche, senza favole. La vita vera, io non l'ho mai temuta. Non avevo bisogno di storie magiche per andare avanti. Lui sì, e per questo si è rattrappito sui suoi sogni, pensieri, ossessioni. Se non era la lupa era la figlia. E io ora sono davvero stanca di tutti loro. Mi hanno stufato.

Da morte fanno più rumore che da vive.

Poggio la borsa sul tavolo. Neanche si volta, ma non me ne stupisco. Non ha mai guardato nella mia direzione, in fondo perché farlo?

«Adesso che hai? Ti senti male?»

«Mi sono voluto togliere un peso. Dopo troppo tempo, ho fatto una cosa giusta».

Mi si ghiaccia il sangue nelle vene. Sono una statua. Con chi può aver parlato, chiuso nel suo tugurio mentale? Sono ipotesi. Pensieri fugaci che hanno attraversato anche la mia, di mente, ma certo non c'è niente da dire.

«Puoi spiegarmi meglio?» La voce esce gutturale e ispida.

«Io ho tre figlie, devi smetterla di fare finta che non sia vero».

«Avevi, intendi. *Avevi*».

Mi fissa, le labbra serrate e gli occhi incavati.

«Sai bene di cosa è stata capace Brigida. Forse non sono più lo stesso di trent'anni fa, ma so ancora vedere. Tu non lo hai mai saputo fare».

La mia Brigida. La figlia che ho sempre sentito più mia, quella rubata con la perseveranza, con la tenacia e la caparbietà che solo una madre può avere.

Lei è mia ed è me. Completamente me.

«Non ci sono prove, e poi sai bene che lei voleva solo quello che le spettava. Lei è la tua vera figlia, più di Maggie, più di quell'altra stolta».

«Chiamala con il suo nome».

«Va bene. La figlia della lupa».

«Ah certo», risponde quasi sarcastico «e chi sarebbe la figlia della lupa».

«Sarebbe una che non ha riferimenti. Una che è cresciuta allo stato brado, una che si basta da sola, ecco chi è! Hai delle figlie vere, nate per tua scelta».

«Sono tutte vere, solo che una è stata assassinata. La mia, dalla tua».

«E non è anche tua?», alzo la voce perché sono davvero stanca «Guarda che l'abbiamo concepita insieme e l'hai cresciuta pure te!»

«Sono stanco, Liliana, molto stanco di te e delle tue macchinazioni. Ho sbagliato a sposarti, anche se ti sono grato per la pazienza e per le nostre figlie, che nonostante tutto amo più della mia vita. Ma non ho mai amato te, e la verità è che l'amore non si impara. Io con te non ho imparato».

Sono basita da questa sua chiarezza inusitata.

«Credi che con lei saresti stato felice? Ma per favore. Tu non sei mai felice».

«No, non ho detto che sarei stato felice. Ho detto che l'avrei amata. Anche se so che per te l'amore non ha alcun valore».

«Finisce».

«Forse. È un rischio, sì. Può non finire, comunque. Non ho dato la possibilità alla vita di stupirmi e di questo mi pento amaramente».

Silenzio. Aria calda, la camicia si appiccica alla carne.

«Emilio, ti stupisco io. Ti farò la guerra in ogni modo per difendere le mie, di figlie, e adesso me ne vado. È una vita che ci penso, ma sai, alla fine mi hai sempre fatto solo tanta pena. Sei un'anima infelice e incompleta».

Sorride, che avrà da sorridere non saprei proprio. Forse è più toccato di quello che credo.

«Io sono per i pensieri scomposti, i pieni avvolgenti, i dolori sconnessi e plateali, sono nato per tutto ciò che travolge. La superficie, in fondo, non mi appartiene, io ho sempre voluto l'abisso».

Prendo aria, dal profondo di me stessa, dal diaframma, espiro e lo guardo.

«Bene. Affogaci, nel tuo abisso».

Riprendo la borsa, afferro i bambini precipitati in silenzio e me ne vado. Per una volta non mi interessa neanche dove.

Finalmente sono libera.

Dio mio se sono libera.

LILIANA

19 giugno 2018

EMILIO

Non vivo più con Liliana, neanche per salvare le apparenze. Nulla è salvabile. Lei non fa che accusarmi di tutto ciò che è accaduto e credo abbia ragione.

Ho perso due figlie, mia moglie mi detesta e Maggie... beh, lei è il mio angelo. Le mie scelte però hanno gravato su tutti, anche su di lei.

Mi arrampico a fatica sul letto, sento le palpebre farsi pesanti e sogno Giuditta. È sfavillante in uno degli splendidi abiti bianchi ricamati che tanto amava e per la prima volta mi parla. Quanto ho desiderato sognarla in questi anni. Quanto ho desiderato un'assoluzione. Cerco di capire se è arrabbiata, e mentre lo penso mi sorride.

Ora possiamo stare insieme. Finalmente.

«Amore mio», mi metto seduto sul letto «quanto mi sei mancata», e tento di accarezzarle il volto. I capelli lucenti e morbidi le ricadono folti sulle spalle, il seno turgido e florido è un richiamo oggi come allora, e il sorriso casto la rende più bella che mai. Poi vedo che indossa le scarpe e perplesso le domando come sia possibile, come mai indossa le scarpe?

Mi hanno dato il permesso di indossare anche le scarpe. Ora possiamo stare insieme, lo sai?

Anche Eva è al sicuro. Lo siamo tutti. Finalmente.

Mi avvicino e improvvisamente sono giovane anch'io. Le accarezzo il volto, e la mia mano scende avida verso la sua vita, le sue natiche, e con le mani leggere provo ad avvolgerla e lei ride e ride.

Ho anche le scarpe, possiamo stare insieme ma io non riesco a controllarmi, come se quella brama rimasta sopita per troppo tempo ora non potesse più attendere. Il suo corpo è un richiamo irresistibile e le scosto i capelli dal volto, le scopro le orecchie, piccole e sensuali, le stringo la vita per risalire sul suo petto e sentire il suo respiro che non è affannato, è sereno.

Spalanco gli occhi mentre un orgasmo dirompe con un'impetuosità mai provata prima mentre un dolore al petto mescola la gioia più grande e il più brutale dei dolori. In quell'istante non ho potuto più scegliere di restare nel mezzo, come per comodità ho sempre fatto. In quel momento la vita ha deciso per me.

27 settembre 2018

MAGGIE

«Sveva, stai vicino a tuo a tuo fratello stasera, va bene? Sai che papà non sa gestirlo quando si innervosisce».

La vedo sbuffare e mi avvicino.

«Lo so che ora ti sembra assurdo ma quando un giorno tutto sarà difficile», e quel giorno, credimi, arriverà «tu avrai sempre tuo fratello. Sai che voglio dire?»

Certo, ha cinque anni, ma è svelta.

«Mamma, come sei noiosa. È come dire che devo fare le cose per lui».

«No, tesoro», e le accarezzo i capelli ramati «è come dire che non sarete mai soli, e anche lui imparerà a farle per te».

Un po' perplessa mi chiede: «Resti stasera?»

«No, amore, esco con zia Luen, ti ricordi? Starete con papà».

«Ma zia Luen non ci vuole stare mai qua con noi?»

«Ma sì, solo che noi facciamo cose da femmine e a voi ci pensa papà, ogni tanto state con lui».

La stringo forte. Chissà se a lei arriverà quel senso di sorellanza che ora vedo con occhi così diversi. Chissà lei cosa farà della sua vita, se i miei figli resteranno uniti, se potranno contare l'uno sull'altro o i loro incontri si ridurranno a cene sporadiche, due solitudini che non riescono a sfiorarsi. Chissà se Sveva ricorderà i momenti in cui riesce a calmare Carlo e se Carlo ricorderà la prima volta che abbiamo accompagnato Sveva all'asilo e lui saltellava sulla finestrella nel tentativo di vedere dentro. Io spero che capiscano che il mio dono per loro è proprio questo.

Sento la chiave girare nella toppa. Tommaso entra con una pila di pizze fumanti e un sorriso tirato e timido. Da quanto non vedevo quel sorriso?

Mi specchio ritoccandomi il gloss mentre gli faccio segno di entrare.

Mi guarda.

«Che c'è?»

«Sei, ecco, molto carina».

«Ho cambiato i capelli. Li ho scuriti e sono più corti».

«Ma non è quello, sei tu, la luce che hai negli occhi».

«La luce della speranza, Tommaso. Non è certo merito tuo».

«Ti vedi con qualcuno?»

«Sì, certo, non esco mica da sola».

Lo vedo sistemare le pizze in cucina mentre i bambini lo abbracciano ed esultano per la sua presenza. Un paradosso che ho rinunciato a capire.

In quel momento sul mio Spotify *Hallelujah* dei Pentatonix. Dallo specchio osservo quella famiglia malandata che a suo modo potrebbe avere una possibilità che ora non riesco a vedere. E poi vedo me. Una ragazza, finalmente. Sono dimagrita, ho un lavoro assolutamente instabile e sottopagato e il venerdì esco a bere e ridere della settimana appena trascorsa. Tutto nella norma, insomma.

La morte di mio padre mi ha devastata. Era il mio collante sulla vita, eppure non sono crollata. Forse perché ero già spezzata, e a quel punto non potevo che ricompormi. A volte la ricostruzione di sé parte proprio dalla frantumazione integrale.

Mia madre è completamente assorbita dal processo a Brigida, e io me ne sono tirata fuori. Osservo tutti loro dal margine, mentre loro al centro riempiono tutti gli spazi. Mi va bene così, osservare è perfetto per ora.

Non sarò mai più la stessa.

Mentre rifletto sento Tommaso alle mie spalle.

«Speravo davvero che restassi, stavolta».

«Magari un'altra volta ok? Ci penso».

«Potrei portarti fuori una sera, che ne dici? Al tuo nuovo amico andrebbe bene?», aggiunge con un'inedita nota di insicurezza nella voce.

Sorrido.

«Magari glielo chiedo», e gli accarezzo la guancia ispida.

«Ora devo andare perché la mia relazione mi aspetta sotto casa». Vedendo vibrare WhatsApp senza sosta capisco che è tardi, ma lo dico come se fosse una battuta, che non sono certa lui abbia capito.

«Posso stringerti?», mi domanda con i suoi occhi da cucciolo smarrito e io inclino la testa.

Senza dire nulla, vado via.

Scendo le scale come un'adolescente al primo appuntamento, con un abito corto e i tacchi.

E in quell'istante la vedo appoggiata al cruscotto della macchina, tacchi altissimi – i miei al confronto sono da scampagnata –

mentre vocalizza tenendo il telefono inclinato davanti le labbra perfettamente pitturate di rosso. Boccoli lunghissimi e lucidi e quando mi vede mi fa segno di entrare in auto impaziente, mentre continua a vocalizzare, facendo segno di scusarsi.

«Allora, andiamo da Harry Potter? Musica dal vivo», sorride sgranando gli occhi, in quel suo modo aperto al mondo, di quelli che non hanno paura. Quei sorrisi che come fai a dire no.

«Ma sì, dai. Mi aggiornerai?»

«Vedremo dopo il secondo bicchiere di Kerner», e scoppia a ridere mentre sfreccia per Piazzale Clodio e io apro il finestrino perché l'aria di settembre è fantastica a Roma.

Non parlo, sorrido della mia nuova relazione, che mi impegna un sacco di tempo.

Ha tante pretese, non scende a compromessi e ho deciso di darle il giusto spazio.

Farò tanti nuovi errori, mi sorprenderò sconnessa e insicura, mi lascerò travolgere dagli altri e dalle loro necessità. Ma per ora è sicuramente il rapporto più completo sul quale potessi lavorare.

Quello con me stessa.

«Luen facciamo un selfie per inaugurare la mia tristissima pagina Instagram dai, al semaforo sorridi!» Non se lo fa ripetere due volte e si mette in posa alzando il mento e sistemandosi i capelli velocemente.

«Dai, corri, che scatta!» Io metto l'autoscatto mi avvicino a lei e in quel momento sorridiamo entrambe. Due semplici ragazze a Roma in una foto. Sono soddisfatta, mentre Luen protesta che è venuta male perché il mio telefono fa foto orribili ma la posto lo stesso.

Chi vuol esser lieto, sia: di doman non c'è certezza.
#maggie&luen
#amicizia

4 ottobre 2018

LUEN

La prima pagina del Messaggero sull'omicidio di Eva l'ho scritta io. Ho fatto tutto da sola. Senza Lorenzo, senza suoceri, senza agganci. *Mr Ebenezer* si è arreso al fatto che non gli avrei mai e poi mai ceduto l'articolo e alla fine ha anche accettato di non avermi più come collaboratrice.

Mi piace scrivere e non mollerò; per questo ho aperto un blog e una pagina Instagram dedicati ai libri. Lavoro sodo, scrivo su diverse riviste che pagano poco e male ma nonostante non sia facile comunque ho fiducia. Resto una sognatrice, e va bene così.

È una calda serata dell'ottobrata romana. Finalmente Lorenzo e io ci concediamo una cena come si deve. Siamo in un romantico ristorantino che affaccia sul Colosseo, più luminoso che mai. La chiamano *la vista del peccato*, perché chi si siede in quello splendido e costosissimo tavolo deve farsi perdonare qualcosa. Chi sia tra i due a doversi far perdonare non è dato sapere.

Osservo il panorama, l'aria è piacevole, profuma di glicine e mentre rifletto sugli ultimi giorni, Lorenzo mi dice: «Tempo fa mi hai chiesto per quale motivo ti ho sposato. Lo ricordi?» Annuisco sorpresa che se ne rammenti lui e decido di non interromperlo. «Dunque, volevo risponderti. Io direi che il motivo per il quale ti ho sposato sono le tue antitesi. Sei una persona materiale, non negarlo, ma sei anche eterea. Sei morbida e piena di spigoli. Sono cresciuto in una realtà incredibilmente lineare, mio padre lo è stato sempre. E mia madre tende a smussare ogni angolo, come sai bene». Faccio una smorfia ma sono sorpresa di queste parole. «Tu invece sei stata sempre una contraddizione vivente. Io non sono un poeta, non sono un artista come te, uno scrittore», e virgoletta anche lui mentre alzo gli occhi al cielo «sono solo un ragazzo». Fa spallucce mentre lo dice, mi sembra sia arrossito.

«Insomma», prosegue «ho pensato che non mi sarei annoiato. Sono stato lungimirante. E tu?» fa una smorfia sghemba.

E io... «Okay confesso: il mio obiettivo era mettere alla prova il tuo spirito di sopportazione», affermo con una lieve nota interrogativa nella voce. Ma iniziamo a ridere, mentre sorseggiamo un Lagrain morbido e profumato. «Non ti spaventa tutto questo?», domando allargando le braccia e aggrottando le sopracciglia, sinceramente curiosa della risposta.

Mi guarda e con una piccola smorfia risponde: «Hai presente zero?»

E così rido, come non mi accadeva da tempo, tornando a casa in una Roma soffice e lucente, ci diamo la mano. Parliamo dei miei progetti, delle cose da fare, della gestione di Salinger.

Poco prima di addormentarmi penso alle relazioni, ai loro intrecci e al passato che ci portiamo dietro, più o meno consapevolmente. In alcune occasioni è impossibile sfuggire, in altre invece possiamo combattere.

Penso che l'amicizia a volte ci salvi ma anche che io tendo d'istinto a sopravvalutarla. Capita che io le attribuisca una capacità salvifica che forse non ha.

Penso che a volte nessuno può aiutarci a risanare noi stessi e i nostri demoni, nessuno può metterci in salvo, guarire da quelle ferite delle quali non sentiamo più neanche il bruciore, perché ci siamo adattati. Purtroppo, a volte neanche la nostra migliore amica.

Penso a chi ho amato e perso, a tutto ciò che è cambiato, ai fantasmi che ognuno di noi si porta dietro. Spesso neanche lo sappiamo, quanto il passato ci osservi.

Penso che l'amarezza, le paure e le assenze possano lasciare il passo alla speranza che domani andrà meglio, che i debiti con i propri trascorsi possano essere sanati e che si possa realmente ricominciare.

Penso a Giuditta, a Liliana, a Patrizia, a Emilio, ai segreti che sono stati taciuti e ai danni irreparabili che hanno portato nella vita delle persone che sono venute dopo. Siamo sempre vittime delle scelte sbagliate dei nostri predecessori, delle parole taciute, dei sentimenti inespressi.

Penso alle donne della mia vita, a mia nonna e a mia madre; vorrei che mi vedessero oggi, e vorrei che tutti noi avessimo una seconda occasione per medicare i malintesi e avere più tempo.

Penso a Eva e timidamente sorrido, perché ho passato tutta la mia vita temendo di non essere vista o amata abbastanza e invece oggi io so che lei c'è.

Lei c'è.

RINGRAZIAMENTI

Alle donne che hanno cambiato la mia vita.

Dedico questo libro a Nonna Lina: mi hai costruita, incollata, salvata. Sei stata il privilegio della mia esistenza, il mio capobranco. Ti amerò nell'infinito e oltre.

A mia madre, la stella più brillante. A zia Dina, le tue parole saranno per sempre mie, il tuo cuore pure.

A mia sorella Martina Aversa perché amarci a volte è difficile ma noi troviamo sempre nuovi modi per farlo e non credo che ci arrenderemo mai. Siamo tenaci e caparbie. Noi, figlie della lupa.

A Ilaria Buzi, la mia migliore amica. Perché non c'è mai stata altra scelta che sceglierci: tu sei la mia anima gemella e ti amerei per due anche per sempre. Come noi nessuno mai.

A Monica Fornaini, il fuoco d'artificio scoppiettante e luminoso in un cielo oscuro e altresì grigio. Sei stupore e meraviglia, tu mi hai fatto credere ancora che fosse possibile e non lo dimentricherò mai. Sei il dono che la vita mi doveva.

A Fiorella Carta, sei la mia Beta-tutto. Tu mi hai insegnato che le parole non contano perché l'amicizia è fatta per esserci. E noi ci siamo. "Di troppo c'è solo la febbre".

A Franca, perché hai sempre tentato di andare oltre provando a volermi bene nonostante le nostre abissali differenze.

A Nives Valenti per l'incantesimo che doni nel nostro magico legame, a Livia Bove per la razionalità che a volte mi manca (abbiamo tante vite per recuperare, nella prossima quella lucida sarò forse io!).

A Elisabetta Vincenzi, Francesca D'Innocenzo, Gabriella Nocita. Le amiche-colleghe che volevo.

A Barbara Cangelosi e alla mia Sicilia, che è femmina come noi.

Alle amiche che ho amato e che ho perso in particolare a Giulia perché in parte mi hai resa ciò che sono, perché alcune cose sono nostre per sempre e questo non cambierà mai, nonostante noi.

A Laura Barbiani, Angelica Cesaria, Eleonora Piacentini, alla famiglia di Thrillernord, a voi che avete creduto in me.

Alle mie amiche bookstagrammer per l'immenso lavoro che fate, per la passione infinita. A Chiara, Fabiola, Titti, Ambra, Patty, Samanta, Aurora, Clo, Veronica, Stella, Valentina, Oli Yeleynaya e tutte le ragazze che mi hanno fatta sentire a casa. Voi sapete.

Vi amo.

E gli uomini...

A mio fratello Ciccio Files per il piccolo punk. In quel momento ho capito che non ero sola e sorrido perché so che ora mentre leggi fai finta che non sei te.

A zio Massimo, aspetto le melanzane abbottonate. So che ci sei sempre, continua a farlo, per favore.

A Emmanuele Jonathan Pilla per aver avuto fiducia in me, a Sergio Vivaldi perché auguro a qualsiasi scrittore di trovare un editor eccezionale come tu sei. Spero in altre "pause Luen".

A Bruno Mancini per i film, le cene, le parole, e al suo amico 'Picciotto' Alessandro Gagliano per avermi aiutata a capire come funzionavano le cose in termini legali. Le serie tv non mi avevano formata a sufficienza :-)

A Serafino-Tato, lontano ma più presente che mai, e a Michele dmn, l'amico immaginario ideale.

Ad Alberto Pacifico, il padre che ogni ragazza meriterebbe e ad Alessandro, il fratello che mi spetta di diritto.

A Emanuele Emili perché nessuno si salva da solo, e ora lo so.

A mio padre perché se fossi stato diverso ora non sarei chi sono. E ti immagino, che picchietti con le chiavi tutti i muri che incontri.

«Insomma te sei messa pure a scrive un libro».

Non mi guardi, fai il vago, con gli occhiali da sole a novembre.

«Così pare».

«Sei strana».

«Lo so. Non ho mai voluto essere come volevi tu». E ti immagino di spalle mentre vai verso la Torretta, il giornale sportivo, spallucce, silenzi. Addio luminescente.

Ma stavolta va bene così perché io ti ho perdonato. Sono libera.

A Giorgio G.C. per essere la parte migliore di me. Io sono difettosa e tu mi hai sempre amata forse anche per questo. Perché a volte attraverso di te mi sono amata anch'io ed è un miracolo.

Il tuo cuore lo porto con me, lo porto nel mio.

Ci meritiamo l'eternità.

LA FIGLIA DELLA LUPA

UN ROMANZO DI
BARBARA
AVERSA

FOREST STEWARDSHIP COUNCIL
FSC

Questo libro è stampato su carta certificata FSC e con fibre provenienti da altre fonti controllate

D EDITORE

Stampato per conto di **D Editore**
presso **Press Up** (Roma) nel mese di Febbraio 2022

info@deditore.com
www.deditore.com